MERIEL FULLER

Le chevalier au rubis

Traduction française de
ANNIE LEGENDRE

Les Historiques

HARLEQUIN

Collection : LES HISTORIQUES

Titre original :
THE WARRIOR'S DAMSEL IN DISTRESS

HARPERCOLLINS FRANCE
83-85, boulevard Vincent-Auriol, 75646 PARIS CEDEX 13
Service Lectrices — Tél. : 01 45 82 47 47

www.harlequin.fr

ISBN 978-2-2804-3286-3 — ISSN 1159-5981

Chapitre 1

Marches galloises[1] – janvier 1322

Eva, dont le regard vigilant suivait les gambades des enfants dans la prairie, tourna la tête vers sa compagne.

— Le temps se rafraîchit, milady. Nous ferions bien de rentrer. Les enfants risquent de prendre froid.

Quand elles avaient décidé, Katherine et elle, de monter avec les deux fillettes et leur frère jusqu'au sommet de la colline, l'après-midi était déjà bien avancé. Sur cette pente exposée en plein nord, le sol gelé était dur sous leurs pieds, et l'herbe couverte de givre y dessinait une fine dentelle blanche. Elles avaient rapidement atteint la lisière de la forêt de chênes qui couronnait le sommet et, d'un commun accord, s'étaient arrêtées pour admirer le paysage. De leur position dominante, elles pouvaient voir en contrebas le petit bourg blotti contre les flancs du château. Le spectacle des épaisses murailles qui le protégeaient, paraissant jaillir tout droit de la falaise pour s'élever en à-pic au-dessus de la plaine, était saisissant.

1. Ce terme naît au Moyen Âge pour désigner la région qui se situe aux confins de la principauté de Galles et du royaume d'Angleterre. Elle est à l'époque gouvernée par des seigneurs particulièrement autonomes vis-à-vis de leur suzerain, le roi d'Angleterre. (Toutes les notes sont de la traductrice.)

Tout en bas dans la vallée boisée, les rayons du soleil couchant qui baignaient le paysage d'une chaude lumière orangée avaient métamorphosé la rivière en un long ruban de feu.

Katherine, dont le teint était d'ordinaire aussi translucide qu'une lampe d'albâtre, tourna vers elle un visage aux pommettes rougies par l'air vif.

— Oh ! Je t'en prie, ma chère Eva. Encore un moment. C'est si beau ! Mais tu dois mourir de froid ! C'est folie que de sortir aussi légèrement vêtue, ma mie !

Remontant sur ses cheveux le capuchon doublé de fourrure de sa mante, elle désigna d'un doigt accusateur le bliaud de toile légère dont était vêtue la jeune fille :

Eva lui agita sous le nez un index réprobateur :

— Combien de fois faudra-t-il te le répéter, ma chère Katherine ? Tu ne dois pas manifester à mon égard autant de sollicitude. Désormais, je ne suis plus qu'une domestique. La gouvernante de tes enfants. Sinon, les gens vont finir par se poser des questions.

Elle conclut d'une voix frémissante :

— Et cela, tu sais bien que je ne le veux à aucun prix. Personne ne doit savoir que je suis ici.

Derrière elles, un brusque coup de vent ébouriffa le sommet des arbres. Un vol de corbeaux se posa sur une branche, leurs lugubres silhouettes noires se découpant nettement sur le ciel couleur d'opale. Puis, comme surgissant de nulle part, un mince croissant de lune alluma son disque laiteux, presque transparent, au-dessus de la ligne des vieux chênes.

— Mais je ne puis m'empêcher de me faire du souci pour toi, protesta Katherine d'une voix misérable. Te traiter en domestique et te voir ainsi accoutrée est pour moi une vraie torture…

Elle enveloppa d'un regard désapprobateur le costume d'Eva, son bliaud de toile rude, sa chemise de dessous rapiécée à plusieurs endroits, son devantier[1] enroulé autour de ses hanches étroites et qui lui descendait jusqu'aux pieds. Pas de manteau ni de gants pour protéger ses mains rougies par le froid. Seules ses bottines de cuir fin et ses bas de laine qu'on devinait à peine sous l'ourlet de sa jupe pouvaient révéler son statut antérieur.

— Tu sais bien que je n'ai pas le choix, chuchota Eva tandis que les enfants se rapprochaient, tournant autour d'elles en cercles concentriques avec des cris aigus d'hirondelles effarouchées avant de s'enfuir de nouveau à tire-d'aile.

Katherine lui pressa affectueusement l'avant-bras.

— Pour moi, tu seras toujours Eva de Striguil, ma chérie, tu le sais bien. Ce que cet homme t'a fait subir...

Les yeux d'Eva se remplirent de larmes.

— Je t'en supplie, Katherine, ne parlons plus de cela. Je suis ici, maintenant, bien à l'abri, grâce à ta généreuse hospitalité. Et c'est tout ce qui importe.

Frissonnante, elle s'entoura de ses bras, autant pour se protéger des mauvais souvenirs qui la hantaient que contre le froid. Les cris des enfants la sortirent de sa transe. Son regard se reporta sur le garçonnet et ses deux sœurs qui les appelaient en montrant du doigt quelque chose en bas, dans la plaine. On aurait dit un éclair de lumière provoqué par le reflet du soleil couchant sur une surface métallique. Eva prit une longue inspiration. Les paroles de Katherine avaient provoqué un de ces accès de panique maintenant familiers, de ces terreurs qui la prenaient à la gorge et affolaient son cœur. Combien de temps lui faudrait-il encore pour affronter les images de son épreuve sans se transformer en pauvre loque tremblante ? Cela faisait plus d'un an, maintenant, et pourtant la plus petite allusion à ce qui lui était arrivé

1. Tablier

la transformait en une idiote bégayante. Il lui fallait apprendre à gagner en courage si elle voulait se construire une vie nouvelle.

— Des cavaliers, annonça Katherine d'une voix calme. Ils viennent par ici.

Rejoignant les enfants qui leur désignaient en effet des chevaux avançant dans la plaine, elle rattacha sans précipitation les liens qui fermaient le manteau de sa cadette.

Eva s'approcha à son tour du petit groupe et, plantant ses deux pieds sur le sol gelé avec une feinte assurance, se pencha un peu pour mieux voir. Le vent battait ses jupes autour de ses jambes, et son visage glacé par le froid lui semblait celui d'une statue de marbre. Elle examina les silhouettes noires qui progressaient à vive allure. Il ne s'agissait pas de soldats. Plutôt des chevaliers. Les derniers rayons du crépuscule rebondissaient sur le métal de leur armure, la contraignant à fermer les yeux à demi pour mieux voir. Amis ou ennemis ? Difficile de le dire à cette distance. Mais quels qu'ils soient, que pouvaient-ils bien être venus faire dans ce coin perdu des Marches galloises ?

Elle sentit sa terreur renaître, sa respiration s'étrangla dans sa gorge. Son cœur se mit à battre un tempo alarmé.

— Ennemis, à coup sûr, lâcha-t-elle avec peine entre ses mâchoires contractées. Où pourraient-ils bien se rendre sinon ici, au château. Il faut rentrer, Katherine. Vite !

Elle répétait d'une voix basse et pressante en poussant les enfants devant elle :

— Rentrons, les enfants. Par pitié, dépêchez-vous.

Katherine lui emboîta le pas, étonnée de tant de précipitation.

— Mais que te prend-il, Eva ? Il ne s'agit probablement que d'honnêtes voyageurs surpris par la nuit. Ils vont chercher à se loger au village. Nous ne sommes en rien concernées.

— Peut-être, rétorqua Eva, très pâle. Mais peut-être pas. Le roi Édouard n'a pas fini de réprimer la rébellion des seigneurs des Marches[1] qui ont osé se dresser contre son autorité. Il a bien dit qu'il les écraserait jusqu'au dernier. Nous sommes bien placées pour le savoir, il me semble.

Saisissant les deux plus jeunes enfants par la main, elle rebroussa chemin d'un pas décidé, le bas de sa jupe laissant une longue traînée sombre sur l'herbe blanchie par le givre. En marchant vite, elles pourraient atteindre l'abri des remparts du château avant l'arrivée de la petite troupe. Les cavaliers devaient encore traverser la forêt qui s'étendait au nord des remparts puis solliciter l'autorisation d'entrer auprès des hommes d'armes qui gardaient l'unique entrée du bourg. Eva fit une prière muette. Cela devrait donner le temps aux gardes du château de relever le pont-levis et de barrer le lourd portail de chêne !

Katherine la rejoignit en courant, son manteau battant derrière elle comme une aile.

— Mais ils ne viennent pas s'en prendre à moi, n'est-ce pas ? s'enquit-elle, son joli visage empreint d'une inquiétude naissante. Que pourraient-ils vouloir à une pauvre veuve élevant seule ses trois enfants ? Avec l'aide de sa chère gouvernante, bien sûr s'empressa-t-elle

1. Le roi Édouard II Plantagenêt, qui règne de 1307 à sa mort en 1327, mène dans les années 1321 et 1322 une campagne militaire éclair pour juguler la révolte des seigneurs féodaux occupant les Marches du pays de Galles. La révolte, véritable guerre civile, sera réprimée, et Thomas de Lancastre, cousin du roi et Plantagenêt lui aussi, qui avait soulevé les barons gallois contre Hughes le Despenser le Jeune, principal allié du roi, dans l'espoir d'affaiblir le pouvoir royal, sera exécuté.

d'ajouter en lui pressant de nouveau l'avant-bras. Il y a beau temps que le roi a oublié mon existence. Il est bien trop occupé à mener ses batailles.

— Mais vous êtes sa nièce, milady. Et vous êtes donc sous sa tutelle. Malheureusement, vous vous trouvez être aussi la veuve d'un baron félon. Maintenant que votre époux est mort avec les honneurs sur le champ de bataille, vous voici héritière de trois belles fortunes : celle de votre père, d'abord, puis de votre frère et enfin de votre mari, que Dieu les bénisse. Vous êtes une femme riche, Katherine, et donc un levier de pouvoir pour notre souverain. Souvenez-vous… Moi aussi, je me croyais bien tranquille, oubliée dans mon château, avant que Sir Steffen vienne m'en sortir. Et de quelle façon !

Mais Katherine ne l'écoutait plus. Regardant derrière elle, elle s'enquit, soudain inquiète :

— Où est Peter ? Je croyais qu'il nous suivait ?

L'aîné des Montagu avait la fâcheuse manie de prendre la poudre d'escampette aux moments les plus inopportuns.

— Mon Dieu ! cria-t-elle encore.

Sa voix avait monté d'une octave, atteignant une note suraiguë.

— Le voilà qui s'enfuit là-bas ! s'exclama Eva. Tiens, prends ces deux-là, intima-t-elle, revenant au tutoiement sous le coup de l'émotion.

Elle tendit à son amie d'enfance les mains de ses deux filles tout en suivant d'un œil inquiet la petite silhouette vêtue de rouge qui dévalait la colline, le long du bois.

Pouvait-on les avoir repérés de la plaine avec leurs vêtements de couleur vive qui se détachaient sur l'herbe verte ?

— File, maintenant, Katherine. Et demande qu'on referme bien le portail et la herse derrière toi. Surtout, ne laisse pas entrer ces étrangers. Je vais te ramener Peter.

*
* *

Refermant les doigts sur les rênes, Bruin, comte de Valkenborg, arrêta son destrier et jeta un coup d'œil autour de lui. Ils avaient bientôt atteint le but de leur voyage et il ne serait pas mécontent de retrouver la terre ferme. Se contorsionnant sur sa selle, il parvint à extraire de l'une de ses fontes sa gourde de cuir. Le fier animal, pressé d'atteindre son logis du soir et le picotin qui allait avec, gratta impatiemment le chemin pierré de l'un de ses énormes sabots en soufflant furieusement par les naseaux. Bruin, peu impressionné, tendit son heaume à l'un de ses écuyers et détacha le gorgerin en maille fine qui lui protégeait le cou pour se donner un peu d'air. Il se passa la main dans les cheveux, heureux de sentir la fraîcheur de la nuit sécher son crâne en sueur. Le gant de cuir crissa contre le poil dru qui ornait sa mâchoire. Impossible de se raser depuis le début de leur voyage, et maintenant sa barbe rutilait comme les barbes rousses de ses ancêtres vikings. Jetant ses gants de cuir au jeune garçon qui lui servait de page, il tenta en vain d'ôter le bouchon de sa gourde de ses doigts gelés.

— Par les dents de l'enfer ! jura-t-il, manquant de laisser tomber la gourde sur l'herbe. Quel froid !

Il coinça sa gourde dans le creux ménagé par le pommeau de sa selle et se frotta énergiquement les mains.

Son compagnon, le comte de Banaster, vint se ranger au botte à botte en lâchant un grand rire.

— Tu devrais pourtant plus que tout autre être habitué au froid, plaisanta-t-il d'une voix comiquement étouffée par son heaume.

— Tu dis ça parce que je suis né de l'autre côté de la mer du Nord ? Détrompe-toi ! Il n'y fait pas plus froid que dans ce fichu pays. Et le terrain y est décidément plus plat.

Les yeux de Bruin se plissaient quand il souriait. Il arracha le bouchon avec ses dents et, renversant la tête en arrière, but avidement plusieurs longues gorgées. Puis il s'essuya la bouche d'un revers de manche, et les fines mailles d'acier de sa cotte brillèrent dans le soleil.

— Melyn ne doit plus être très loin, maintenant, lança-t-il en faisant jouer les muscles de ses épaules. Cela commence à faire un bout de temps que nous chevauchons.

Il bâilla longuement avant de se tourner vers son compagnon.

Gilbert releva d'une pichenette la visière de son heaume. Des touffes de cheveux poivre et sel s'échappaient de son casque, et son capuchon de mailles entourait d'un ovale presque parfait son visage marqué par les ans.

Bruin haussa les épaules.

— Nous aurions avancé plus vite si les barons rebelles n'avaient pas brûlé tous les ponts.

— Mais je suis surpris que vous entre tous, Bruin, vous vous soyez porté volontaire pour m'accompagner. Cette mission n'est-elle pas trop modeste pour un guerrier de votre trempe ? C'est bien pour cela que le roi m'a tiré de ma paisible retraite, n'est-ce pas ? Escorter Katherine de Montagu jusqu'à lui n'a rien d'un exploit. Pourquoi n'êtes-vous pas parti vers le nord avec l'armée royale ? Il reste encore quelques frelons dans le nid, nous le savons.

Bruin eut un petit rire.

— Le roi me l'a demandé, en effet. Il m'a même offert de doubler ma solde.

Le regard de Bruin s'assombrit tandis qu'il précisait :

— Il est content de me revoir, après...

Lord Gilbert eut un bref sourire.

— Après l'année de vacances que vous vous êtes octroyée auprès de Lord Despenser.

Bruin souffla bruyamment par les narines.

— Vous avez le don d'embellir la réalité, on ne peut pas le nier. J'étais un mercenaire, pour ne pas dire un hors-la-loi occupé à sillonner le Channel tous les jours que Dieu fait pour piller et rançonner les navires de toute l'Europe… et ceux de la flotte d'Angleterre plus que tout autre.

Il ajouta, la bouche dure :

— Après la morte de Sophie, j'ai perdu complètement la tête. Je ne suis pas fier de ce que j'ai fait.

Surpris de la franchise de son cadet, de la douleur âpre qui faisait vibrer sa voix, Gilbert lui adressa un regard compatissant. La rumeur affirmait que le jeune homme se sentait responsable de la mort tragique de la jeune fille.

— Mais le roi a fait revenir Lord Despenser de son exil et lui a accordé son pardon, comme il vous a pardonné. Et pour mon compte, je suis content de vous revoir, en tout cas, assura Gilbert en administrant une bourrade affectueuse à son compagnon. Même pour une simple promenade de santé.

Bruin hocha lentement la tête.

— Ce n'est pas la seule raison pour laquelle je suis là, autant vous le dire, maintenant. C'est mon frère qui m'a demandé de vous accompagner en apprenant la mission dont le roi vous a chargé.

Son regard s'embruma tandis qu'il se perdait dans hauteurs des pins qui bordaient le chemin. Il poursuivit d'une voix neutre, parce qu'ils ne s'étaient jamais entendus, tous les deux.

— Steffen est mourant, Gilbert. Et il paraît vouloir se faire pardonner ses nombreuses fautes.

Plus vigoureux que lui, Steffen avait toujours été le préféré de ses parents qui le favorisaient outrageusement. Il était acquis que Bruin, toujours malade, ne vivrait pas longtemps. Mais Bruin avait survécu et, quand il avait commencé à susciter l'admiration par son courage lors des tournois et sur les champs de bataille, Steffen s'était abandonné à un sentiment de jalousie féroce et destructeur. C'était pour lui qu'il voulait les compliments et l'admiration.

Gilbert hocha la tête.

— J'oubliais que vous avez vu votre frère à Deorham. Il a été blessé à la bataille de Durfield, n'est-ce pas ?

Bruin chassa ses souvenirs en secouant la tête.

— Oui. Un coup sur le crâne. Les médecins l'ont jugé perdu. Il faut que je lui ramène cette femme avant qu'il ne soit trop tard.

— Quelle femme ? Sa maîtresse ?

— Je ne sais pas. Peut-être.

Bruin revit la scène. Après un an d'absence, le spectacle de Steffen, amaigri et fiévreux, avait été un choc. Dès que son cadet s'était approché du lit, il l'avait saisi par le bras et, roulant des yeux fous, l'avait supplié de retrouver la femme à qui il avait fait tant de mal. Seul le pardon de sa victime lui permettrait de mourir en paix. Il la décrivait d'une voix vibrante, évoquait ses cheveux sombres et ses clairs yeux bleus. Il évoqua aussi à plusieurs reprises un détail étrange. Cette femme avait une marque sur l'épaule. Le tatouage d'un papillon. Puis il avait enfin prononcé son nom. Lady Eva de Striguil.

— Peter ! appela Eva d'une voix étouffée. Ne sois pas stupide. Où es-tu ?

Une piste se dessinait, à peine visible, dans les feuilles mortes qui jonchaient le sous-bois. Elle s'arrêta un instant, l'oreille aux aguets. Elle avait les joues figées de froid, son nez était devenu insensible. Ou diable avait pu se cacher ce fichu gamin ? La guettait-il, dissimulé derrière un tronc, un de ses habituels sourires pleins de malice retroussant les coins de sa petite bouche rouge ? Le soleil avait presque disparu, maintenant. Dans l'obscurité, il serait beaucoup plus difficile de le retrouver.

Dieu fasse que Katherine ait pu regagner l'abri du château avec ses deux filles ! Un violent frisson la secoua tout entière, la prenant par surprise. L'image de ces chevaliers avançant dans la plaine, leurs armes jetant des éclairs menaçants, l'assaillit de nouveau. Katherine avait raison, certainement. Ces hommes cherchaient un gîte pour la nuit. Rien de plus.

Un bref éclat de couleur rouge traversa la pénombre. Puis un éclat de rire, vite réprimé, lui parvint, porté par la brise.

Eva bondit en avant.

— Peter, petit démon !

Elle le voyait maintenant, sa silhouette menue se faufilant entre les troncs, ses jambes agiles grimpant sur les rochers, sa cape rouge flottant derrière lui tandis qu'il franchissait d'un bond un fossé. Mais Eva était plus endurante et plus rapide. Gamine, elle avait toujours aimé courir et monter à cheval. Ses pieds la portaient d'eux-mêmes, elle foulait le sol, ses mollets musclés la propulsant sans peine. Volant sur le sentier, elle rattrapa bientôt le gamin rieur.

— Pris ! s'écria-t-elle tandis que sa main s'abattait sur l'une de ses maigres épaules.

Et, le faisant brutalement pivoter sur lui-même, elle lui cria sa colère, les yeux brillants.

— Pour l'amour du ciel, Peter, te rends-tu compte de ce que tu fais ? Ce n'est pas un jeu, sais-tu ? Des étrangers rôdent autour du château. Ils sont armés jusqu'aux dents. Il faut rentrer au plus vite. Veux-tu être pris en otage ? Je te jure que tu aurais vite fait de t'en lasser.

Peter la dévisageait, les yeux écarquillés. Il venait manifestement de prendre la mesure du danger.

— Oh ! Eva… Je suis désolé, gémit-il tandis que les larmes commençaient à couler sur ses joues. Je voulais seulement m'amuser. Je ne pensais pas…

Eva ouvrit les bras, et le petit garçon s'y jeta en tremblant.

— Excuse-moi, Peter. Je n'aurais pas dû crier. Viens vite, maintenant. Rentrons.

Son voile avait glissé pendant la course et, le rajustant sur sa tête, elle le noua comme un foulard autour de son cou.

— Allez viens, conclut-elle en tendant la main à son petit compagnon.

Il glissa sa petite main dans la sienne et la serra convulsivement. Les ombres s'étendaient autour d'eux, les troncs d'arbre ne faisant plus qu'une masse confuse. Bientôt, ils ne pourraient plus distinguer leur chemin. Eva allongea le pas, la gorge serrée, tractant le petit garçon derrière elle, se frayant un chemin au milieu des hautes fougères et des ronces qui s'accrochaient à leurs vêtements.

Quand, parvenant enfin à la lisière de la forêt, ils virent clignoter les lumières du château et, plus bas, celles de la vallée, Eva faillit pousser un cri de soulagement.

Aucune trace des voyageurs armés.

Ils étaient sauvés. Elle s'élança au travers de la prairie, impatiente de retrouver la chaude lumière des bougies, le confort douillet de la chambre qu'elle partageait avec Katherine.

Une solide muraille de pierre de quatre pieds d'épaisseur, construite par les ancêtres de Katherine, entourait Melyn Castle et le bourg qui en dépendait. D'aussi loin que pût remonter la mémoire des gens, la seule manière de la franchir était de passer par la porte fortifiée du bourg que gardait jour et nuit une escouade d'hommes armés.

Mais Eva avait une autre idée derrière la tête.

Elle se dirigea tout droit vers un épais buisson de ronces qui cachait la base de la muraille à l'endroit où elle s'élevait depuis la falaise dominant la rivière bouillonnante. Derrière ces ronces aux épines acérées dégarnies à cette saison des mûres violines qu'on pouvait y cueillir en été, se dissimulait une porte basse, une issue secrète dont Katherine n'avait révélé l'existence qu'à ses plus proches confidents.

Se faufilant habilement derrière le rideau de ronces, la main de Peter toujours dans la sienne, elle manœuvra non sans difficulté le loquet grippé par la rouille et poussa le panneau de bois vermoulu.

Dieu soit loué ! La silhouette familière du donjon s'élevait devant eux, entourée de douves profondes dont l'eau opaque couverte de plantes aquatiques rendait impossible le franchissement. Un homme d'armes muni d'une torche faisait les cent pas au pied des remparts, la flamme de sa torche se reflétant dans l'eau noire. Devant eux, la tour de guet se dressait, chevauchant le pont de bois qui permettait de franchir les douves. Malgré la pénombre, Eva vit que le pont-levis était toujours descendu et pesta intérieurement. Katherine n'avait pas suivi ses conseils.

— Chut ! Pas un bruit, murmura-t-elle à l'intention de son petit compagnon. Reste caché là jusqu'à ce que je t'appelle.

— Et si tu ne m'appelles pas ? chuchota Peter en retour, l'anxiété perçant dans sa voix.

Il était fatigué et affamé, Eva le savait. Mais les mystérieux voyageurs avaient peut-être déjà pénétré dans le château. Elle devait s'assurer que tout allait bien.

— Si je ne suis pas de retour dans dix minutes, pars

d'ici en courant et va te cacher au village, répondit-elle, s'efforçant de garder un ton léger. Chez Margrit, qui nous fournit en œufs, par exemple. Tu comprends, ta maman t'a confié à moi et je ne voudrais pas qu'il t'arrive quelque chose.

Peter sourit. Une de ses dents de devant était tombée récemment et cela lui donnait un air de jeune forban.

— D'accord. Je t'attends ici. Je n'ai pas peur, de toute façon, dit-il en tapant le sol du talon, comme pour marquer son territoire. Mais dix minutes, je ne sais pas exactement combien de temps cela fait.

Eva se voulut rassurante. Sous ses airs bravaches, Peter était inquiet, et, à neuf ans, c'était bien compréhensible.

— Je serai de retour avant même que tu commences à te le demander.

Elle lui adressa un clin d'œil complice et, tournant les talons, rejoignit à pas de loup le sentier qui longeait les douves. Le soir était tombé, et on n'entendait plus que le hululement d'une chouette venant du fond des bois. Elle atteignit rapidement la tour de garde et jeta un coup d'œil par l'une des étroites meurtrières. Un homme d'armes montait la garde, sans grande vigilance car, sa lance posée contre un mur, le menton appuyé sur sa poitrine et les mains sous les aisselles pour les réchauffer, il semblait dormir. Éclairé par une seule torche, le couloir pavé de galets ronds conduisait à une porte de chêne bardée de fer qui donnait accès au pont-levis.

— John ! appela-t-elle en le reconnaissant.

L'homme se redressa brusquement.

— Eva ! C'est vous, enfin ! dit-il en s'approchant de l'ouverture. Lady Montagu commençait à se faire du souci. Avez-vous retrouvé Peter ?

Eva ne put retenir un soupir de soulagement. Apparemment, les ennemis n'étaient pas dans la place.

— Oui. Il attend dehors que je l'appelle. Tout va

bien, ici ? Personne n'est venu ? Comment se fait-il que Lady Katherine vous ait laissé monter seul la garde ?

— Tout va bien, *mistress*. Tout est calme, par ici. Les cavaliers que vous avez aperçus tout à l'heure dans la plaine ont probablement trouvé gîte et couvert au bourg. À moins qu'ils aient passé leur chemin pour aller jusqu'à Dodleigh.

— Bon, je vais chercher Peter.

Pivotant comme une toupie, Eva s'élança dans la pénombre pour récupérer son jeune protégé.

Et s'arrêta net dans son élan, la main sur la bouche, pour étouffer un cri.

Un groupe de cavaliers remontait l'allée, se dirigeant droit vers le pont-levis. Les boucles de leur harnachement et le métal de leur armure luisaient faiblement à la lumière de la lune. Leur approche avait été silencieuse. Ils avaient mis leurs montures au pas pour étouffer le bruit des sabots dans l'herbe spongieuse.

Ils étaient donc venus, finalement.

— John ! appela-t-elle d'une voix aiguë, incapable de dissimuler sa panique. John ! À l'aide !

Arrêtant sa monture, l'homme qui avançait en tête de la petite troupe souleva la visière de son heaume. Il avait l'air las et des mèches de cheveux gris étaient collées à son front mouillé de sueur.

— Ne craignez rien, *mistress*. Nous sommes venus jusqu'ici dans des intentions pacifiques.

Eva reconnut sur son surcot les armes royales, trois lions d'or sur fond rouge, et sa peur reflua d'un seul coup. Les soldats du roi, oncle et tuteur de Katherine. Ils ne pouvaient être venus pour faire du mal.

John, qui l'avait rejointe, leva sa torche pour mieux voir.

— Qui êtes-vous ? Que voulez-vous ?

Le chevalier se pencha vers lui, une main sur ses reins douloureux, et le cuir de sa selle grinça sous son poids.

— Sommes-nous bien à Melyn Castle, résidence de Lady Katherine de Montagu, nièce du roi Édouard ?

— Oui, messire, vous y êtes bien, en effet.

— Dans ce cas, je viens délivrer à Lady de Montagu un message de la part du Roi. Et j'ai l'ordre formel de le lui remettre en main propre.

Le vieux chevalier sortit de son pourpoint, sous sa cotte de maille, un rouleau de parchemin qu'il agita sous le nez du garde.

Son énorme destrier, surpris par cette soudaine agitation, fit un brusque écart, révélant à la vue six autres cavaliers qui attendaient, derrière lui, dans un alignement parfait. Plus jeunes que leur chef, ils se tenaient bien en selle, le corps souple et le dos droit. L'homme qui était juste derrière son interlocuteur retira son heaume qu'il cala devant lui, sur le pommeau de sa selle et se pencha en avant pour murmurer quelque chose à son compagnon.

Ses yeux d'un gris perçant enveloppèrent Eva d'un rapide coup d'œil tandis qu'il repoussait son épaisse chevelure d'un blond roux. Elle le reconnut aussitôt. Et un hurlement de peur, totalement incontrôlable, lui échappa.

Elle avait sous les yeux l'homme qui, un an plus tôt, avait fait de sa vie un enfer. L'homme qui l'avait séquestrée et affamée une semaine entière et l'avait dépouillée de tous ses biens.

Ce qu'elle redoutait était arrivé. Le monstre qui hantait ses cauchemars était revenu.

Chapitre 2

Mon Dieu ! Comment avait-il fait pour la retrouver ?

La terreur envahit le cerveau d'Eva, éradiquant toute logique. Elle leva les bras, comme pour se protéger d'un agresseur, la respiration bloquée.

Puis, sans réfléchir, guidée uniquement par un instinct animal, elle tourna les talons et s'élança en direction de la forêt. Si ce monstre la rattrapait, cette fois, il la tuerait. Elle avançait, trébuchant sur des racines, des mottes d'herbe, le regard fixé sur la ligne sombre des arbres. Là seulement, elle pourrait lui échapper.

La petite silhouette de Peter surgit des buissons où elle lui avait demandé de se cacher.

— Eva, Eva ! appela-t-il, le visage déformé par la peur. Où vas-tu ? Où sont maman et mes sœurs ?

— Rentre au château ! hurla-t-elle. C'est après moi qu'ils en ont. Tu ne risques rien. Rentre !

Comme il se jetait dans ses bras, elle l'étreignit convulsivement puis le renvoya vers les remparts d'une pression douce mais ferme.

Mais il regimbait, comme un poulain à l'entrave. Il s'accrocha à sa manche, la lèvre inférieure tremblante.

— J'ai peur, Eva. Je viens avec toi.

— Non, Peter. Tu ne peux pas me suivre. Je vais m'en tirer, je te le jure… Rentre, maintenant.

Arrachant le tissu d'un geste sec, elle reprit sa course, les yeux pleins de larmes. Un coup d'œil par-dessus son épaule lui apprit que les visiteurs n'avaient pas bougé. Ils avaient mis pied à terre et discutaient avec John. Un espoir fou la traversa. Était-il possible que l'homme ne l'ait pas reconnue ?

Mais pas question de prendre le moindre risque. Elle savait ce dont était capable cet individu. Faisant volte-face, elle prit ses jambes à son cou et détala comme un daim surpris par les chasseurs.

— Qui était-ce ? demanda Gilbert au garde en regardant la silhouette d'Eva disparaître dans l'obscurité, son voile blanc flottant derrière elle. Elle a le diable à ses trousses, en tout cas. Vous me croyez, j'espère, quand je vous dis que nous ne vous voulons aucun mal ? lança-t-il en souriant.

— Il s'agit de la gouvernante des enfants de Lady Katherine, dit John d'une voix brève, pressé de regagner la chaleur de son brasero.

Il ajouta néanmoins, par acquit de conscience, tapant des pieds pour se réchauffer :

— Je ne sais pas quelle mouche l'a piquée pour s'enfuir comme ça. Il faudrait aller la chercher. La nuit, la forêt n'est pas un endroit sûr.

Gilbert, pestant intérieurement contre ses vieux os, s'appuya sur l'encolure de son cheval pour soulager son dos. Les muscles de son cou raidis par leur longue chevauchée lui faisaient mal, et le reste ne valait guère mieux. Il ne rêvait plus que d'une bonne flambée et d'un bain chaud. Mais il fallait rattraper la fugitive. Lady Katherine aurait besoin de toutes ses domestiques pour l'accompagner dans le voyage qu'elle allait devoir entreprendre.

— Bon, soupira-t-il… Je crains qu'il ne faille partir à sa recherche, n'est-ce pas ?

Mais Bruin s'avançait déjà.

— Laissez-moi faire. Mon cheval est plus frais que le vôtre, Sir Gilbert.

Il ajouta, une lueur taquine dans son regard gris :

— Ce n'est plus de votre âge, de courir après les donzelles.

Gilbert leva sa main gantée en signe de défaite.

— Je vous l'accorde volontiers, Bruin. Je suis trop vieux pour repartir à l'aventure à cette heure de la journée. Mais, pour l'amour du ciel, n'effrayez pas cette jeune fille. Je ne souhaite pas contrarier Lady Katherine plus que nécessaire, et surtout pas en terrorisant ses domestiques. Vous avez vu sa tête quand elle a posé les yeux sur vous ? On aurait dit qu'elle venait de voir le diable en personne.

Bruin le dévisagea, les yeux ronds.

— Pourquoi lui aurais-je fait peur ? protesta-t-il, la main sur le cœur. Je n'ai rien d'un de ces *raiders* venus du Nord pour terroriser les gens du cru.

— Pourtant, si mes informations sont bonnes, rétorqua Gilbert d'un ton plus offensif, n'est-ce pas ce que vous avez été pendant un an, après… après votre deuil ? Mettant à sac le Channel pour le compte de ce brigand de Hughes le Despenser[1]. Mais le passé est le passé, s'empressa-t-il d'ajouter d'une voix apaisante.

1. Hughes le Despenser, dit aussi Despenser le Jeune, est un favori du roi Édouard II. Un mariage prestigieux avec la petite-fille d'Édouard Ier, Éléonore de Clare, puis la mort de son beau-frère, lui permettent de recevoir en héritage les domaines de Clare, situés dans le Glamorgan. Il devient ainsi l'un des plus puissants seigneurs des Marches galloises. Profitant de son statut de favori royal, il s'empare illégalement de plusieurs possessions limitrophes. C'est ce qui provoquera la fameuse rébellion des barons de 1321. Le roi est contraint de l'exiler mais rallie ses soutiens et parvient à écraser la rébellion des barons en 1322. Les années suivantes, Hughes le Despenser, rentré en grâce, accroît démesurément son influence à la Cour.

Prenez des précautions avec cette fille. Ne la terrifiez pas avec votre barbe rousse et vos yeux de métal, conclut-il en riant. Elle ne vous a rien fait.

La fugitive avait presque atteint la lisière des bois, pâle silhouette se détachant sur la colline qui disparaissait dans la pénombre.

Bruin fit pirouetter son cheval et, piquant des deux, s'élança à sa poursuite. Non, bien sûr, cette fille ne lui avait rien fait. Il ne l'avait jamais vue avant ce soir, du reste, alors, comment pourrait-il en être autrement ? Son ennemi, il le portait en lui-même, comme un animal qui lui rongeait le cœur.

Haletante, les poumons en feu, Eva atteignit enfin le couvert des arbres et se laissa tomber sur une souche pour reprendre haleine. Le sang lui battait aux tempes et, malgré le froid ambiant, elle était couverte de sueur. Mais ce n'était rien à côté de ce que cet homme lui ferait subir s'il parvenait à la rattraper. Luttant contre sa fatigue, elle se remit sur ses pieds et s'enfonça dans l'épaisseur du taillis où, comme une bête blessée, elle pourrait trouver un peu de répit.

Un appel lui fit tourner la tête. Un cavalier lancé à sa poursuite, une torche à la main, franchissait au petit galop le terrain qu'elle venait de parcourir. Éperonnée par la peur, Eva reprit sa course, ses pieds volant littéralement sur l'étroite piste à peine éclairée par un rayon de lune.

Mais c'était trop facile. Son poursuivant n'aurait qu'à la suivre à la trace. Sautant le fossé, elle s'enfonça dans les fougères, presque aussi hautes qu'elle. Elle avançait sans hésitation, arrachant les ronces qui s'agrippaient à ses jupes. Il lui fallait trouver un refuge, une hutte de chasseur, une cache ménagée par le corps lourd d'un animal qui y avait passé la nuit, écrasant l'herbe et les buissons sous son poids. Protégé du vent froid par l'épaisseur des frondaisons et la densité de la végétation intermédiaire, le sol était humide et collait à la semelle de ses bottines de cuir fin, imprégnant ses bas d'une eau poisseuse et froide. Soudain, le bois s'arrêta net et Eva fit irruption dans une petite clairière marécageuse.

Elle tendit l'oreille, à l'affût du moindre bruit. Rien. Peut-être le sinistre individu s'était-il découragé, davantage intéressé par la perspective d'un bon feu et de généreuses tranches de rôti arrosées de larges rations de bière ?

Eva repartit avec un regain d'énergie. Plus elle s'enfoncerait dans la forêt, plus elle avait de chances d'échapper à son ancien bourreau. Demain matin, il repartirait bredouille, pressé de rentrer chez lui, et elle serait sauvée. Si ses souvenirs étaient exacts, elle était arrivée maintenant quasiment au sommet de la colline. Ensuite, la forêt laissait place à un plateau herbeux qui descendait en pente douce vers la rivière. Il devenait indispensable de dénicher une cachette rapidement, sinon elle se trouverait bloquée par les eaux tumultueuses et à cet endroit totalement infranchissables de la Dee.

Elle s'élança d'un pas décidé et ne vit pas le piège à gibier dissimulé sous les feuilles. Son pied déclencha un ressort, et deux mâchoires de fer se refermèrent sur la chair tendre de son mollet. Une douleur fulgurante lui monta jusqu'au cœur, et elle se laissa tomber à genoux sur le sol avec un cri aigu. La tête lui tournait tandis que des vagues de nausée lui remontaient dans la gorge. Elle se mordit sauvagement les lèvres, bien résolue à rester consciente tandis que des larmes roulaient sur ses joues. Quelle sotte elle avait été ! Elle savait pourtant que les gens du bourg et les paysans disposaient des pièges un peu partout dans les sous-bois pour s'approvisionner en gibier. Comment avait-elle pu se montrer assez sotte pour quitter le chemin ?

Grimaçant de douleur, elle se pencha sur sa jambe blessée et s'efforça d'écarter les terribles mâchoires de métal. La vue des taches de sang qui s'élargissaient lentement sur son bas menaça de la faire de nouveau défaillir. Un cri de rage autant que de douleur lui échappa qu'elle ravala aussitôt. Avec un peu de chance, si elle pouvait passer ici la nuit sans se faire remarquer, l'homme qui avait posé ses pièges la trouverait là l'aube en venant les relever.

Mais Bruin avait entendu crier. Un cri faible porté par le vent. Comme celui d'un animal pris au piège. C'était la femme qu'il poursuivait, il en avait la conviction. Il tourna lentement la tête de part et d'autre, le nez froncé comme un limier, tâchant de déterminer sa provenance. Où diable avait-elle bien pu disparaître. Laissant son cheval à la lisière du bois, grâce à sa haute taille il avait vite repéré la sente qui grimpait à flanc de colline et l'avait empruntée, avançant à longues enjambées malgré le sol spongieux dans lequel ses bottes s'enfonçaient à chaque pas.

Bruin progressait sans bruit sur le sol tapissé d'un riche humus, levant sa torche haut devant lui. Il était à l'affût du moindre indice, une branche brisée, des traces de pas dans la boue, un buisson écarté, un objet tombé. Il s'arrêtait de temps à autre, l'oreille aux aguets, tout son corps en alerte, comme le combattant bien entraîné qu'il était. Il n'y avait pas eu d'autre cri et, à part le crépitement de sa torche, un silence presque palpable régnait dans la forêt endormie. On n'entendait plus au loin, près de la rivière, que l'appel des colverts qui se posaient pour la nuit dans les herbes hautes des berges. Pourtant, avec son instinct infaillible de chasseur, il sentait la présence de la fille, tout près de lui, tapie dans les feuillages. Il percevait par tous les pores de sa peau l'effort qu'elle faisait pour retenir son souffle le temps de son passage. Elle se cachait là, quasiment à portée de main…

La flamme vacillante éclaira soudain une trace de pas dans l'herbe écrasée. Puis, de l'autre côté du fossé qui bordait la sente, une autre empreinte de pied fortement enfoncée. La fugitive avait quitté le chemin pour brouiller sa piste. Bruin sauta à son tour et se fraya un passage dans les buissons de ronces dont les griffes impitoyables crissaient sur sa cotte de mailles. Quand il déboucha dans la clairière, un seul coup d'œil lui suffit pour comprendre ce qui s'était passé.

Tassée sur elle-même, la jeune servante paraissait endormie. Le front appuyé sur un genou, le visage enfoui dans les plis de sa jupe, elle avait posé un bras sur sa nuque, comme pour se protéger. Son autre jambe était étendue devant elle, et les terribles dents de métal d'un piège à gibier étaient plantées dans sa chair. Sous la lumière dansante de la torche, avec tout ce sang séché, la scène avait un caractère à la fois tragique et d'une saisissante beauté.

Bruin lâcha un juron. Se laissant tomber sur un genou, il planta sa torche dans le sol détrempé et se pencha sur la jeune fille. De près, la piètre qualité de ses vêtements sautait aux yeux. Une cotte sans manches taillée dans une toile grossière d'un brun sale portée sur une simple tunique d'une étoffe plus légère. Pas de manteau ni de cape pour la protéger du froid, et la pauvre fille tremblait de tous ses membres dans l'air glacé de la nuit.

Il eut une grimace contrariée. Son manteau d'hiver était soigneusement plié dans l'une de ses fontes qui, pour l'heure, se promenaient sur le dos de sa monture, laissée à l'orée du bois.

Quand il se pencha sur elle, la fille se redressa lentement. Le pâle ovale de son visage, enserré dans l'écrin noir et brillant de ses cheveux, resta un instant immobile et sans expression, comme si elle ne le voyait pas. Dans le halo doré de la torche, son teint sans défaut avait pris le lustre crémeux du marbre. Puis ses yeux se posèrent sur lui, comme deux vasques étincelantes dont, à cause de la pénombre, il ne put deviner la couleur. Et elle se rejeta brusquement en arrière avec un cri d'horreur. Alors, s'aidant de ses deux mains, elle se mit à ramper à reculons, les yeux exorbités, entraînant avec elle le piège retenu par une longue chaîne qu'un piton de métal fixait au sol. L'ensemble fit un bruit de ferraille tandis que les dents du piège s'enfonçaient plus profondément dans sa chair.

— Arrêtez ! intima Bruin d'une voix ferme en la retenant par l'épaule. Vous ne faites qu'aggraver la situation… Laissez-moi faire. Je vais vous retirer ça.

Un rugissement rauque sortit de la bouche de la blessée.

— Non ! ! ! Ne me touchez pas. Partez d'ici, monstre barbare ! cria-t-elle en se débattant pour se libérer de son étreinte.

Arrachant la torche du sol avec une énergie insoupçonnée, elle la leva devant lui dans un geste menaçant. Bruin s'écarta instinctivement pour éviter la flamme.

Une brusque colère s'empara de lui. Il avait l'habitude qu'on lui obéisse sans discuter. Et voilà que ce petit bout de femme le menaçait physiquement. Lui donnait des ordres comme un chef d'armée. Un instant, il fut tenté de l'abandonner à son sort. Après tout, on ne manquait pas de bonnes d'enfants à la cour du roi Édouard ! Mais Gilbert ne l'entendrait certainement pas de cette oreille. On ne laissait pas une femme sans défense, fût-elle de modeste condition et têtue comme une mule, en train de se vider de son sang la nuit, au milieu de la forêt.

— Vous ne voyez pas que je veux vous aider, petite sotte ? cria-t-il plus fort qu'elle en plantant son regard dans le sien.

Puis, se reculant progressivement, il leva les deux mains en l'air, en signe de bonne volonté.

— Là, vous voyez bien que je ne suis pas armé…

Son ton apaisant pénétra lentement dans le cerveau affolé d'Eva. Quelque chose n'allait pas dans cette scène inattendue. La voix de son agresseur n'était pas la même que dans son souvenir. Son regard n'avait rien de féroce… Pourtant, ce ne pouvait être que lui, l'homme qui avait fait irruption chez elle et l'avait contrainte par la force à lui léguer tous ses biens. Il avait les mêmes cheveux couleur de bronze, les pommettes hautes, le menton fendu.

Mais ce n'était pas sa voix. Et il parlait avec un accent étranger qui conférait à ses paroles une curieuse mélodie gutturale.

— Je ne vous crois pas, chuchota-elle, incapable de contrôler le tremblement qui la secouait tout entière. Vous m'avez tout pris. Que voulez-vous de plus ? N'avez-vous pas fait assez de mal ?

Bruin s'assit sur les talons, perplexe.

— Mais de quoi parlez-vous ? Vous êtes-vous heurté le crâne en tombant ? Je ne comprends rien à ce que vous dites.

De légers flocons de neige commençaient à tourbillonner dans la clairière, émettant un petit sifflement quand ils rencontraient la flamme.

— Avez-vous oublié ce que vous m'avez fait ? Je ne vous crois pas. C'est impossible.

Eva dévisageait son interlocuteur, incrédule, des larmes perlant à l'extrémité de ses cils comme de minuscules diamants. Sous sa cotte mal coupée, sa poitrine ronde et ferme se soulevait au rythme haletant de sa respiration. L'éclat de la torche traversa les profondeurs de son regard, révélant les nuances stupéfiantes d'un bleu profond. Celui de la mer à midi, quand le soleil au zénith allumait dans les profondeurs marines de longues flèches de lumière.

Un émoi inattendu étreignit le cœur de Bruin et il s'ébroua, comme pour se rappeler à l'ordre. Quelque chose se passait qu'il ne comprenait pas. La jeune fille s'adressait à lui comme si elle le connaissait. Et pourtant, il en aurait mis sa main au feu, ils ne s'étaient jamais rencontrés. Il se serait souvenu de ces yeux-là. De l'ovale parfait de ce visage. Du dessin à la fois émouvant et ferme de cette bouche.

Il s'éclaircit la gorge.

— Nous connaissons-nous ? À moins que vous ne me confondiez avec quelqu'un d'autre ?

Aurait-elle rencontré son frère ? C'était fort peu probable. Ces dernières années, Steffen n'avait guère quitté le service du roi Édouard, qui ne s'était jamais aventuré aussi loin à l'ouest dans son royaume.

— Avez-vous vraiment besoin de me le demander ?

La voix d'Eva était âpre, tendue comme une corde prête à se rompre.

Il la dominait de sa haute taille, dardant sur elle ses froids yeux gris. Et elle le revoyait, la harcelant jour et nuit jusqu'à ce que, épuisée par le manque de confort et la faim, elle cède à ses exigences. Certes, il avait changé. Ses cheveux étaient plus épais et plus indisciplinés que dans son souvenir, son regard plus profond, moins dur. Son visage plus mince, plus animé.

Et il était encore plus grand.

Non. Ça, ce n'était pas possible. Un homme fait, parvenu à l'âge adulte, ne pouvait croître à ce point en taille, même en un an. Plissant les yeux, elle examina son interlocuteur avec plus d'attention. Sur sa tunique de laine rouge étaient brodées des armoiries qu'elle ne connaissait pas : deux lions, un rouge et un noir sur fond doré surmontés d'une couronne. Elle n'avait jamais vu ces armes nulle part. Les battements de son cœur s'accélérèrent. Se pouvait-il qu'elle se trompe sur l'identité de cet homme ?

Méfiante, Eva brandit plus haut la torche pour le dissuader de s'approcher. Elle sentait le doute s'insinuer en elle.

— Comment m'avez-vous retrouvée ? Qui vous a dit où je m'étais réfugiée ?

Les yeux de l'homme brillaient comme une pierre de gypse. On aurait dit un feu glacé. Il haussa les épaules, comme si la question d'Eva n'avait pas de sens.

— Personne ne m'a rien dit. Je vous ai vue vous enfuir du château. Je vous ai suivie, voilà tout.

— Je ne vous crois pas, protesta-t-elle d'une voix sifflante. Pourquoi m'auriez-vous suivie si vous ne me connaissiez pas ?

Il secoua la tête et poussa un soupir.

— Pour vous éviter ça !

Il désigna le piège et le sang qui coulait toujours.

— Il va pourtant falloir que je dégage votre jambe. À moins que vous ne préfériez mourir saignée comme une bête ?

Il se pencha vers le membre prisonnier et, instinctivement, Eva brandit la torche devant elle. Une odeur de crin brûlé se propagea dans l'air nocturne.

Exaspéré, Bruin lui arracha la torche des mains et la planta dans le sol hors de sa portée. Cet esprit combatif aurait dû l'irriter mais, contre toute attente, il avait envie de rire. Pourquoi cette fille avait-elle à ce point peur de lui ? Et, surtout, pourquoi lui parlait-elle sur ce ton, non comme une servante mais comme son égale ? Bah ! Plus vite il la ramènerait au château, mieux ce serait. Il avait une mission à accomplir et le temps jouait contre lui. Steffen était sur son lit de mort et les heures étaient comptées.

La neige tombait plus dru, maintenant, et commençait à former sur le sol un léger tapis blanc. De ses mains gantées, il écarta lentement les mâchoires du piège qui finirent par s'ouvrir avec un claquement sec. Eva ne put retenir un cri de douleur.

— Désolé. Impossible de faire autrement, s'excusa-t-il en voyant ses yeux noyés de larmes.

Elle le fusilla d'un regard plein de haine.

— Si, cracha-t-elle, la voix entrecoupée de sanglots. En ne venant pas me harceler jusqu'ici.

Eva, toujours assise sur le sol détrempé, contemplait sa jambe blessée étendue devant elle. Les dents du piège avaient laissé d'horribles trous dans sa chair, comme faits par des poinçons. Certains saignaient abondamment. Mais, au moins, elle était libérée de son carcan de métal.

Son interlocuteur la dévisageait, décontenancé.

— Mais… Je ne suis pas venu vous harceler ! Il n'était pas question de vous laisser seule dans la forêt en pleine nuit.

De la compassion ? Eva battit des paupières, perplexe. Non, décidément, ce ne pouvait être Steffen. Prise d'un soudain vertige, elle se sentit basculer en arrière.

— Hé ! Attention.

Se précipitant sur elle, son compagnon la remit sur son séant.

— Je… Je crois que je vais m'évanouir, balbutia Eva, saisie d'une nouvelle nausée.

— Non, pas question, intima-t-il, la contraignant à s'appuyer contre son épaule. Respirez profondément… Là… Encore… Vous avez subi un choc important. Ne bougez plus.

Eva, les yeux clos, luttait contre son malaise. Elle sentait les flocons de neige tomber sur son visage en caresses glacées. Les mains de l'inconnu étaient lourdes et chaudes sur ses épaules. Sa peau et ses vêtements sentaient le cheval et la fumée de bois. Un trouble étrange s'empara d'elle.

— Qui êtes-vous ? demanda-t-elle, quand elle se sentit un peu mieux.

— Mon nom est Bruin. Comte de Valkenborg.

Valkenborg ? Eva ne connaissait pas ce nom. Elle ferma les yeux. Dieu soit loué ! Il ne s'agissait pas de son bourreau.

Chapitre 3

— Valkenborg ? Je ne connais pas cet endroit…

Il avait senti la tension de la jeune fille se dissiper d'un seul coup. Comme si le fait d'apprendre son nom avait comme par magie gommé son appréhension. Ce qui était absurde, évidemment, puisque, pour elle, il n'était qu'un étranger.

— Je suis flamand, crut-il devoir expliquer. Un pays de l'autre côté de la mer du Nord.

— Je sais où se trouve la Flandre, rétorqua-t-elle vivement.

Elle leva les yeux sur les boucles d'or rouge de la chevelure de son interlocuteur, puis son regard descendit sur sa barbe hirsute, de même couleur, se posa sur les pommettes saillantes et les joues creuses qui donnaient à l'étranger un air de jeune loup affamé. Comment pouvait-il ressembler à Lord Steffen à ce point ? Pourtant, elle le voyait bien maintenant, il ne s'agissait pas de lui. Elle battit des paupières, bouleversée. Mais ce n'était plus de la peur. Alors, pourquoi produisait-il sur elle un tel effet ? Il était trop près, trop… envahissant. Son corps puissant, sa haute taille faisaient de lui une sorte de dieu du panthéon nordique auquel la flamme de la torche conférait une étrange patine dorée, comme sur les statues.

Elle enfouit ses mains dans les plis de sa jupe pour en dissimuler le tremblement.

Derrière eux, la flamme de la torche s'amenuisait, prenant une teinte bleuâtre.

— Nous avons trop tardé, maugréa Bruin. La lumière va bientôt nous faire défaut. Il nous faudra rentrer dans l'obscurité. Et sous la neige. Retirez votre bas pour que je puisse panser la plaie.

Eva le dévisagea, horrifiée.

— Vous n'y pensez pas ! Ce serait tout à fait incorrect.

Il jeta ses gants sur le sol avec un soupir exaspéré.

— Incorrect ou non, nous n'avons pas le choix. Vous saignez beaucoup.

Il ajouta avec un sourire carnassier :

— À moins que vous ne préfériez que je m'en charge moi-même ?

Ses yeux jetèrent un éclair dans le noir.

Goujat et fier de l'être ! Eva essaya de se dégager. En vain. Il avait planté l'un de ses genoux massifs et encombrants sur sa jupe. Se détournant pudiquement, elle remonta bliaud et tunique et, de ses doigts gelés, entreprit de dénouer le ruban qui retenait son bas. L'air glacé, les flocons de neige qui caressaient sa peau nue et surtout le regard brûlant qu'elle sentait posé sur elle la troublaient au point qu'elle en perdait tous ses moyens.

Deux mains larges et vigoureuses repoussèrent les siennes et, arrachant le ruban, firent glisser le bas avec une adresse suspecte. Puis, après avoir jeté bas et bottine dans la neige, sans se soucier des protestations de la blessée, Bruin de Valkenborg tâta son tibia pour s'assurer de l'absence de fracture. Eva frémissait de tout son être. D'indignation, bien sûr ! Jamais un homme ne l'avait touchée de manière aussi intime. Une chaleur qui n'avait rien de désagréable montait en elle, dénouant tous ses muscles crispés. Que diable lui arrivait-il ? Elle se sentait assiégée jusque dans son cerveau, d'ordinaire si alerte et qui n'était plus que brume et stupéfaction.

— Ça suffit ! hurla-t-elle soudain, les faisant sursauter tous les deux. Je suis parfaitement capable de me débrouiller toute seule.

Il la regarda, stupéfait.

— Mais… J'essaie seulement de vous aider.

Arrachant quelques poignées de mousse sur le sol, il les disposa sur les plaies sanguinolentes. Puis, il récupéra le bas jeté sur l'herbe et s'en servit pour bander la jambe. Eva ne put retenir un soupir de soulagement. Ses gestes, efficaces et légers, atténuaient la douleur qui croissait en spirales lancinantes dans son membre blessé.

— Voilà, dit-il d'un air satisfait en se rasseyant sur ses talons après avoir récupéré la bottine. Dois-je vous remettre ceci ?

— Je suis surprise que vous me le demandiez, rétorqua Eva avec raideur. Vous paraissez être habitué à prendre les décisions tout seul.

Au contact de la main de Bruin, la chaleur irradiait dans sa cheville. Elle le laissa ajuster sa bottine et rabattit vivement sa jupe sur ses jambes. Cachée dans les feuillages, juste au-dessus d'eux, une chouette hulula longuement, comme pour se moquer. Bruin récupéra ses gants et bondit. Puis, arrachant la torche du sol détrempé dans lequel il l'avait plantée, il lui tendit la main.

— Pensez-vous pouvoir marcher ?

— Je peux essayer.

Elle observait la main tendue, hésitante. Après ce qui lui était arrivé, pouvait-elle faire confiance à un homme ?

— Pour l'amour du ciel, s'impatienta son compagnon, repoussant nerveusement la mèche de cheveux qui lui barrait le front, nous n'allons tout de même pas dormir ici ! Vous pouvez vous fier à moi, il me semble ?

— Pas plus qu'à un autre homme. Après tout, je ne vous connais pas et vous tenez plus du barbare que du troubadour, se moqua-t-elle, son regard posé avec insistance sur la barbe hirsute et les cheveux trop longs de son interlocuteur.

Il se frotta pensivement le menton du dos de la main. Peut-être aurait-il dû prendre la peine de se raser avant de partir, en effet.

— Mais vous accordez pourtant votre confiance aux hommes qui protègent le château et partagent avec vous le gîte et le couvert ?

Eva le dévisagea, interloquée. Mais ils n'avaient rien de commun avec lui ! Cette évidence la frappa comme une gifle. Bruin, comte de Valkenborg, était à peine plus âgé qu'elle. Il avait un corps d'athlète, sans une once de graisse superflue et des yeux d'une vivacité extrême. Rien de comparable avec les vieux chevaliers grisonnants, bien incapables de franchir plus de dix mètres en courant et de soutenir un assaut, l'arme à la main.

— J'ai mes raisons pour me méfier.

Il soupira.

— Je vous comprends. Les temps sont troublés et la gent féminine souvent traitée comme une proie. Mais je ne suis pas venu tout seul. La délégation à laquelle j'appartiens est menée par un gentilhomme fort respectable. Lord Gilbert appartient à la cour du roi Édouard qui l'a envoyé ici en ambassade.

Eva serra les lèvres, obstinée.

— Je ne me fie pas plus à lui qu'à vous.

Pourtant, elle savait bien qu'elle n'avait pas le choix. Cet homme était le seul moyen de sortir de la forêt, et la nuit tombait. Un manteau de neige opaque commençait à recouvrir le paysage et on n'y voyait plus à trois mètres. Katherine et les enfants devaient se faire un sang d'encre.

Lentement, très lentement, elle tendit la main et se

laissa hisser sur ses pieds. Mais, en posant sa jambe blessée sur le sol, elle crut défaillir.

— Vous avez mal, n'est-ce pas ? Je vais vous porter… Mon cheval n'est pas loin.

— Il n'en est pas question. Cela va aller…

— Ça suffit, maintenant. Nous n'avons plus de temps à perdre.

Lui mettant d'autorité la torche dans la main, il la prit dans ses bras, ajoutant d'un ton vif :

— Et faites attention avec cette torche ! Je n'ai pas envie de me présenter le crâne dénudé et roussi devant mes hôtes.

— Mais je vous ai dit que je pouvais marcher…

— Nous avons perdu assez de temps, je vous le répète. Je vous porte jusqu'au château, que cela vous plaise ou non.

Et, s'enfonçant dans le sous-bois, marchant avec la même aisance que s'il avait les mains libres, il rebroussa chemin d'un pas sûr.

Quand ils émergèrent du couvert des arbres, le cheval de Bruin était là, arrachant gaillardement les touffes d'herbe qui perçaient encore sous la faible couche de neige.

— Je vais vous aider à monter, annonça Bruin. Tenez bien cette fichue torche.

Il la posa avec précaution sur le sol et, avant même que la douleur s'annonce, il l'avait prise par la taille et posée sur la selle.

— Oh ! s'exclama Eva, surprise qu'il l'installe devant le pommeau. Mais vous n'allez pas monter sur cet animal avec moi. Je sais mener un cheval !

Elle faillit lâcher la torche et se rattrapa à l'épaisse crinière du magnifique animal, ses doigts plongeant dans le crin doré.

— Sans doute. Mais nous n'avons qu'une monture

et je n'ai pas l'intention de vous courir après. Je voyage depuis l'aube, figurez-vous. Et j'ai l'estomac dans les talons.

— Mais il n'en est pas question ! Vous ne pouvez pas... Vous allez prendre cet animal par les rênes et...

Levant le menton, Bruin lui décocha un regard minéral, inquiétant.

— Je monte derrière vous et je vous conseille de vous taire.

Fourrageant dans l'une de ses fontes, il en sortit un épais manteau de laine qu'il lui jeta sur les cuisses.

— Tenez, mettez ça. Vous devez être morte de froid... Vous ne manquez pas de piaffe, pour une fille de votre condition. À vous entendre, on vous prendrait pour une noble dame, et non une servante vêtue de guenilles. Estimez-vous heureuse. Selon nos codes, c'est vous qui devriez me suivre à pied.

Eva se sentit blêmir. Serrant les lèvres, les narines palpitantes, elle roula le manteau en boule sur ses genoux et se mit à fixer un point invisible devant elle. Grand dieu ! Elle avait failli oublier la comédie qu'elle s'était imposée. Lady Eva de Striguil n'existait plus. À sa place, se tenait, modeste et dévouée, la jeune paysanne Eva Macmurrough, domestique chargée de s'occuper des enfants de Lady Katherine.

— Veuillez accepter mes excuses si je vous ai offensé, messire, répondit-elle en baissant humblement la tête. Lady Katherine encourage ses serviteurs à parler librement. C'est sa manière de faire avec nous.

— Vraiment ?

Le ton était caustique, et elle sentait les froids yeux gris lui transpercer le dos.

Bruin avait vu les épaules de la jeune fille se raidir, et, quand elle avait tourné la tête, une expression de panique traverser son regard. Quel secret cherchait-elle à dissimuler ? Ses manières élégantes, la fierté de son port de tête, étaient en désaccord total avec ses vêtements. Et plus encore avec sa position au sein de la famille des Montagu. Sans compter que, de sa vie entière, il n'avait jamais rencontré de fille aussi rebelle.

— Eh bien, je crains que vous ne deviez supporter encore un moment mon inopportune présence. Franchement, je plains votre mari.

Il se mit en selle d'un geste souple et lui enroula d'autorité autour des épaules le manteau qu'elle avait plié sur ses genoux.

Puis, l'encerclant de ses deux bras, il s'empara des rênes et pressa les flancs de son cheval.

Ils avaient déjà franchi une bonne distance en direction du château, quand il l'entendit annoncer d'une voix nette :

— Je n'ai pas de mari.

Il contempla le profil hautain de sa compagne, l'angle obstiné de son menton, et un rire bas gronda dans sa poitrine.

— Sincèrement, cela ne me surprend pas. Votre pauvre père doit se tordre les mains de désespoir à la perspective de devoir vous garder fille. Mais qui voudrait de pareille purge pour épouse ?

Se tournant à demi vers lui, elle lui jeta un bref regard où il crut lire une fugitive expression de vulnérabilité, vite réprimée.

— Mon père est mort, tout comme mon frère. Tués tous les deux par l'armée du roi en essayant de protéger les terres qui appartenaient à leur famille depuis plusieurs générations.

Elle s'interrompit, horrifiée, et plaqua une de ses mains sur sa bouche. Mon Dieu ! Qu'avait-elle dit !

Contre son dos, elle sentit le corps de Bruin de Valkenborg se contracter.

— Tiens, tiens… Ainsi votre père était un de ces

barons rebelles, murmura-t-il d'une voix lente, se penchant sur elle au point qu'elle sentit son souffle sur sa joue pour éviter la branche basse de l'un des vieux tilleuls qui annonçaient l'allée principale. C'était donc... un grand propriétaire terrien.

Sa selle craqua imperceptiblement tandis qu'il reprenait son assiette.

Un frisson glacé remonta le long de la colonne vertébrale d'Eva. Elle venait de se trahir. La famille d'une domestique n'avait pas de terres en propre. À la rigueur, si le père était un « homme libre », il possédait quelques arpents, qui lui permettaient de cultiver un peu de céréales et d'élever quelques vaches. De quoi nourrir sa famille, mais rien de plus.

— Je... Je voulais parler des terres de son seigneur, naturellement.

— Je vois.

Mais Bruin ne voyait rien du tout. Il avait perçu l'hésitation dans la voix de la jeune fille, mais quelle explication lui donner ? Que faisait cette jeune fille auprès de la châtelaine de Meryl Castle, la propre nièce du roi ? Non, décidément, tout cela n'avait aucun sens.

Il commença à descendre le chemin qui menait à la poterne, retenant son cheval sur la pente enneigée. Bah ! En quoi cela le concernait-il, après tout ? L'identité de cette fille et ce qu'il adviendrait d'elle une fois que Lady Katherine aurait rejoint la Cour pour se voir attribuer un mari n'était pas son affaire.

Pourtant, curieusement, il ne pouvait s'empêcher d'y penser.

— Dieu du ciel, Eva, quelle mouche t'a piquée ? Où étais-tu ? s'exclama Katherine, surgissant de la porte voûtée qui donnait sur le hall.

Sa silhouette gracieuse était mise en valeur par un bliaud de velours rouge sans manches, fendu de chaque côté jusqu'aux hanches pour laisser entrevoir une étroite tunique de soie sauvage d'un vert tendre. Elle descendit prudemment les marches dans la neige, craignant de glisser sur ses socques à haute semelle et vint au-devant d'eux dans la cour.

— Par tous les saints, mais il neige ! Et il fait un froid épouvantable. Nous nous sommes fait un souci terrible, surtout quand Peter nous a dit que tu t'étais enfuie dans les bois.

— Tu peux constater que je vais bien, déclara Eva, épinglant un sourire forcé sur son visage figé par le froid.

Elle était épuisée et pleine de courbatures, ayant dû chevaucher le dos raide pour ne pas s'abandonner contre le solide poitrail de son sauveur qui la retenait contre lui d'un bras de fer. Le manteau qu'il lui avait prêté la réchauffait délicieusement, et la fourrure qui en garnissait le col lui caressait le menton et les joues.

Arrêtant son cheval au pied des marches, Bruin sauta à terre et, après avoir confié la torche encore allumée au garçon d'écurie qui les avait rejoints en courant, il saisit Eva par la taille et la posa sur la terre ferme avant même qu'elle ait eu le temps de protester.

— Que s'est-il passé ? Es-tu blessée ? s'enquit Katherine en voyant son amie boiter.

Elle se précipita pour l'aider à monter les quelques degrés.

Eva, ennuyée de devoir s'expliquer devant son sauveur, lança un regard hostile dans la direction de Bruin.

Bruin haussa un sourcil sardonique puis, jetant ses rênes au domestique, il se tourna vers Katherine et lui adressa un petit salut.

— Mission accomplie, milady. N'hésitez pas à me

faire appeler si vous avez encore besoin de moi. La demoiselle est coriace… et volatile.

Et, grimpant les marches deux par deux, il disparut dans l'entrebâillement des hautes portes de chêne.

Eva, qui marchait à pas comptés, appuyée sur le bras secourable de son amie, ne put retenir une exclamation.

— Quel cauchemar, ma chère. Cet homme est le diable en personne.

— Mais un diable fort séduisant, remarqua en riant Katherine qui avait suivi le jeune chevalier du regard. Pourquoi t'es-tu enfuie ainsi ?

Quand elle parlait, de petits nuages de givre se formaient devant sa bouche.

Eva hésita une fraction de seconde.

— Cet homme… Cet homme, répéta-t-elle en pointant du doigt l'endroit où avait disparu Bruin de Valkenborg, est le véritable sosie de celui qui s'est approprié mes biens. Lord Steffen. Quand j'ai reconnu ces cheveux rouges, ces yeux, cet air sauvage, mes idées se sont brouillées. J'ai cru qu'il était revenu me chercher. Qu'il n'en avait pas fini avec moi.

Elle ajouta dans un chuchotement rauque :

— Souviens-toi, Katherine, je me suis échappée avant que Lord Steffen ne découvre toute l'ampleur de mon héritage. Ma hantise, c'est qu'il apprenne l'existence de l'objet que je lui ai caché. Cet homme est insatiable. J'ai peur qu'il exige tout de moi, jusqu'à ma vie.

Katherine lui pressa affectueusement le bras.

— Mais c'est absurde, Eva. Pour un homme comme lui, c'est de l'histoire ancienne. Il est bien trop occupé à dépouiller d'autres héritières… Rentrons, ma chérie, tu dois mourir de faim et de froid. Martha va s'occuper de ta blessure.

— As-tu appris la raison de la visite de ces chevaliers ?

— Non, je n'ai rien demandé. Les enfants et moi,

nous nous faisions trop de souci pour toi. Leur chef s'est contenté de « solliciter de ma grande bienveillance » le gîte et le couvert, pour reprendre son langage fleuri. Je suppose qu'ils ont l'intention d'aller jusqu'à la mer.

Les yeux d'Eva n'étaient plus que deux minces fentes de lumière bleue.

— Je n'aime pas cela, Katherine. Ils portent les couleurs du roi, et pourtant je suis certaine qu'ils ne sont pas venus jusqu'ici par hasard.

Katherine réprima un frisson.

— Crois-tu que... que mon oncle ait des projets me concernant ?

Elle leva les yeux vers la majestueuse façade du château, puis son regard se posa sur la chaude lumière provenant de la porte entrebâillée, sur le large hall imposant et familier, et elle se mordilla nerveusement les lèvres.

— Mon Dieu, Eva. Je n'aimerais pas du tout qu'on nous arrache à cet endroit.

— Ce n'est peut-être pas aussi grave. Mais fais bien attention à ce que tu dis devant eux. Du moins, jusqu'à ce que nous connaissions les raisons de leur visite. Nous sommes loin d'héberger une garnison au château, mais ils pourraient bien nous prendre nous aussi pour des ennemis de la Couronne.

Katherine pâlit.

— Espérons que tu te trompes, ma chérie... Crois-tu pouvoir marcher avec mon aide ou faut-il que j'appelle ?

Ces paroles firent à Eva l'effet d'un coup de fouet. Pas question de faire son entrée dans les bras d'un palefrenier sous l'œil goguenard de Bruin, comte de Valkenborg.

Serrant les dents, elle s'accrocha fermement à la rampe de pierre d'un côté, au bras de son amie de l'autre, et parvint à se hisser en haut des marches.

La grande salle était pleine de convives qui mangeaient,

bavardaient et buvaient davantage encore dans un joyeux brouhaha. De la paille fraîche recouvrait les dalles, des chiens de chasse trottinaient entre les tables, avides de bons morceaux, et, aux deux bouts de la salle, un feu rugissait gaiement dans deux immenses cheminées. De grandes tapisseries de pure laine suspendues aux murs réchauffaient l'atmosphère au sens propre comme au sens figuré, avec leurs couleurs vives et leurs scènes familières. L'animal emblématique des Montagu, un faucon doré aux ailes déployées, figurait partout. En médaillon au-dessus des portes et des fenêtres, sculpté dans le bois des panneaux qui ornaient certains murs et même brodé sur les rideaux de velours bleu nuit qui occultaient les étroites fenêtres.

Eva, soutenue par la maîtresse des lieux, pénétra dans la salle en boitillant et se laissa tomber sur le banc le plus proche. Les domestiques qui étaient installés là la saluèrent d'un bref signe de tête et continuèrent à manger. Quelques regards étonnés s'attardèrent un instant sur son visage aux traits tirés, sur sa toilette en désordre, mais les convives retournèrent vite à leur occupation. Eva Macmurrough n'était qu'une domestique, au service de la dame de Montagu, tout comme eux.

Eva passa en revue les rangées de têtes inclinées, leur bouche vorace mâchant bruyamment la nourriture, puis porta son attention sur la haute table. Bruin y était installé, à gauche de la maîtresse de maison dont la place était encore vide, tandis que Gilbert était à sa droite. Elle ne put s'empêcher de s'attarder un moment dans sa contemplation, admirant malgré elle sa prestance, l'élégance de ses gestes, la manière dont il rejetait en arrière son visage expressif en riant. Une sensation inconnue lui étreignit doucement le ventre. Horrifiée, elle dut réprimer l'envie de se lever pour déposer un baiser sur cette belle bouche rieuse.

Absurde ! Complètement absurde.

— Tu es sûre que cela ira, Eva ? s'enquit Katherine avec sollicitude. Veux-tu que j'envoie chercher Martha pour qu'elle t'aide à monter dans ta chambre ?

— Je vous remercie, milady, répondit Eva avec l'humilité qui convenait à son rang, ne souhaitant pas attirer l'attention sur la sollicitude de son amie. Je vais d'abord me restaurer.

Puis elle ajouta plus bas :

— Pour l'amour du ciel, Katherine ! Essaie de savoir ce que sont venus faire ces hommes ici.

Chapitre 4

Gilbert regarda l'élégante silhouette de Katherine traverser la salle pour rejoindre la haute table. Elle prenait le temps de répondre avec courtoisie à tous ceux qui s'adressaient à elle sur son passage, sans faire de différence entre les domestiques qui servaient au château, les soldats qui en assuraient la sécurité et les hôtes nouvellement arrivés.

Souriante et attentive, elle se penchait avec grâce vers un vieillard qui ne pouvait se mettre sur ses jambes sans difficulté, ou une mère allaitant son enfant pour prendre de leurs nouvelles, les bijoux qui étincelaient à ses doigts et autour de son cou rutilant à la lumière des bougies,

— L'image parfaite de la châtelaine aimée de tous, constata Gilbert en reposant son gobelet devant lui. Quel dommage de devoir l'arracher à tout cela !

S'emparant du lourd pichet, il se resservit de vin clairet sans attendre le zèle tout relatif d'un jeune page qui consacrait un temps non négligeable à plaisanter avec son camarade de service. Quand il reposa le pichet un peu trop brutalement sur la table, quelques gouttes de vin jaillirent sur la nappe d'un blanc immaculé, formant une auréole pourpre qui s'élargit lentement.

Bruin se servit de porc qu'il déposa dans son assiette d'étain et commença à trancher. La viande, rôtie à point, était tendre et savoureuse. Il y ajouta du sel de la salière d'argent à disposition pour chaque convive. Son ventre grondait, impatient de se remplir. Sa chevauchée du jour, agrémentée de cette inattendue autant que pittoresque chasse à l'homme en forêt, avait ouvert son appétit.

— Quand avez-vous l'intention de l'en informer ?

— Ce soir même. Mais pas avant de m'être restauré. Il se peut que la dame prenne fort mal les nouvelles que je lui apporte, et je n'ai pas l'intention de manquer un si bon repas… Mais je lui accorderai deux ou trois jours pour faire ses bagages, ce qui nous permettra de profiter de cette magnifique hospitalité un peu plus longtemps.

Bruin eut une moue sceptique.

— Deux ou trois jours ? Comme vous y allez ! Le roi ne risque-t-il pas de s'impatienter ?

— Édouard me rejoint chez moi dans une grosse semaine, expliqua Gilbert en essuyant sa bouche luisante de graisse avec un bout de la nappe. Cela nous laisse amplement le temps de voyager jusqu'au château avec Lady Montagu et ses enfants. Même avec tout un chargement. Vous savez comment sont les femmes… Dieu sait combien de chariots à bagage il lui faudra !

Un fragment de souvenir fit irruption dans le cerveau de Bruin qui s'empressa de le refouler. Non, pensa-t-il, non, il ne savait pas comment étaient les femmes. Il étreignit l'anse de son gobelet avec une telle force qu'il crut le briser. Il avait eu sa chance, comme tout le monde, et il l'avait gâchée. Son cœur battait si violemment dans sa poitrine qu'il crut un moment qu'il allait étouffer. Bah ! Tout cela appartenait au passé, maintenant. Cela faisait maintenant trois ans que, par choix, son monde s'était réduit au seul univers masculin, brutal et prosaïque. Il ne manquait pas d'aventures, certes, mais jamais aucune qui ne l'engageât sérieusement.

— Enfin, je voulais dire…

Réalisant la maladresse de ses propos, cette fois,

c'est le contenu entier de son gobelet que Sir Gilbert faillit renverser.

Sa voix s'éteignit d'elle-même, et il adressa une expression navrée à son compagnon.

— Ce n'est rien, Gilbert.

Le regard de Bruin se perdit dans la grande salle. La mort tragique de Sophie était connue de toute la noblesse de la région et plus encore à la cour du roi Édouard. Le bruit en avait couru jusque de l'autre côté de la Manche, dans les grandes familles de France, toujours à la recherche d'un bon parti. Après ce qui s'était passé, incapable de supporter le poids de la culpabilité, pas plus que les yeux accusateurs ou concupiscents des femmes et des filles à marier, Bruin avait quitté la Cour pour suivre Lord Despenser en exil. La vie épuisante des mercenaires sillonnant la Manche pour y établir la loi de celui qui les payait, lui convenait parfaitement. Vivre ou mourir, peu lui importait.

Mais quand le roi avait rappelé Hughes le Despenser à ses côtés, lui rendant publiquement sa faveur, Hughes avait demandé à Bruin de rentrer avec lui. Et, comprenant que se battre et mourir était partout la même chose, quelle que soit la bannière sous laquelle on se rangeait, Bruin avait accepté. Cela donnait un but à son existence, même si cette existence était aussi nue et désolée que son propre cœur.

— M'avez-vous entendu ?

La voix forte et rocailleuse de Gilbert tira Bruin de ses pensées. Avalant une autre gorgée de vin, il fit un effort pour s'arracher à ses souvenirs.

— Je vous demande pardon. Qu'avez-vous dit ?

Gilbert sourit.

— Je prenais des nouvelles de la petite servante que vous avez ramenée saine et sauve. Que s'est-il passé ?

— Elle s'est prise dans un piège et s'est blessée à

la jambe, réexpliqua Bruin d'une voix brève, le regard fixé sur le contenu appétissant de son assiette : rôti de porc encore fumant, panais agrémentés d'une sauce au miel et pain croustillant.

— Pas de chance. Mais qu'est-ce qui lui a pris de filer comme un lapin sitôt qu'elle nous a vus ?

Bruin haussa les épaules. Il revoyait les belles prunelles bleues dilatées par la peur, le visage si pâle.

— Elle prétend m'avoir pris pour quelqu'un d'autre. Quelqu'un qui me ressemblait beaucoup, semble-t-il.

— Qui pourrait ressembler à ce point à l'incomparable chevalier de Valkenborg ? plaisanta Gilbert, avec un gloussement amusé devant son propre esprit.

Puis ses yeux s'arrondirent tandis qu'il considérait son interlocuteur avec stupéfaction.

— Oh ! mais si, pourtant… Il y a bien quelqu'un…

— Mon frère jumeau, acheva Bruin pour lui en se frottant pensivement le menton du dos de la main. J'y ai pensé. Peut-être se sont-ils rencontrés, en effet. Mais je n'aurais pas cru qu'ils fréquentaient le même monde. Cette fille n'est qu'une servante, après tout. Quant à Steffen, je ne pense pas qu'il se soit aventuré si loin de Londres. Seuls les châteaux anglais l'intéressent. Pourtant, c'est la seule explication à la réaction de cette pauvre fille.

Gilbert afficha un sourire faussement canaille.

— Honnêtement, je ne suis pas surpris que vous l'ayez terrifiée. Avec votre cotte de mailles, vos armes et cette barbe de plusieurs jours, vous feriez peur à un épouvantail dans son champ…

Le vieux chevalier leva son gobelet pour saluer l'arrivée de la châtelaine. Puis, se dressant à demi, il inclina respectueusement la tête tandis que Katherine pénétrait sous le dais. Elle prit place entre les deux hommes et leur rendit gracieusement leur salut.

— Je vous souhaite un bon appétit, messires…

Milord, ajouta-t-elle en se tournant vers son voisin de gauche, je vous rends grâce d'avoir bien voulu nous ramener ma servante.

— C'était tout naturel, milady.

Des yeux aussi bleus que les ailes d'un martin-pêcheur traversèrent la mémoire de Bruin, et son cœur bondit dans sa poitrine. Il fouilla la salle du regard, passant en revue les têtes penchées sur leur assiette. Il avait vu Eva entrer dans la salle en boitant, s'appuyant lourdement sur le bras secourable de sa maîtresse, mais elle avait disparu aussitôt dans la foule. Pourtant, bien que toutes les femmes de service, ce soir, arborent quasiment la même tenue, long bliaud de toile brun clair et guimpe blanche, si elle était déjà repartie, il l'aurait remarqué, il en était sûr…

— Maintenant, messires, poursuivit Katherine tandis qu'un serviteur repoussait sous elle la lourde chaire de chêne, peut-être aurez-vous la bonté de me révéler la raison de votre déplacement dans un coin aussi reculé de notre beau royaume.

Eva avait la gorge sèche. Elle avait l'impression que cela faisait des heures qu'elle mâchonnait le même morceau de pain. Ses paupières se fermaient d'elles-mêmes et elle ne désirait plus qu'une chose : monter dans le refuge de sa chambre et se laisser glisser dans un sommeil sans rêves.

— Hé ! cria un jeune palefrenier en lui plantant son coude dans les côtes. Réveille-toi, Eva, tu vas piquer du nez dans ton assiette.

Elle se redressa avec un sursaut et regarda sans la voir son assiette intacte.

— Tu as raison, Cigw. Il vaudrait mieux que j'aille

me coucher. Mais il faut que tu m'aides à monter les escaliers. Je me suis blessée.

Bondissant avec un enthousiasme juvénile, le jeune garçon lui présenta son bras. Avec son aide, elle parvint à se diriger vers la porte, s'efforçant de ne pas se faire remarquer. La dernière chose qu'elle souhaitait, c'était bien de voir Katherine et le beau chevalier venir à sa rescousse. Or, ils étaient précisément en grande conversation… C'était le bon moment pour s'esquiver discrètement.

Quand Eva atteignit l'escalier, elle se rappela la corde épaisse fixée au mur par de forts crochets et renvoya le jeune lad si ravi de l'accompagner. Il la salua d'un gentil sourire, bien que visiblement dépité, et s'empressa de retourner à table pour profiter des desserts de confiture, de poire cuite au vin épicé et de tourte à la crème.

Le laissant aller à ces réjouissances, Eva entama sa montée, lentement, douloureusement, et parvint enfin à l'étage de la famille. Atteindre la chambre qu'elle partageait avec Katherine et les enfants ne lui prit que quelques secondes, tant elle aspirait à la solitude et au repos.

Une fois à l'abri, elle vérifia que le pêne de la porte était bien dans son logement et gagna sa couche, qui jouxtait le grand lit à baldaquin de la châtelaine. Une atmosphère paisible régnait dans la pièce éclairée par une unique chandelle dont la flamme projetait des ombres silencieuses sur les murs. Les enfants dormaient ensemble sous une grande fourrure, à proximité du brasero dont le charbon de bois rougeoyait dans le noir.

Eva se laissa tomber sur son lit avec un soupir de soulagement et entreprit de défaire le bandage qui protégeait sa jambe. Elle frissonna en se rappelant le contact des mains de Bruin sur sa peau. Il lui fallait bien reconnaître que, grâce à ses soins, les plaies avaient bien meilleure allure.

Il y eut un heurt léger à la porte, et Martha entra avec un broc d'eau chaude.

— Milady m'a demandé de vous apporter ceci et de vous aider à nettoyer vos blessures.

Elle ajouta avec un clappement de langue contrarié :

— Ah ! Mais j'aurais dû apporter davantage de lumière.

Elle alla verser l'eau fumante dans la cuvette de terre vernissée posée sur un coffre et y trempa un linge immaculé.

— Eh bien, *mistress* Eva... Que vous est-il arrivé ? On raconte que le beau chevalier vous a traquée dans la forêt ?

Eva tiqua devant les termes employés par la servante. Martha était très jeune et avait indubitablement le sens du drame. Mais de là à transformer sa mésaventure en épopée !

— Je suis tombée dans un piège à gibier et le chevalier m'a sauvée, voilà tout, rétorqua-t-elle sans aménité, les yeux fixés sur les mains potelées de la jeune servante occupée à tremper le linge dans l'eau chaude, puis à l'essorer.

Pourtant, « traquée » était bien le terme exact. C'était exactement le sentiment qu'elle avait éprouvé en courant dans la nuit au travers des fourrés et des sous-bois détrempés, un ennemi inconnu à ses trousses.

Mais Martha n'en avait pas fini. Elle reprit, les yeux brillants :

— On raconte que ce beau chevalier n'est en fait qu'un hors-la-loi, un pirate qui s'est livré au brigandage sur les mers pendant des années pour le compte de Lord Despenser.

Le cœur d'Eva manqua un battement. Hughes le Despenser ! Un seigneur réputé pour sa cruauté et son appétit de richesses et de pouvoir. Si Bruin avait été l'un de ses compagnons, pas étonnant qu'il ait cultivé cette redoutable apparence !

— Cela ne me surprend pas.

Pourquoi avait-elle dit cela ? Elle était surprise, au contraire car, même si le jeune chevalier affichait des manières brusques, il avait fait preuve à son égard de considération et de bienveillance. Du moins, jusqu'à un certain point.

— Laissez-moi voir, dit Martha en se penchant sur sa jambe blessée… Mère de Dieu ! s'exclama-t-elle en voyant les plaies boursouflées. On dirait les morsures d'un animal enragé. Vous devez avoir mal !

— Pas autant que lorsque ma jambe était prisonnière du piège. Dieu merci, le sang s'est arrêté de couler.

La jeune fille regarda plus attentivement.

— Vous n'aurez peut-être pas besoin d'être recousue. C'est toujours cela de gagné, conclut-elle en bonne petite ménagère.

— Je le crois aussi. Nous devons avoir un baume cicatrisant dans l'apothicairerie. Sinon, il suffira d'aller en quérir au monastère.

La porte s'ouvrit soudain, et Katherine fit irruption dans la chambre, les joues rouges et les yeux étincelants de colère.

— Voilà qu'il recommence ! s'exclama-t-elle, baissant aussitôt la voix, après un regard en direction des enfants.

Elle alla se jeter sur son lit et se débarrassa de ses fines poulaines de cuir rouge d'un coup de talon.

— Tu avais bien raison d'être inquiète, Eva, reprit-elle, la voix étranglée par les sanglots. Cet homme nous apporte le malheur.

— Chut ! intervint Eva en posant un doigt sur ses lèvres. Il ne faut pas réveiller les enfants… Que s'est-il passé, Katherine ?

Le beau visage de Katherine se froissa, ses yeux se remplirent de larmes. Mais, parvenant à se ressaisir, elle expliqua, la voix tremblante :

— Ces chevaliers qui sont là, dans la grande salle, ont été envoyés par mon cher oncle, le roi, pour m'escorter jusqu'au château de Sir Gilbert.

— Mais… Dans que but ? chuchota Eva, qui avait déjà deviné la réponse.

Katherine leva vers elle un regard de somnambule.

— Le roi veut me marier. Comme tu le rappelais hier, Eva, je suis une riche veuve. Édouard a besoin, là, tout de suite, de récompenser l'un de ses fidèles serviteurs. Et la récompense, c'est moi, conclut-elle d'un ton âpre. Mon Dieu ! Comme je voudrais n'être qu'une pauvre veuve anonyme filant sa laine au coin du feu, au milieu des siens. Comment ai-je été assez naïve pour croire qu'on me laisserait vivre tranquille dans mon château, auprès de mes chers enfants.

— Ce n'est pas possible, Katherine. Il ne peut pas t'obliger à quitter tout cela.

Katherine hocha tristement la tête.

— Si, Eva. Le roi a tous les droits. En outre, il est mon tuteur. Si je n'obéis pas, il prendra mes enfants, confisquera mes biens et me jettera dans un couvent. Il peut même attenter à ma vie. Le meurtre est monnaie courante à la cour des rois. La manière si cruelle dont il s'est comporté ces derniers temps à l'égard de ses ennemis laisse présager le pire. Tu es mieux placée que moi pour le savoir, ma mie…

Un coup d'œil alerté de son amie l'interrompit. Martha, feignant de ranger quelques affaires, le dos tourné, écoutait probablement de toutes ses oreilles.

Et elle pouvait les trahir.

— Tu peux disposer, Martha, intima Katherine, avec un visage dur qu'Eva ne lui connaissait pas. Et si tu répètes un seul mot de ce que tu viens d'entendre, cela te coûtera très cher.

La jeune fille s'empressa de récupérer le broc d'eau, le linge et la cuvette, et sortit en laissant derrière elle sur le carrelage un chemin de gouttelettes brillantes.

Les deux femmes restèrent silencieuses jusqu'à ce que la porte se fût refermée. Puis Eva saisit la main de son amie.

— Katherine ! Je ne peux pas les laisser t'emmener comme cela ! Pas après tout ce que tu as fait pour moi. Il faut trouver une solution.

La jeune châtelaine baissa la tête, son corps mince secoué de sanglots muets. Elle paraissait déjà vaincue, et c'était si inattendu qu'Eva en fut un instant désemparée.

— Et il y a encore autre chose, Eva, dit-elle dans un chuchotement rauque. Cet homme… Ce chevalier qui est arrivé avec Sir Gilbert. Celui qui t'a ramenée du fond des bois… Il a demandé si Lady de Striguil n'était pas ici.

Eva se tournait et se retournait sur sa couche, incapable de trouver le sommeil.

Après le dîner, qui s'était achevé plus tardivement que d'habitude pour faire honneur à leurs hôtes, Katherine avait mis longtemps à s'apaiser. Eva l'avait aidée à se dévêtir, lui avait brossé longuement les cheveux avec un peigne d'ivoire puis les avait tressés pour la nuit. Maintenant, elle entendait le souffle paisible de la jeune femme profondément endormie, sa jolie tête reposant sur un oreiller garni de plumes d'oie.

Les yeux las, elle regardait les ombres projetées par la lueur du brasero danser lentement sur les murs de la chambre. Sa jambe l'élançait encore douloureusement, mais la souffrance s'était un peu apaisée. Une fois

Katherine dans son lit, elle avait nettoyé elle-même les plaies avec une décoction de feuilles de bardane, puis y avait appliqué un baume à base de consoude pour accélérer la cicatrisation.

Les mots prononcés par la jeune châtelaine menaient dans son cerveau fatigué une sarabande infernale. Pourquoi, mon Dieu, pourquoi le comte Bruin de Valkenborg s'enquerrait-il de Lady de Striguil ? Avait-il fait un rapprochement avec la petite servante qui s'était enfuie à la vue de la délégation royale ? Avant de se mettre au lit, Katherine, voulant rasséréner son amie, lui avait assuré que Bruin de Valkenborg ne pouvait pas avoir établi de relation entre la jeune gouvernante humble et mal vêtue et Lady de Striguil. À table, encore sous le choc des nouvelles que venait de lui annoncer Sir Gilbert concernant les projets du roi à son égard, elle avait certifié au jeune comte qu'elle ne connaissait personne du nom de Striguil et il avait paru se satisfaire de cette réponse.

Eva dénoua fébrilement le ruban qui fermait sa chemise. Elle avait l'impression d'étouffer. Son cerveau affolé explorait toutes les solutions les unes après les autres tandis que, derrière ses paupières closes, de calmes yeux gris la fixaient d'un regard hypnotique, comme un chat guette une souris. La lune montait derrière la vitre, répandant dans la chambre sa clarté de lait sur les meubles et sur le sol dallé. Mon Dieu ! Comment allaient-elles pouvoir sortir indemnes toutes les deux de ce cauchemar ?

Dans le coin opposé de la chambre, une bosse se mit à bouger sous les fourrures qui recouvraient l'un des deux lits bas réservés aux enfants. Une petite créature en émergea soudain et s'assit, ses longs cheveux blonds se répandant ses épaules.

C'était Alice, la plus jeune des deux filles de Katherine.

La culpabilité assaillit Eva. Tandis qu'elle s'attardait à table, c'était Martha qui s'était occupée de coucher les enfants et la jeune servante avait oublié ou négligé de natter les cheveux des filles.

Apercevant Eva, l'enfant poussa un petit miaulement de chat et lui tendit les bras.

Heureuse de cette diversion, Eva rejeta ses couvertures et voulut se lever d'un bond. Mais sa jambe blessée la rappela à l'ordre et c'est en claudiquant qu'elle atteignit le lit dans lequel reposaient les deux sœurs.

S'asseyant sur le rebord du lit, elle caressa la jolie tête ronde d'une main légère. Les cheveux d'Alice, aussi blonds que ceux de sa mère, glissaient sous sa paume comme une étoffe de soie douce et fluide.

— Oh ! Eva ! je… Je ne me sens pas bien.

Eva examina le petit visage levé vers elle. L'enfant avait les traits tirés en effet, et deux taches rouges marquaient ses joues rondes. Elle lui tâta le front.

Il était brûlant.

— Recouche-toi, Alice. Je vais chercher de l'eau pour te rafraîchir.

Elle repoussa la couverture, ne laissant sur le mince corps tremblant de fièvre qu'un drap de lin.

— Ne réveille pas ta maman, ma chérie. Ni ton frère et ta sœur. Je reviens tout de suite.

S'emparant au passage d'un des plaids qui garnissaient son lit, elle le drapa autour de ses épaules et traversa la chambre aussi vite et silencieusement que possible. Après avoir rallumé la bougie au brasero, elle se dirigea vers la porte. La cloche de la chapelle avait sonné la minuit depuis longtemps et tout le monde devait être couché, surtout par cette nuit froide et neigeuse. Katherine avait sans doute attribué à ses visiteurs les chambres réservées aux hôtes de passage, de l'autre côté de la cour, à une distance suffisante pour leur garantir le repos.

Et, Dieu merci, pour préserver l'intimité des habitants de la maison, songea Eva en actionnant silencieusement la clenche de la porte.

Mais, quand elle voulut sortir, son pied droit heurta une masse sombre qui barrait le seuil.

Le corps massif d'un garde était couché en travers du passage.

Chapitre 5

Eva s'immobilisa, le cœur battant. Puis recula silencieusement, les yeux écarquillés pour tenter d'identifier dans la pénombre la forme couchée qui lui obstruait le passage. C'était à coup sûr l'un des soldats de Sir Gilbert, délégué d'office pour veiller à la sécurité des femmes… ou pour éviter qu'elles ne s'échappent. Enroulé dans son manteau, la main droite crispée sur sa dague glissée dans son ceinturon, la joue calée sur son autre main, il paraissait profondément endormi. Il avait le dos tourné.

Eva hésita, prise d'une soudaine fureur. Ainsi Sir Gilbert n'avait pas confiance. Ou, du moins, il ne laissait aucune place au hasard. Pas question que Katherine de Montagu, récompense royale très convoitée, ne s'échappe avec ses enfants !

Pourtant, l'homme dormait profondément. Elle entendait son souffle, lent et régulier. Pouvait-elle enjamber le dormeur sans risquer de le réveiller ? Elle n'avait pas envie d'être surprise en tenue de nuit, la tête découverte et les cheveux nattés.

L'urgence de la situation la pressait d'agir. Il fallait absolument faire baisser la fièvre de la petite Alice.

Elle leva prudemment une jambe et franchit l'obstacle silencieusement, le bas de sa chemise frôlant la tunique de laine dont l'homme était revêtu, d'une riche couleur rouge. Quand elle fut de l'autre côté, elle se retourna pour vérifier que le garde était toujours endormi.

Deux yeux de granite la dévisageaient, cillant à peine devant la flamme de la bougie.

Lord Bruin ! Le malotru qui l'avait sortie de force de la forêt.

— Ah non ! souffla-t-elle, pas vous !

Sous le coup de la colère, elle leva ses jupes et, de sa jambe valide, lui décocha un coup de pied dans l'estomac. Qui n'atteignit pas son but. Jaillissant de la pénombre, une main se referma comme une serre autour de sa cheville.

— Toujours d'excellente humeur, à ce que je vois, ironisa Bruin en la libérant.

Se mettant sur son séant, il s'adossa contre le chambranle et la dévisagea avec un rire muet. Il s'était rasé, et sa mâchoire carrée, ses pommettes saillantes, sa bouche fermement dessinée conféraient à sa physionomie un attrait sensuel qui fit courir plus vite le sang d'Eva dans ses veines.

— Vous feriez bien de vous calmer un peu, poursuivit-il en croisant ses bras musculeux sur sa poitrine. Vous allez finir par vous attirer des ennuis.

— C'est votre manière de nous traiter qui me rend irritable, rétorqua Eva en soutenant son regard. Ne pourriez-vous nous laisser un peu tranquilles ? Respecter notre intimité ?

Le contact des doigts de Bruin autour de sa cheville la brûlait encore, et elle détestait se sentir à ce point vulnérable. Elle resserra le plaid autour de ses épaules, et une goutte de cire chaude lui coula sur la main.

— Et vous laissez vous échapper avec votre maîtresse et ses enfants ? Lady Montagu a dû vous expliquer la raison de notre venue, j'imagine ?

De nouveau cette inflexion séductrice dans sa voix.

Provocatrice et caressante en même temps. Eva serra les dents. Pas question de se laisser émouvoir. Cet homme était dangereux, quel qu'il soit. Il fallait qu'il s'en aille.

— Oui, je sais pourquoi vous êtes là. Mais il n'était nul besoin de poster un garde devant sa porte. Lady Katherine n'a pas l'intention de s'enfuir.

— Pourtant, insinua Bruin en ramenant une de ses jambes sous lui, après ce qu'elle vient d'apprendre, ce n'est pas l'envie qui doit lui manquer.

Elle lui jeta un regard de côté. Essayait-il de la faire parler ?

— Sans doute, mais Lady Katherine connaît son devoir. Elle est la nièce du roi et sa pupille. À ce titre, elle sait qu'elle doit lui obéir.

— Mais vous, que feriez-vous à sa place ? insista son interlocuteur. Vous prendriez la poudre d'escampette sans hésiter une seconde, n'est-ce pas ?

Cette fois, Eva le dévisagea franchement, interloquée. La conversation prenait un tour un peu trop personnel.

— En quoi mon sort vous importe-t-il ? Je ne suis qu'une servante.

Elle ponctua ses propos d'un grand sourire innocent… qui laissa le chevalier de marbre.

— Vraiment ?

Eva sentit son estomac se serrer. Depuis un an qu'elle vivait au château, personne n'avait remis en question son identité. Elle avait toujours su se montrer discrète, se déplaçant les yeux humblement baissés et n'outrepassant jamais les limites de sa fonction.

— Évidemment ? Comment pouvez-vous en douter ?

— Alors, pourquoi quittez-vous cette chambre ?

— Pour faire ce qu'une bonne d'enfants doit faire, précisément. S'occuper d'une enfant malade. Et vous me retardez.

Bruin bondit, et Eva, surprise, recula d'un pas. Les

lions rouge et noir de la tunique du jeune chevalier brillaient dans l'obscurité, menaçants. Elle s'aperçut, contrariée, que, bien qu'elle soit plutôt grande pour une femme, elle ne lui arrivait pas à l'épaule.

— Je vous accompagne.

— Mais c'est folie ! s'exclama-t-elle, sarcastique. Si vous vous absentez, Lady Katherine pourrait s'enfuir, n'est-ce pas ?

Bruin rit doucement.

— Mais vous aussi, vous pouvez vous échapper.

— En chemise de nuit, et avec un enfant malade ? Pour qui me prenez-vous ? Jamais je n'abandonnerai mon poste, de toute façon… Allez donc trouver un autre bouc émissaire. Moi, je ne suis rien.

Bruin en doutait fortement. La sollicitude dont Lady Katherine avait fait preuve à l'égard de la jeune fille pour l'aider à traverser la salle, la façon dont elles se parlaient toutes les deux, leurs têtes rapprochées, tout démentait les affirmations de son interlocutrice. Et puis, il y avait aussi l'élégance des manières d'Eva, sa langue châtiée, sa beauté racée, la transparence de son teint, si pâle, si translucide qu'on discernait le délicat réseau de ses veines sur ses tempes. Elle n'avait rien d'une fille du peuple, encore moins d'une servante.

Bruin battit des paupières. L'une des nattes de la jeune fille, d'un noir brillant comme de la soie, s'était rabattue sur son épaule et semblait taquiner l'extrémité turgescente d'un sein, que la complicité d'un rayon de lune permettait d'entrevoir sous la légère étoffe de la chemise. Un brusque élan de désir lui poignit les reins.

Il détourna le regard, la mâchoire serrée.

— Eh ! appela-t-il en apercevant la silhouette d'un garde, à l'autre bout du corridor. Venez surveiller cette porte.

— Mais, protesta Eva, je vous ai dit que…

— On y va, trancha Bruin en lui prenant le bougeoir des mains.

L'attrapant par le coude, il la guida vers l'escalier.

Eva voulut protester encore, mais elle saisit le regard de Bruin, brûlant de désir, tandis qu'il lui jetait un coup d'œil exaspéré. Elle n'avait pas encore connu l'amour physique mais, instinctivement, elle sut y lire la promesse d'une joie sauvage qu'ils pourraient partager, d'un royaume qu'ils pourraient parcourir ensemble. Et elle en fut bouleversée.

S'arrêtant brusquement, son compagnon lui bloqua le passage. L'atmosphère, soudain traversée d'une étrange tension, prenait la densité d'un rêve. Eva sentait le sang battre à ses tempes, elle ne pouvait plus bouger, comme prisonnière des yeux étincelants penchés sur elle. La bouche de Bruin se rapprochait de la sienne, son souffle chaud se mêlait au sien.

Puis, venant de très loin, d'un autre monde peut-être, les pleurs d'un enfant déchirèrent le silence. De plus en plus aigus. De plus en plus insistants.

Eva repoussa son compagnon d'un geste brusque.

— Entendez-vous ? souffla-t-elle d'une voix pressante. Alice m'appelle à l'aide. Elle a besoin de moi. Laissez-moi passer. Cessez de me regarder comme ça. Qu'est-ce qui vous prend ?

Bruin se ressaisit. Que lui arrivait-il, en effet ? Il était sur le point d'embrasser cette fille, une parfaite inconnue. De baiser ces lèvres doucement renflées, tendres comme un bouton de rose. De caresser cette peau de satin, de poser sa bouche sur la pointe de ce sein…

Ce n'était pas son habitude. Il avait su respecter Sophie pendant leurs brèves fiançailles. S'il ne l'avait pas fait, les choses auraient pu tourner autrement. Il refoula ses souvenirs, la bouche amère.

Libérant brusquement le passage, il indiqua à Eva d'un geste du menton qu'elle pouvait aller.

Le vaste foyer avait été chargé de tourbe pour la nuit et, quand ils pénétrèrent dans la cuisine, malgré la neige qui continuait à tomber dehors, l'atmosphère était chaude et accueillante. Une grande table de chêne et des crédences chargées de poteries de terre cuite et de plats en étain meublaient le vaste espace, d'une propreté irréprochable. Bruin posa le bougeoir sur la table, et les ombres des visiteurs nocturnes se mirent à danser sur les murs.

Le puits, dont l'orifice s'ouvrait directement dans la cuisine, était sécurisé par un couvercle de bois. Une poulie permettait de faire monter et descendre le seau. Eva s'agenouilla sur les dalles froides et, poussant le lourd couvercle, fit remonter le seau. Elle sentait ses mains trembler. C'était la présence de Bruin à ses côtés qui provoquait ce trouble étrange. Comment l'expliquer autrement ? Et puis, il y avait la fatigue et le choc qu'elle avait éprouvé en apprenant le sort que le roi avait réservé à Katherine.

Mais elle devait jouer son rôle jusqu'au bout. Aux yeux de Bruin, elle était une servante et devait veiller à se comporter comme telle.

Elle le sentit s'approcher.

— Laissez-moi faire, dit-il en frôlant son épaule pour lui prendre la manivelle des mains.

Eva lui décocha un regard noir et, comme s'il lisait dans ses pensées, il dit avec un lent sourire :

— Oui, vous pouviez le faire, je le sais. Mais puisque je suis là, pourquoi ne pas me permettre de vous aider ?

« Me permettre de vous aider. » Ces mots firent l'effet à Eva d'une pluie bienfaisante. Il y avait si longtemps que personne ne lui avait proposé son aide ! Depuis la mort de son père et de son frère, elle était toute seule à se battre pour défendre son nom, son domaine. Et pour assurer sa subsistance, tout simplement. Sa mère était morte, noyée en revenant d'un pèlerinage au tombeau de sainte Agnès. Elle se souvenait à peine d'elle. Mon Dieu, oui, comme la sollicitude de votre prochain pouvait parfois vous faire du bien à l'âme !

Quel dommage que cela vienne de ce diable d'homme, avec ses cheveux rouges et son regard à la fois opaque et vif qui allumait un grand feu dans ses veines.

— Quand Lord Gilbert a-t-il prévu de partir ? s'enquit-elle.

Bruin tournait la manivelle du puits. La chaîne s'enroula en grinçant autour de la poulie, et le seau, plein à ras bord, émergea du trou noir, tanguant et versant un peu d'eau dans la manœuvre.

— Dans deux jours. Cela vous donnera le temps de faire vos bagages, à vous et à votre maîtresse. Mais je ne viens pas avec vous. Je vais un peu plus loin dans les terres, au cœur du pays de Galles.

— Oh ! Mais pourquoi ?

La question avait fusé avant qu'elle ne pût la retenir, et elle baissa la tête, maudissant sa stupidité.

Bruin rit.

— Mon sort vous intéresserait-il ? Vous me faites trop d'honneur.

Il décrocha le seau tout en poursuivant :

— Je cherche quelqu'un. Lady Katherine ne vous en a-t-elle pas parlé ?

Eva secoua négativement la tête, le cœur battant. Elle savait ce qu'il allait dire, la question qu'il allait poser. Plus elle saurait maîtriser ses émotions, mieux ce serait.

— Il s'agit d'une femme. Lady de Striguil. La connaissez-vous ?

Il la dévisageait d'un regard intense.

Eva s'absorba dans la contemplation de l'eau dont la surface miroitante tanguait dans le seau. Son nom, à peine déformé par l'accent chantant de son interlocuteur, résonnait en écho dans sa tête. Elle s'efforça de rester impassible.

— Non, désolée. Pourquoi cherchez-vous cette dame ?

Le visage de Bruin s'assombrit. Sa bouche eut un pli contrarié.

— Mon frère pense qu'elle devrait s'être réfugiée par ici. Il souhaiterait la revoir avant… avant de passer de vie à trépas.

Eva le dévisagea une longue minute, abasourdie.

Son frère ?

Puis une lumière se fit dans sa cervelle. Bien sûr ! Ces cheveux blond-roux, cette belle tête bien dessinée, ces calmes yeux gris. Mon Dieu ! Ce n'était pas possible.

— Pouvez-vous me dire qui… comment s'appelle votre frère ?

— Mais… Lord Steffen, répondit Bruin comme s'il s'agissait d'une évidence. Steffen de Wyncheate. Il possède un domaine par là-bas et pas mal de terres autour. Le connaissez-vous ?

Eva dut se retenir à la table, les jambes flageolantes. Pour donner le change, elle attrapa une pile de linge propre qu'elle pressa contre sa poitrine, comme pour se protéger. Maintenant, elle comprenait pourquoi elle avait pris Bruin de Valkenborg pour son persécuteur. Steffen et lui étaient frères de sang.

Une joie mauvaise l'envahit, comme une nuée d'orage. Si le frère de Bruin était l'homme qui avait terrifié ses jours et ses nuits, il semblait qu'il soit sur le point de quitter cette terre à jamais. Et s'il mourait, elle n'aurait plus peur. Elle serait enfin délivrée de lui.

Elle ne craindrait plus qu'il la traque pour lui prendre ce qui lui restait.

— Non, répondit-elle en triturant nerveusement la frange d'un torchon. Non, je ne le connais pas.

Elle faisait un tel effort pour paraître indifférente qu'elle avait l'impression que son crâne était pris dans un étau.

— Vraiment ? J'aurais pourtant parié le contraire, rétorqua Bruin, installant le seau sur la margelle en le manipulant comme s'il s'agissait d'un sac de plumes. Lorsque vous vous êtes enfuie dans la forêt, hier soir, j'ai eu l'impression que je vous inspirais une peur panique. Comme nous ne nous sommes jamais rencontrés, j'étais étonné, naturellement… Vous avez prétendu que je vous rappelais quelqu'un. Et je ne crois pas me tromper en avançant que, ce quelqu'un, c'est tout bonnement Steffen. Mon frère jumeau, quoique sorti le premier du ventre de notre mère.

L'instinct d'Eva la poussa à nier.

— Je n'avais aucune idée de qui vous étiez. Un chevalier armé jusqu'aux dents me poursuivant à cheval ! N'importe qui se serait enfui à toutes jambes. J'étais persuadée que ma dernière heure avait sonné.

— Mais je vous rappelais quelqu'un, insista Bruin en fronçant ses épais sourcils roux.

La laisserait-il jamais en paix ? On aurait dit un chien avec son os, rongeant et mâchonnant chaque mot qui sortait de sa bouche. Pourquoi avait-il fallu qu'elle lui explique les raisons de sa peur ? Elle aurait été bien mieux inspirée de se taire.

— Et ne vous ai-je pas dit que je m'étais trompée ? trancha-t-elle d'un ton définitif.

Eva récupéra le bougeoir et regagna le hall d'où partait

l'escalier qui montait à l'étage. Mais, déjà, Bruin l'avait rejointe et la saisissait par le coude. Quand il parla, son souffle caressa le lobe de son oreille.

— Et moi, Eva, je vous dis que je ne vous crois pas. Je suis certain que vous avez déjà rencontré Lord Steffen.

— Non, lança-t-elle, avec l'impression que tout le sang avait reflué de son visage.

Elle devait être pâle comme une morte. Mais il fallait qu'il la croie. Son avenir et sa sécurité en dépendaient.

Il la libéra, et elle entama la montée des marches, les derniers mots de Bruin croassant sinistrement dans son cerveau épuisé comme un vol de corbeaux. Elle montait trop vite, et sa jambe lui faisait mal. Bruin était derrière elle, comme un loup sur les traces d'une proie blessée. Dieu sait pourquoi, au lieu de remplir un broc avec l'eau du puits, il avait emporté avec lui le seau qu'il portait toujours sans effort.

Il ne pouvait pas découvrir sa véritable identité. Pas plus qu'il n'avait le droit de la traîner de force jusqu'au chevet de son frère mourant. Personne, fût-il Dieu ou Diable, ne pouvait la contraindre à affronter de nouveau le monstre qui l'avait tant fait souffrir. Et si profondément humiliée.

Lord Steffen. Le démon incarné. Même sur son lit de mort, il était capable de chercher à lui faire du mal. À prendre sa revanche parce qu'il n'avait pas eu le dernier mot.

Grand Dieu, rien que d'y penser, elle avait envie de se laisser tomber sur les marches et de pleurer toutes les larmes de son corps.

Ou de s'enfuir en courant.

Deux jours encore. Deux jours sans se trahir et elle serait tirée d'affaire. Bruin reprendrait sa route vers le château de son frère, et elle partirait dans la direction opposée pour accompagner Katherine et les enfants au château de Lord Gilbert.

Après, eh bien… Après, Lord Steffen aurait rendu son âme à Dieu, s'il en avait une, et sa vie à elle, Lady de Striguil, reprendrait son cours.

Chapitre 6

La fièvre d'Alice avait empiré. L'enfant s'agitait dans son lit en marmonnant des paroles incohérentes. Son petit visage était rouge et brillant de sueur. Quand la porte s'ouvrit, elle dirigea vers les arrivants un regard flou, halluciné. Puis ses paupières retombèrent aussitôt. Affolée, Eva se laissa tomber à genoux près du lit bas et arracha les draps du petit corps tremblant.

— Il faut faire tomber la fièvre, vite, marmonna-elle pour elle-même, oubliant ses préoccupations pour ne songer qu'à l'enfant.

Elle trempa l'un des linges propres dans l'eau glacée du seau et en tamponna doucement le front et les joues de la petite fille.

— Vous n'y arriverez pas comme ça, intervint la voix grave de Bruin.

Elle tourna la tête et le vit debout, les bras croisés, en train de l'observer.

— Quittez cette chambre, je vous prie. Vous n'avez rien à faire ici, intima-t-elle en trempant le linge à nouveau avant de le passer sur le cou de l'enfant. Votre présence dans ces lieux n'est pas convenable. Lady Katherine dort à deux pas de nous.

Elle fit un geste du menton en direction du grand lit dont les rideaux étaient soigneusement tirés.

Bruin ne parut pas l'entendre.

— Un simple chiffon humide ne fera pas baisser cette fièvre. Elle est trop forte.

Eva jeta le linge dans le seau. Elle était à la fois exaspérée et à bout de forces.

— J'ai soigné plus d'une fièvre comme cela, rétorqua-t-elle d'un ton acerbe. Vous y connaîtriez-vous mieux que moi, par hasard ?

— Apparemment, oui. Sur le champ de bataille, les soldats ne meurent pas que de leurs blessures. Et nous n'avons pas les moyens de nous faire suivre par un médecin. Chacun apprend les rudiments de médecine qui lui permettront de soigner son voisin.

Eva haussa les épaules.

— Admettons. Vos conseils ? demanda-t-elle d'une voix nette en s'asseyant sur les talons, le linge humide s'égouttant sur sa chemise de nuit.

— Il faut sortir cette enfant dans la cour.

— Dans la neige ? Par ce froid ?

— Précisément. C'est le seul moyen de faire baisser sa température corporelle. Si nous n'agissons pas très vite, la petite va sombrer dans l'inconscience.

— Je le sais bien, s'exclama Eva, au comble de l'angoisse.

Elle envoya la serviette dans le seau. Ses yeux étaient rouges de fatigue, et elle détestait qu'un inconnu semble pouvoir gérer la situation avec plus de compétence qu'elle-même. Elle détestait encore plus avoir recours à son aide. Mais elle n'avait pas le choix. La vie d'Alice était en jeu.

— Très bien, soupira-t-elle. Allons-y.

Bruin souleva l'enfant dans ses bras avec précaution tandis qu'Eva allait rouvrir la porte. Apercevant ses pieds nus sous sa chemise, il lança par-dessus son épaule :

— Mettez des chaussures, Eva. Inutile de tomber malade à votre tour.

Les mouvements d'Eva se ralentirent un instant. Dans la bouche de Bruin, son prénom avait une douceur presque sensuelle. Il s'adressait à elle avec une familiarité qui n'existait pourtant pas entre eux. Elle obtempéra cependant et enfila prestement ses bottines. Dans le corridor, le garde délégué par Bruin lui tendit une torche et elle emboîta le pas à son compagnon, serrant les dents pour ne pas crier tant sa jambe lui faisait mal.

Quand ils arrivèrent dans le hall, un autre garde leur ouvrit la porte, un peu surpris. Déjà, Bruin était sorti dans la cour, disparaissant aussitôt dans un tourbillon de neige. La lune était cachée par de lourds nuages sombres, et la poterne, dont la herse était descendue, les murailles crénelées, recouvertes par la neige, étaient réduites à de vagues formes à peine visibles. Les flocons, de plus en plus épais, s'accumulaient silencieusement sur les pavés en un épais tapis immaculé. Ils caressaient le visage d'Eva en tombant, lui picotant les joues et s'accumulant dans l'ouverture de sa chemise.

Bruin s'arrêta au bas des marches et se tourna vers sa compagne.

— Inutile d'aller plus loin, il me semble.

Blottie contre son torse, Alice paraissait minuscule, ses jambes menues et si pâles pendant dans le vide, ses petits pieds nus si vulnérables qu'Eva dut retenir ses larmes. Baissant les yeux sur le petit visage rougi par la fièvre, Bruin balaya d'une main légère les flocons qui s'accumulaient sur ses cheveux et commençaient à recouvrir ses paupières closes.

Comme Eva s'était arrêtée pour mieux regarder la scène, Bruin lui demanda, étonné :

— Qu'y a-t-il ?

— Oh ! Rien… C'est la manière dont vous vous occupez d'Alice. Vous avez sans doute des enfants, vous aussi ?

Le regard de Bruin se durcit, sa mâchoire se contracta. Il était soudain l'image même du désespoir.

Grand Dieu ! Qu'avait-elle dit ?

Il répondit enfin, d'une voix âpre et dure :

— Non, je n'ai pas d'enfants.

La torche vacilla dans la main d'Eva. Une giclée d'étincelles brilla dans la nuit, retombant en cendre noire sur la neige.

— Oh ! Je... Je suis désolée, dit-elle encore sans trop savoir pourquoi, reportant son attention sur les lions brodés sur le surcot de son interlocuteur.

Qu'était-il arrivé à Bruin pour qu'il change d'attitude de manière aussi radicale ? Avait-il connu le deuil terrible d'un tout-petit ? Reportant son attention sur la petite malade, Eva appliqua la paume de sa main sur son front. La température commençait à baisser et l'enfant avait cessé de s'agiter. Son visage reprenait lentement son teint normal, et les cernes bleuâtres qui entouraient ses yeux s'effaçaient.

Bruin laissa échapper un long soupir. Contempler la tête d'Eva, penchée gracieusement sur l'enfant qu'il tenait dans ses bras, lui redonnait envie de croire à la vie. Mais l'ennemi était coriace et puissant. Il sentait le démon de ses pensées s'agiter en lui, le léchant de mille langues de feu. Un démon qui voulait l'entraîner dans sa chute.

Pourquoi ne parvenait-il pas à oublier ? Pourquoi l'image de sa fiancée, de son corps encore mince et gracieux dans ses premiers mois de grossesse, le hantait-elle ? N'aurait-il pas dû lui pardonner ? Accepter ce bébé comme le sien ? S'il l'avait fait, Sophie ne serait pas morte.

Il poussa un nouveau soupir et redressa le petit corps d'Alice dans ses bras. Toutes ces préoccupations domestiques ne lui valaient rien. Il pensait trop. Il fallait repartir au combat, se lancer de nouveau dans cette guerre civile qui déchirait le royaume. Rétablir la paix entre les hommes n'était-il pas la plus noble des missions ? Il galoperait, le Démon à ses trousses, jouant de son épée et faisant tournoyer sa masse d'arme. Il combattrait jusqu'à l'épuisement afin de trouver enfin un sommeil sans rêves.

Telle était la vie qu'il menait depuis la mort de Sophie. Se battre, manger et dormir. Et cette vie-là lui convenait parfaitement.

— Elle va beaucoup mieux, remarqua Eva en levant vers lui un regard reconnaissant.

Elle semblait dans l'attente, comme si la question qu'elle avait posée planait encore dans les airs, tintant l'atmosphère d'une couleur mélancolique. Mais il ne pouvait lui en tenir rigueur. Elle avait parlé sans mesurer l'impact de ses mots.

— Vous n'avez pas à vous excuser. Vous n'avez rien dit de mal. Vous m'avez pris au dépourvu, voilà tout.

Eva opina du chef, soulagée. Elle ne demandait pas d'explication. Cela lui suffisait. Même si elle connaissait à peine cet homme, même si son frère était l'homme qu'elle haïssait le plus au monde, elle était contente de ne pas l'avoir blessé. Le cercle de lumière projeté par la torche rendait la nuit plus dense, plus sombre autour d'eux. Instinctivement, elle s'entoura de ses bras nus et, transie jusqu'aux os, suggéra entre ses dents serrées :

— Rentrons-nous ? Il fait un froid de glacière, cette nuit.

Il hocha la tête.

— Allons-y.

Bruin la suivait de près et quand elle s'arrêta net devant la porte, dont elle ne parvenait pas à tourner la poignée de métal, il entra en collision avec elle.

— Oh ! Cette maudite porte ! pesta-t-elle, ses doigts gelés ne lui obéissant plus.

Passant devant elle, Bruin actionna la poignée qui céda sans effort.

— Voilà, dit-il simplement tandis que le lourd panneau de chêne tournait sur des gonds parfaitement huilés.

Eva entra la première, très raide, et il ne put retenir un sourire, amusé par ce caractère entier qui ne supportait pas qu'on puisse lui en remontrer. La regarder vivre, être en sa compagnie avait le pouvoir de l'apaiser, de desserrer un peu la main cruelle qui lui étreignait le cœur. Il s'arrêta net en s'apercevant qu'il avait posé le pied sur le bas de la chemise d'Eva. Inconsciente, la jeune fille s'élançait déjà vers la chaleur du hall. Sa chemise, brutalement retenue en arrière, lui dénuda une épaule et son plaid glissa sur le sol.

— Oh ! Mais…

S'accrochant frénétiquement aux deux pans du col de son vêtement de nuit, dont elle avait laissé les rubans dénoués, elle priait pour que le fin tissu ne se déchire pas. Le plaid glissa sur le sol.

— Bruin ! Retirez votre pied, cria-t-elle. Ne voyez-vous pas que vous me retenez prisonnière ?

Bruin ne l'écoutait pas. Les yeux fixés sur cette peau nue, lumineuse et polie comme du marbre, il déglutit péniblement. Que se passerait-il si la chemise descendait plus bas ? Son imagination fertile lui faisait entrevoir la ligne délicate de la colonne vertébrale, le doux renflement des hanches, les jolies fesses rebondies…

Puis son regard fut retenu par un détail étrange. Une marque rougeâtre gâtait la peau satinée de l'épaule droite de la jeune femme. Une autre blessure due à sa mésaventure en forêt ? Il se pencha pour mieux voir. En fait, il s'agissait d'une tache de naissance en forme de papillon.

Son cerveau se mit à fonctionner à grande vitesse. Steffen n'avait-il pas fait allusion à quelque chose qui ressemblait à ça. Une tache de naissance en forme de papillon ? Machinalement, du gras du pouce, il en redessina la forme.

Eva sursauta.

— Mais… Que vous prend-il ?

— Cette marque… Qu'est-ce que c'est ?

Le contact de son pouce arracha un frisson à Eva. Mais il y avait soudain ce ton tranchant…

À quoi faisait-il allusion ? Eva s'efforçait en vain de libérer sa chemise. Elle lança presque sa torche au garde qui s'approchait, sans doute étonné de leur manège. L'homme la saisit respectueusement, la remit dans son support, puis reprit sa faction dans l'ombre.

— Bruin ! s'exclama-t-elle enfin, exaspérée. Allez-vous oui ou non retirer votre pied !

Des tourbillons de neige entraient par la porte toujours ouverte et, transie jusqu'aux os, elle se mit à claquer des dents. La fille de Katherine, fragile barrière entre elle et Bruin, la regardait de ses grands yeux bleus, sans s'affoler. Mais le froid allait bientôt la gagner, elle aussi.

Eva revint à la charge.

— Bruin ! Il faut absolument remettre cette enfant dans son lit. Elle a besoin de dormir…

— Cette marque. Qu'est-ce que c'est ?

Bruin de Valkenborg était tout près, et le regard d'Eva parcourut le beau visage mâle. Il avait de longs cils presque noirs, étonnant contraste avec ses cheveux couleur de bronze clair. Et, de si près, elle pouvait voir des particules dorées danser dans le gris de ses yeux.

Devant l'intensité de son regard, elle revint brusquement à la réalité.

— Oh ça… Juste une tache de naissance. Pourrais-je récupérer ma chemise, s'il vous plaît ?

— Qui êtes-vous, Eva ?

La franchise brutale de la question de Bruin la désarçonna un instant.

— Mais la même qu'il y a un instant, il me semble.

Que se passait-il ? Pourquoi Bruin la dévisageait-il avec une telle intensité ? Comme s'il attendait qu'elle fasse une faute ou qu'elle dise une monstruosité.

Puis elle comprit qu'elle avait perdu la partie.

Toute la nouvelle vie qu'elle s'était patiemment construite, avec tant de précautions et de mystères, venait d'éclater comme une bulle de savon. Les vibrantes prières qu'elle adressait au ciel tous les matins afin qu'il la protège de la vengeance de Lord Steffen révélaient cruellement leur vanité.

À quoi bon continuer à mentir ?

— Vous le savez, je crois, dit-elle d'un ton morne et résigné. Vous savez qui je suis.

Bruin hocha lentement la tête, le visage sombre. Il aurait dû triompher. Il n'espérait pas trouver aussi vite la femme que son frère aspirait tant à revoir avant de mourir. Maintenant, il pouvait la conduire à Deorham, où son frère gisait sur son lit de douleur, hébergé chez un seigneur ami. Ensuite, il pourrait retourner sur les champs de bataille.

Mais en voyant la lumière s'éteindre dans le beau regard bleu, le joli visage se fermer, il se surprenait à souhaiter de tout son être que rien de tout cela ne soit vrai.

Pourtant, il dit en hochant la tête :

— Oui, je le sais. Vous êtes Lady de Striguil.

Et, sans surprise, il vit poindre une larme dans les yeux clairs de son interlocutrice.

Alice se laissa déposer sur son lit sans même ouvrir les yeux. Eva la recouvrit avec soin d'un drap propre et d'un simple plaid, et lui tâta le front. La fièvre était tombée. Elle s'occupa plus longuement que nécessaire à lisser les draps, à relever le plaid sous le petit menton, appréhendant le moment où elle devrait affronter le regard de Bruin.

C'était sans compter sur le caractère impatient de son interlocuteur.

Elle sentit la main de Bruin se glisser sous son bras et l'aider à se redresser.

— Laissons cette enfant dormir, maintenant, Eva… Ou dois-je dire milady ? Il faut que je vous parle.

Eva sentait l'épuisement la gagner.

— Maintenant ? demanda-t-elle sans conviction. Cela ne pourrait-il attendre demain matin ? J'ai besoin de dormir, au moins quelques heures.

Bruin pensa à son frère, au besoin urgent qu'il avait exprimé de recevoir le pardon de cette femme avant de mourir. Il eut un instant d'incertitude. Il savait ce dont Steffen était capable. Il l'avait vu à l'œuvre dans leur jeunesse. Et, visiblement, son seul nom suffisait à terrifier Eva. Des questions sans réponses dansaient une sinistre farandole dans son cerveau. Comment Steffen avait-il pu savoir que la jeune femme portait cette marque de naissance sur l'épaule ? Avait-il eu l'occasion de partager sa couche ? Un brusque sentiment de jalousie, sauvage, primitif, lui déchira le cœur.

Mais pourquoi ?

Son regard parcourut le visage de la jeune fille, sa peau translucide, la courbe douce de ses joues, son petit nez droit… Elle avait l'air épuisée, en effet. De larges cernes bleuâtres soulignaient son regard, faisant même paraître moins bleu le bleu de ses yeux. Un brusque remords l'assaillit. Il avait bien le temps de lui poser des questions. Il n'avait plus le droit de se comporter comme un prédateur, pillant et massacrant ; la féminité exquise de cette jeune fille, sa vulnérabilité avaient réussi à se glisser sous sa carapace.

— Oui, vous avez raison, Eva. Je dois vous laisser dormir. Nous parlerons demain matin. Si vous avez besoin de moi, je suis devant votre porte.

Afin que nous ne nous échappions pas, songea Eva avec amertume tandis que la porte se refermait derrière leur visiteur avec un claquement sec.

Elle se laissa tomber sur sa couche, si lasse qu'elle ne se souciait même plus d'avoir été découverte, pas plus que d'être traitée comme une prisonnière. Son corps et son cerveau, engourdis, n'étaient plus capables ni d'éprouver la peur, ni de raisonner avec logique. Demain, elle y verrait plus clair et réfléchirait au moyen de se sortir de ce désastre.

Il était hors de question que Bruin la contraigne à revoir Lord Steffen.

De cela, elle était bien sûre.

Chapitre 7

— Katherine ? murmura Eva en écartant les rideaux du grand lit.

Couchée sur son lit de camp, incapable de s'endormir, elle avait regardé la nuit céder lentement sa place à la lumière du jour, attendant une heure décente pour réveiller son amie. Au fil des heures, la lumière argentée passant par la vitre à caissons de l'étroite fenêtre s'était teintée d'or iridescent tandis que le pâle soleil de cette fin d'automne s'élevait au-dessus de l'horizon. Quand elle se pencha sur la forme endormie, un délicieux parfum de lavande monta des couvertures en fourrure d'écureuil. Katherine dormait sur le dos, sa jolie tête blonde posée sur deux oreillers de plume, le drap tiré jusqu'au menton. Ses cheveux nattés s'allongeaient de part et d'autre comme deux cordages d'or brillant doucement dans la pénombre.

— Katherine, répéta-t-elle avec plus de véhémence. Il faut te réveiller.

Katherine écarquilla les yeux.

— Qu'y a-t-il ? Est-ce toi, Eva ?

Son regard, d'abord vague, s'alarma soudain. Elle se redressa d'un coup de reins.

— Les enfants ? dit-elle d'une voix enrouée.

— Les enfants vont bien. Alice a souffert d'un accès de fièvre, mais elle va beaucoup mieux.

— Pourquoi ne m'as-tu pas réveillée ? Je me serais occupée d'elle.

— Elle va bien, je te l'assure. Une de ces fièvres d'enfant. Elle a dû prendre un peu froid hier sur la colline Je… Nous avons réussi à faire baisser sa température. Je viens de vérifier. Elle n'a plus rien.

— Nous ? Qui était avec toi ?

— Mon Dieu !

Eva sentit son cœur sombrer. Elle secoua la tête, ouvrit la bouche, puis la referma.

— Katherine, dit-elle enfin, quelque chose d'horrible est arrivé. Messire Bruin… C'est lui qui m'a aidée…

Katherine ouvrait de grands yeux, stupéfaite.

— Lord de Valkenborg ? Mais que faisait-il dans notre chambre ? Comment est-il entré ? Et en quoi est-ce catastrophique !

— Je vais t'expliquer. Quand j'ai voulu aller chercher de l'eau aux cuisines pour rafraîchir Alice, il y avait quelqu'un couché devant la porte. C'était lui, Bruin. Il montait la garde pour s'assurer que nous ne nous enfuirions pas.

Sa voix monta d'une octave tandis qu'elle reprenait, retenant ses sanglots :

— Impossible de m'en débarrasser. Il m'a suivie partout. Dans les cuisines, dehors… Et puis, en rentrant, il a vu la… la marque de naissance que j'ai sur l'épaule. Oh ! Katherine. Maintenant, il sait qui je suis. Ce n'est pas pour toi qu'il est venu jusqu'ici. C'est moi qu'il est venu chercher, pour le compte de son frère. Sir Steffen.

— Doux Jésus ! Ce sinistre individu a dû lui dire comment te reconnaître. Mais comment messire Bruin a-t-il pu voir cette marque ? Tu ne te promenais tout de même pas toute nue dans les couloirs ?

Ravalant courageusement ses larmes, Eva lui raconta tout, la fièvre d'Alice, le froid dehors qui devait la faire baisser, et cette stupide chemise de nuit malencontreusement prisonnière sous la botte de Bruin.

Une paire d'yeux gris surgit dans le cerveau d'Eva et, aussitôt, un feu s'alluma dans ses veines, qui n'avait rien à voir avec la peur.

La faisant asseoir auprès d'elle sur le rebord du lit, Katherine lui prit la main.

— Et moi qui ne pense même pas à te remercier ! L'ennui, c'est que, maintenant, messire Bruin connaît ta véritable identité. Sait-il tout le mal que t'a fait son frère ?

Eva eut un haussement d'épaules résigné.

— J'imagine mal Steffen lui racontant toutes les horreurs dont il est capable. Mais il paraît qu'il a été gravement blessé dans une échauffourée et qu'il est au plus mal. Bruin de Valkenborg a été chargé de retrouver ma trace et de me conduire à lui pour que je lui accorde mon pardon.

Eva parlait vite, en se tordant les mains tant son angoisse était grande. Elle ajouta dans un souffle :

— J'ai du mal à le croire. Steffen est capable des pires manigances. C'est un tour de sa façon, j'en mettrais ma main au feu. Il veut s'assurer qu'il a bien réussi à mettre le grappin sur tout ce que je possède. Que je n'aurais pas réussi à lui dissimuler quelques miettes. Je possède toujours le rubis des Striguil. Il s'en doute et c'est cela qu'il veut.

Katherine souffla bruyamment par le nez.

— Quelle honte ! Ce rapace n'en aura donc jamais assez ? Il n'est pas question que tu retombes entre ses griffes. Tu dois partir d'ici avant que messire Bruin ne t'emmène.

— Il faudrait déjà que je puisse sortir de la pièce, rétorqua Eva. Il est toujours couché derrière la porte.

Katherine lui adressa un sourire confiant.

— Il y a toujours un moyen, Eva. Je connais ce château

dans ses moindres recoins. Laisse-moi y réfléchir. Et en attendant, donne-lui le change.

Eva secoua la tête.

— Non, Katherine, ce n'est pas possible, soupira-t-elle. Si je m'enfuis, je ne pourrai pas t'accompagner au château de Sir Gilbert pour t'aider à t'occuper des enfants !

— Tu nous rejoindras plus tard, quand ce démon sera mort et que Bruin t'aura oubliée. Tout ira bien, je te le jure. Dieu sait ce que m'a choisi le roi pour époux, probablement un vieux chevalier rouillé par les ans. Mais je saurais me sortir de ce piège, affirma Katherine, une lueur belliqueuse dans le regard. Pour mes enfants, je suis prête à me battre.

Eva ne put retenir une petite grimace. Katherine, souriante et affectueuse comme à son habitude, s'efforçait de faire bonne figure. Mais, devant un parent aussi puissant, la situation de la jeune et riche veuve était aussi désespérée que la sienne.

— Allez, s'exclama Katherine en claquant joyeusement dans ses mains, réveillons les enfants et descendons nous restaurer. Et comme à toute chose malheur est bon, maintenant que ton identité est dévoilée, tu vas pouvoir te vêtir selon ton rang. Je vais te prêter l'une de mes toilettes.

À cette heure précoce, il y avait fort peu de monde dans la grande salle pour le premier repas du jour[1]. Et moins encore à la haute table, ou les hôtes conversaient à

1. En fait, il n'y a que deux repas quotidiens au Moyen Âge, chez les plus aisés comme chez les gens du peuple. Le petit déjeuner est réservé aux enfants et aux malades. Le premier repas, ou déjeuner, se prend entre 10 heures et 11 heures du matin. Le repas du soir est servi entre 16 heures et 19 heures.

bâtons rompus, leur souffle formant un brouillard blanc dans l'air glacé. Le feu qui venait d'être allumé dans les deux immenses cheminées léchait les bûches avec réticence, comme découragé par l'ampleur de la tâche. Une fumée âcre flottait sous le haut plafond.

Lady Katherine, sortant de la pénombre du hall, venait de faire son entrée dans la pièce d'un pas léger et gracieux. Pourtant, malgré sa grâce et son élégance, ce n'était pas vers elle que se tournaient les regards étonnés et admiratifs. Mais vers une autre jeune femme, grande elle aussi quoique moins imposante, son abondante chevelure brune retenue dans un filet d'or parsemé de perles.

— Grand Dieu ! souffla Bruin entre ses dents en vidant son gobelet d'un trait. Mais c'est Eva.

Le vieux chevalier Gilbert qui déposait un large morceau de lard fumé sur son tranchoir[1] ouvrit des yeux ronds.

— Par tous les saints du paradis, qui l'aurait cru ? Un vrai conte de fées ! Voici notre petite servante métamorphosée en damoiselle de haut lignage !

Il se mit à mâchonner pensivement, remerciant d'un signe de tête le serviteur qui remplissait son gobelet d'argent de petite bière.

— Es-tu absolument certain qu'il s'agit de la personne que ton frère recherche ?

— Je le suis, affirma Bruin en posant sa main bien à plat sur la nappe blanche.

Il portait toujours sa cotte de mailles sous son surcot et les rivets de métal frottaient inconfortablement contre sa nuque. Dans un moment, il donnerait le signal du départ. Il voulait partir pour Deorham aussi vite que possible.

1. Le tranchoir est une large tartine de pain épaisse sur laquelle on posait sa viande. À l'époque, il fait souvent office d'écuelle.

Malgré tout, il éprouvait une réticence inexplicable à conduire Eva à son frère. Contraindre cette jeune femme innocente et droite à se trouver en face d'un homme qui la terrifiait lui répugnait. Il faisait courir pensivement son index sur le bord de sa coupe, les questions et les doutes menant une douloureuse sarabande dans sa tête. Pourquoi une jeune fille comme elle, de bonne naissance et dotée d'un riche domaine, se cachait-elle dans le château d'une amie, aux confins du royaume d'Angleterre ? Et plus délicat encore, pourquoi lui, Bruin de Valkenborg, s'en souciait-il ? Après tout, cette fille ne lui était rien. Cela faisait à peine vingt-quatre heures qu'il l'avait rencontrée. Malgré leurs nombreux désaccords, il lui semblait qu'il pouvait au moins satisfaire au dernier souhait de Steffen. C'était son frère, après tout.

Il l'avait trouvée belle dans la forêt, tremblant de froid sous la neige et les joues trempées de larmes. Mais ce n'était rien à côté de l'éblouissante créature qui s'avançait vers lui, vêtue d'un bliaud de velours vert fendu jusqu'aux hanches sur une tunique longue de soie couleur safran. Une rangée de minuscules boutons de nacres fermait ses manches étroites depuis le poignet jusqu'au coude et, contrairement à Katherine, que son statut de veuve contraignait à un décolleté fort modeste, celui d'Eva laissait deviner la naissance de ses seins. Un cercle d'or cernait ses cheveux bruns.

— Doux Jésus, ajouta Sir Gilbert qui commençait à se remettre de sa surprise. Quelle beauté !

Bruin se fit resservir un gobelet de petite bière, qu'il but de nouveau avec avidité. Il avait la gorge sèche et son cœur battait à se rompre. Que lui arrivait-il ? Ce n'était pourtant pas la première fois qu'il voyait une jolie femme. Page à la cour du roi Guillaume du Hainaut, puis adoubé chevalier, il admirait tous les jours les beautés les plus célèbres à la Cour. Cela dit, il y avait beau temps maintenant qu'il s'était isolé de la gent féminine. Depuis la mort de Sophie, son caractère entier, qui l'incitait à refuser tout compromis, lui avait fait préférer la rude vie sur les mers.

Il avait été éloigné de la vie sociale trop longtemps. Voilà ce qui expliquait sa réaction. Comment justifier sinon l'effet que produisait Eva sur lui, plus puissant qu'un sortilège ? Il bouillait de prendre la jeune femme dans ses bras, de la coucher sous lui et de la posséder.

— Nous vous souhaitons le bonjour, messires, dit aimablement Katherine en prenant place sur sa chaire, Sir Gilbert à sa droite, à la place d'honneur.

Elle intima d'un geste impatient à ses deux convives de se rasseoir. Puis, lissant sa robe de soie sur ses cuisses, elle tourna vers Bruin ses grands yeux bruns.

— J'ai appris que vous aviez été d'un grand secours pour ma fille Alice cette nuit ?

Eva, qui avait pris place près de son amie, s'absorba dans la contemplation de l'écuelle de bouillie d'avoine qu'on venait de poser devant elle. Elle ne pensait qu'à ce que lui avait appris Bruin. Steffen voulait la voir ! L'estomac serré par l'angoisse, elle se sentait incapable d'avaler la moindre cuillerée. Pour l'heure, elle devait être assez habile pour convaincre Bruin qu'elle se rangeait à ses projets. Ainsi, elle endormirait sa méfiance.

— Votre enfant brûlait de fièvre, milady, répondait Bruin en se penchant gracieusement vers son hôtesse. Il était naturel que je fasse mon possible pour la soulager.

— Je vous en rends grâce, messire. Elle va beaucoup mieux ce matin.

— Vous m'en voyez ravi.

Il marqua un silence puis reprit d'une voix soudain plus dure :

— Sans doute votre amie vous a-t-elle donné une autre nouvelle, plus grave dans ses conséquences ?

Un pli se creusa entre les sourcils bien dessinés de sa voisine. Elle hocha lentement la tête. Le vieux chevalier, assis entre les deux convives et qui n'y comprenait goutte, les dévisageait l'un après l'autre, sa cuiller à mi-chemin entre son écuelle et sa lippe gourmande.

— Vous connaissiez la véritable identité de Lady Eva depuis longtemps, n'est-ce pas ?

Eva, sensible à la note métallique que la voix de Bruin avait soudain adoptée, se recroquevilla sur son siège, avec le désir muet de disparaître.

Le beau regard de biche de Katherine fut traversé d'un éclair hostile.

— En effet. Et alors ?

— Et alors ? Grand Dieu, pas grand-chose, sinon que vous m'avez menti. Vous êtes parente du roi et je m'attendais donc à la plus grande sincérité de votre part.

— Je ne vous connais pas. Il me semblait plus important de protéger Eva que de vous satisfaire.

Elle jouait avec son gobelet, et un rayon de soleil fit rutiler le saphir qui ornait sa bague.

— Et puis-je savoir de quoi vous voulez la protéger ?

Katherine le gratifia d'un regard glacé.

— Il ne me semble pas que je sois tenue de vous répondre.

De plus en plus gêné, Sir Gilbert toussa poliment.

— Bruin… Il me semble que…

— En quoi vous vous trompez, rétorqua Bruin sans se soucier de la mise en garde discrète de son compagnon. Lady Eva vous a dit que je souhaitais la conduire auprès de mon frère mourant, je suppose ? Vous l'avez cachée ici depuis un certain temps. Je veux savoir de qui. S'agit-il de Sir Steffen ?

Le regard de Bruin était planté dans celui de son hôtesse. Eva bougea inconfortablement sur son siège, au comble de l'embarras.

— Ça suffit ! s'exclama-t-elle soudain en tapant du plat de la main sur la table. Cessez d'importuner Lady Katherine. Rien ne vous y autorise et elle ne mérite pas ce comportement discourtois. Vous êtes son hôte, l'auriez-vous oublié ? Si elle a tout fait pour dissimuler mon identité, c'est dans mon intérêt. Et voilà que vous arrivez comme un chien fou…

Elle cherchait ses mots, étouffée par l'indignation.

— … Compromettant votre petit jeu, acheva Bruin pour elle, la toisant d'un regard brillant.

— Comment osez-vous !

Elle frappa de nouveau du poing sur la table, et les couverts tintèrent allègrement. Si le grossier personnage avait été à portée de main, elle aurait probablement giflé cette face impudente et fière.

— Un jeu ! C'est ainsi que vous voyez les choses ? Parce que vous pensez que m'habiller de vêtements frustres, obéir aux ordres de la maîtresse de maison comme tous les domestiques, dormir sur un lit de fortune, tout cela est un choix librement consenti afin de me divertir ?

Sa voix, qui avait atteint un aigu strident, tremblait de rage contenue. Katherine posa sur son bras une main apaisante avec un regard qui l'incitait à la prudence. Se laissant aller contre son dossier, Bruin se mit à la fixer de son regard d'oiseau de proie.

— Dieu du ciel, vous n'avez aucune idée de cela, n'est-ce pas ? cracha Eva. Vous êtes assis là, posant tranquillement vos questions avec ce petit air suffisant, et en fait vous n'avez aucune idée de ce dont votre frère est capable.

Son sang battait contre ses tempes, sa colère, fouettée par l'expression moqueuse de son interlocuteur, avait atteint son paroxysme. Une petite voix l'incitait pourtant, tout au fond d'elle, à se ressaisir, mais il était trop tard. Il fallait que Bruin de Valkenborg sache ce qu'il pouvait faire subir à une femme.

— Cet individu m'a arrachée de chez moi en pleine nuit sans que mes serviteurs puissent intervenir. Il m'a tenue enfermée dans une tour pendant des jours et des nuits…

Eva s'interrompit pour aspirer l'air, comme étouffée par l'émotion, puis reprit d'une voix saccadée :

— Il m'a menacée, affamée, torturée mentalement jusqu'à ce que j'accepte de signer un document lui faisant don de tout mon héritage. Du château et de toutes ses terres, qui appartenaient à ma famille depuis des générations, du bétail, des chevaux, et même du fourrage dans les granges, des provisions dans les resserres, du vin dans les caves… Voilà, conclut-elle dans un sanglot sec, ce dont votre cher frère est capable.

Malgré ses larmes, elle eut la brève satisfaction de voir Bruin se redresser brusquement, l'air stupéfait et indigné.

Elle s'essuya les yeux d'un revers de main rageur, vexée de s'abandonner ainsi devant lui.

Déjà, Katherine se levait pour lui entourer les épaules d'un bras affectueux.

— Allons, ma chérie, calme-toi…

Mais Eva la repoussa.

— Laisse-moi, Katherine. J'ai besoin d'air.

Et, se levant brusquement, elle se fraya un chemin au milieu des tables déjà dressées pour le repas de midi. À cette heure du jour, le hall à peine éclairé par une torche était désert. Le traversant en courant, elle poussa la lourde porte et sortit dans la cour.

Grand Dieu ! Qu'avait-elle fait ? Vidée par son éclat, les jambes flageolantes, elle se laissa tomber sur la margelle de l'abreuvoir aux chevaux. Un souffle de vent fit battre son voile dans l'air glacé. Les joues en feu, elle se pencha sur le trou sombre où l'eau miroitait à peine et l'envie lui prit soudain de s'y laisser glisser.

Pour un homme de sa taille, Bruin se déplaçait avec une légèreté étonnante. Eva se penchait vers l'eau noire, fascinée, quand une main s'abattit sur son épaule.

— Laissez-moi, murmura-t-elle d'une voix rauque, oubliez ce que je vous ai dit et partez !

— Ce serait difficile, rétorqua-t-il avec une ironie glacée. Tous les serviteurs ont entendu votre belle tirade. À l'heure qu'il est, votre histoire doit courir les cuisines et s'enfler comme une trombe. Belle performance, en tout cas. Et qui ne sera pas oubliée avant longtemps.

Comme frappée par la lanière d'un fouet, Eva se tourna avec la vitesse de l'éclair.

— Parce que vous croyez que je vous joue la comédie ? Comment pouvez-vous être aussi grossier ? Pour l'amour du ciel, Bruin, il faut me croire.

Elle ferma les yeux pour échapper au regard de son interlocuteur.

— Je vous ai dit la vérité, répéta-t-elle en enfonçant ses ongles dans la pierre de l'abreuvoir.

Bruin sentit la culpabilité l'envahir. En contraignant Lady Katherine et Eva à révéler leurs secrets, il avait violé toutes les lois de l'hospitalité. Mais jamais elles n'auraient parlé d'elles-mêmes, il le savait. S'il avait utilisé le langage fleuri pour lequel s'étaient prises d'engouement les gentes dames du royaume de France, bientôt imitées par la cour d'Angleterre grâce aux échanges entre l'Aquitaine et le reste de l'Europe, elles l'auraient nourri de belles paroles et de mignardises.

Un sentiment désagréable s'insinuait subrepticement en lui. La face cachée de son frère, sournoise et vicieuse, avait-elle finalement pris le dessus ? Il se souvenait de la peur qu'il avait parfois de son frère dans leur enfance. Steffen voulait avoir le dessus, partout et toujours. Au jeu de la mouche, aux jonchées, à colin bridé et même à pile ou face, qui est un jeu de hasard. Son esprit de compétitivité maladif devenait épuisant et gâchait tous les plaisirs, même celui de se battre à l'épée.

Mille questions maintenant assaillaient Bruin. Tout au fond de lui, il savait que Steffen était parfaitement capable de faire ce dont Eva l'accusait.

— Êtes-vous sûre, Eva ? demanda-t-il d'une voix étranglée. Êtes-vous sûre et certaine qu'il s'agit bien de mon frère ?

Eva se remit sur ses pieds, frissonnante.

— Oh oui, dit-elle en hochant la tête. Oh oui, j'en suis bien sûre. J'ai eu plus de temps qu'il le fallait pour le regarder, croyez-moi.

Chapitre 8

Ces quelques mots atteignirent Bruin comme un coup en plein cœur. Les beaux yeux d'aigue-marine d'Eva le dévisageaient, le suppliant silencieusement de la croire, et un flot d'émotions se bousculait en lui.

Il aurait dû se sentir outragé par l'accusation de la jeune fille mais, paradoxalement, ce n'était pas le cas. Eva de Striguil disait la vérité. Il pouvait le voir dans sa bouche contractée, dans la manière dont elle s'entourait de ses bras comme pour se protéger. Il comprenait maintenant pourquoi la veille, dans la forêt, elle lui avait lancé sa torche allumée au visage en le prenant pour son frère.

Le silence s'étira entre eux tandis qu'un courant d'air glacé les enveloppait sournoisement. Eva serra les poings dans les plis de sa jupe. Bruin ne la croyait pas, c'était évident.

— Vous n'avez aucune raison de donner du crédit à mes propos, bien sûr. Mais c'est la raison pour laquelle je ne veux pas aller à Deorham avec vous.

Il s'approcha d'elle, son grand corps rétrécissant l'espace.

— Je vous crois, Eva, dit-il en la prenant par les épaules.

— Vraiment ?

Sous ses mains, Bruin sentait les os fragiles, la chair

tendre. Il frottait machinalement de son pouce l'étoffe rugueuse de la robe de la jeune fille.

— Oui, assura-t-il. Cela fait de nombreuses années que mon frère vit en Angleterre, maintenant. Avant notre entrevue à Deorham, je ne l'avais pas vu depuis…

Il s'interrompit, tandis que des souvenirs odieux l'assaillaient. Steffen venant lui annoncer ce qui était arrivé à Sophie, un sourire mauvais étirant sa bouche rouge de jouisseur. Steffen brandissant le châle de Sophie, dont les pointes traînaient dans la boue…

— Depuis notre éducation de chevalier à la cour du prince Guillaume, dans les Flandres.

La culpabilité l'assaillait de nouveau, âpre, brûlante comme un acide. Levant les yeux, il suivit le vol d'un busard dans le ciel bleu qui luttait contre le vent, les ailes ébouriffées, pour gagner de l'altitude.

À ce moment précis, il enviait cet oiseau.

Eva éprouvait un infini soulagement. Il la croyait et la peur la quittait enfin. S'apercevait-il combien ils étaient proches l'un de l'autre ? Elle sentait son souffle sur sa joue, la chaleur de son corps. Elle distinguait même les points de l'écusson qui ornait son surcot. Bleu et or, de la couleur des lions. Un travail patient et obstiné qui ne pouvait qu'être l'œuvre d'une femme aimante.

Un soudain sentiment de nostalgie s'empara d'elle, puissant, viscéral. Elle poussa un soupir silencieux qui disait tout ce à quoi elle aspirait. Ne plus être seule pour affronter l'existence. Être aimée. La proximité de Bruin agissait sur elle comme un baume apaisant. Mais elle éveillait aussi en elle un douloureux désir, un besoin primitif qui enflammait lentement son corps. Si seulement elle pouvait se laisser aller un instant contre son compagnon, poser sa tête sur son épaule, s'oublier dans ses bras…

Mais il n'était pas question de cela.

S'écartant brusquement, elle leva vers lui un regard faussement apaisé.

— Merci, Bruin. Merci pour votre confiance.

Elle ne s'attendait pas à sa réaction. Refermant des doigts nerveux sur ses poignets, le jeune homme l'attira de nouveau contre lui.

— Que vous a-t-il fait ? lâcha-t-il d'une voix sourde.

Si Steffen avait attenté à l'honneur de cette jeune fille… Devant cette éventualité, sa bouche se tordit de haine.

Eva baissa la tête. Des disques d'argent gravés ornaient la ceinture de cuir. On y distinguait des faces de lion, encore, et des étoiles. Mais les motifs se brouillèrent devant ses yeux envahis par les larmes.

— Je vous ai déjà tout dit. Je ne veux plus parler de cela.

La main de Bruin la serrait plus fort, à la faire crier.

— Je veux seulement savoir… Est-ce qu'il a… abusé de vous ?

Dieu sait pourquoi la réponse à cette question était pour lui de la plus haute importance.

Eva leva vers lui son regard clair.

— Vous voulez dire… Est-ce qu'il m'a violée ? précisa-t-elle brutalement. Non, il ne l'a pas fait.

Bien qu'il ne se soit pas privé de l'en menacer si elle ne signait pas les documents. Elle s'en souvenait très bien. Elle entendait encore sa voix dure et revoyait son regard brillant.

— Alors, comment savait-il que vous aviez cette tache de naissance ? C'est lui-même qui m'a indiqué ce moyen de vous identifier. Il a bien fallu qu'il la voie ?

— Lui, non, mais la servante qui m'a aidée à prendre un bain, quand tout a été fini. C'est elle qui a dû le lui révéler.

Que le ciel en soit remercié, pensa Bruin, avant de murmurer comme pour lui-même :

— Mon propre frère ! Mon Dieu ! Comment a-t-il pu vous faire subir un tel traitement ?

Il effleura d'une main légère le contour de sa joue, redessina la forme pleine de ses lèvres… On aurait dit un bouton de rose, le satin d'un pétale, la douceur de la soie.

— Il convoitait mon argent. C'est tout ce qui l'intéressait. Il avait toutes les femmes qu'il voulait.

Elle frissonna, mais ce n'était pas le souvenir de Steffen qui l'émouvait. Son sang courait plus vite dans ses veines, ses pensées se troublaient.

Pars, Eva, intima une petite voix au fond d'elle-même ! *Pars, avant qu'il ne soit trop tard.*

Son souffle s'accéléra, les sensations exquises produites par le contact des mains de Bruin l'asservissaient, lui faisant désirer plus encore. Elle savait que, au moindre mouvement de sa part, Bruin s'arrêterait. Et elle ne voulait pas qu'il s'arrête. Ses lèvres s'entrouvrirent, elle laissa échapper un gémissement de plaisir.

Aussitôt, le peu de maîtrise que Bruin avait de lui-même s'envola. Se penchant sur le visage levé vers lui, il en prit avidement la bouche et, du bout de la langue, en redessina le contour, traçant un chemin de feu. L'incendie se propagea dans tout le corps de la jeune fille, excitant la pointe de ses seins, faisant naître dans son ventre des ondes de plaisir.

Le corps massif de Bruin se pressait contre le sien, l'écrasant presque contre la margelle. Sous la tourmente insistante de la bouche de Bruin, ses lèvres s'entrouvrirent, et une langue chaude, experte, se glissa entre ses dents. Le temps s'était arrêté dans cette cour glacée, balayée par le vent, et ils se regardaient, sans sourire, comme prisonniers du même sortilège.

— Eva ?

La voix de Katherine résonnait dans le hall. Elle apparut bientôt sur le seuil.

— Eva ? appela-t-elle encore. Où es-tu ?

Le poids du corps de Bruin s'effaça aussitôt. Eva se retrouva assise sur la margelle, essoufflée, le regard flou. Sous sa chemise, ses seins excités par les caresses lui faisaient mal. Ses cheveux détachés devaient lui donner l'air d'une fille perdue.

Bruin, le regard indéchiffrable, le visage tendu, l'aida à se remettre sur ses pieds.

— Oh ! Vous êtes là ?

Repérant les deux silhouettes dans la cour, Katherine vint vers eux dans un gracieux balancement de jupes. Elle fronça les sourcils, sensible à la tension qui régnait entre les deux protagonistes de la scène.

— J'espère que vous ne perturbez pas de nouveau mon amie Eva, gronda-t-elle en croisant les bras sur sa poitrine.

— Ab-absolument pas, bégaya Eva, empourprée jusqu'au front.

— Eva m'a tout raconté, expliqua Bruin d'une voix brève, ses longs cils s'abaissant fugitivement sur ses joues mates.

Il semblait redevenu parfaitement maître de lui-même. Le soleil encore bas dans le ciel nimbait d'or sa chevelure ébouriffée. Rien dans son attitude ne laissait deviner ce qui s'était passé quelques secondes plus tôt. Eva lui lança un regard réprobateur. Comment pouvait-il afficher tant de froideur après ce qui s'était passé ?

Katherine jeta un coup d'œil alarmé à son amie.

— Tout ?

Un pigeon roucoulait doucement sur l'appui d'une fenêtre, et son chant sc répercutait en doux écho contre les murs de la cour.

— Je lui ai tout dit… à propos de son frère, répondit Eva.

Katherine haussa ses sourcils finement arqués.

— J'ai du mal à croire que vous soyez frères, remarqua-t-elle en se tournant vers son hôte. Depuis que Sir Steffen est entré au service du roi, son comportement ne semble plus connaître de limites. Sa réputation est détestable, le saviez-vous ? On l'accuse de tels forfaits…

Elle se tut un instant, paraissant réfléchir, puis reprit d'un air décidé :

— Il semblerait qu'il ait pris l'habitude de jeter son dévolu sur de jeunes héritières. Il les détrousse habilement de leur fortune, non sans les avoir séduites au préalable si cela en vaut la peine, puis il partage son butin pour moitié avec le roi. Avec la bénédiction de mon cher oncle, bien sûr, qui y trouve amplement son compte.

Bruin fit une grimace.

— Je ne peux répondre des fautes dont il s'est rendu coupable, mais vous m'en voyez sincèrement navré.

Katherine le remercia d'un signe de tête.

— Vous comprenez pourquoi Eva ne peut venir avec vous. Pourquoi elle se refuse à le revoir. Elle fera partie de mon escorte jusqu'à la cour de Londres, avec les enfants.

— Je ne suis pas d'accord.

Bruin avait croisé les bras à son tour, et ils s'affrontaient, incarnation même de la discorde.

Eva resta un instant muette, comme frappée par la foudre.

— Mais je vous ai pourtant dit… Il me semblait que vous prêtiez foi à mes propos quand je vous ai raconté…

— Je vous crois, répliqua-t-il en glissant ses pouces dans son ceinturon. Mais en dépit de ce qu'il a fait, comme tout pécheur qui se repent de ses fautes, il a droit au pardon. Je ne me sens pas le droit de refuser à mon frère mourant de satisfaire à ses dernières volontés. Je sais que pour vous l'épreuve sera difficile, mais je serai là.

Eva sentit le sang refluer de son visage. Le baiser

de Bruin avait été un cadeau merveilleux qu'elle avait accepté sans se poser de questions, avec toute la naïveté de sa jeunesse. En lui annonçant brutalement sa décision, c'était comme s'il lui reprenait son cadeau, la laissant stupéfaite et les mains vides.

Elle saisit Bruin par l'avant-bras, ses ongles crissant sur la cotte de mailles.

— Je ne peux pas, Bruin. C'est au-dessus de mes forces. Je vous ai déjà mis en garde. Sir Steffen est un manipulateur hors pair. Et si l'annonce de sa fin prochaine n'était qu'une feinte ?

Le regard de Bruin se durcit.

— Je l'ai vu de mes propres yeux. Il gisait sur son lit, le crâne fendu par une hache de combat, et baignait dans son sang. Il était si faible que sa voix portait à peine. Et croyez-moi, je sais reconnaître un homme sain d'un moribond. J'en ai assez vu sur les champs de bataille… Soyez prête à partir après le déjeuner. Je serai toujours à vos côtés. Il ne peut rien vous arriver.

Chacune de ses paroles ne faisait que renforcer la terreur d'Eva. Elle ne parvenait plus à raisonner clairement.

— Katherine ! s'écria-t-elle en s'accrochant à la manche de son amie.

Katherine prit sa main glacée dans la sienne. Ses yeux bruns soutenaient sans faiblir le regard impérieux de son interlocuteur.

— Vous n'avez pas le droit de lui imposer pareille épreuve. Elle a assez souffert à cause de votre frère.

Bruin soupira.

— Je veillerai sur elle, je vous le promets. Et je vous la ramènerai moi-même quand nous aurons vu Steffen. Vous avez ma parole.

Katherine resta un instant silencieuse.

— Il n'y a rien que je puisse dire pour vous faire changer d'avis ?

La bouche de Bruin se durcit.

— Rien.

Eva sentit une main glacée se refermer autour de son cœur. Tout ce qu'elle avait construit depuis un an, l'univers familier et rassurant dans lequel elle s'était enfermée comme dans un cocon après la terrible épreuve de sa captivité venait d'exploser en morceaux.

Et tout cela à cause de lui.

Rassemblant ce qui lui restait de courage, elle décocha à Bruin un regard hostile. Le moment était venu de se montrer brave, d'imposer enfin sa propre volonté. Pourquoi les femmes obéiraient-elles toujours à la loi des hommes, en effet ?

D'autant plus qu'elle se sentait trahie. Qu'était devenu l'homme qui la serrait un instant plus tôt amoureusement dans ses bras ? Qui l'embrassait avec une telle passion ?

— Je suis désolée, messire, décréta-t-elle en plantant son regard dans celui de son interlocuteur. Que cela vous plaise ou non, je n'irai pas avec vous à Deorham. Il est hors de question que je revoie l'homme qui m'a fait tant de mal… Si vous insistez, il vous faudra m'y traîner, pieds et poings liés.

— Eh bien, s'il faut en passer par là, nous le ferons, répliqua-t-il sans paraître le moins du monde démonté.

Et il n'y avait plus la moindre douceur dans son regard.

Katherine, agenouillée dans leur chambre devant le grand coffre de chêne, leva la tête vers son amie.

— Sincèrement, Eva, je ne vois pas comment tu peux éviter cette confrontation.

Elle en tira un autre bliaud, qu'elle plia d'une main experte, les manches à l'intérieur, les plis de la jupe soigneusement aplatis. Puis, se remettant sur ses jambes, elle alla déposer dans le sac de voyage le vêtement, dont les broderies d'argent brillaient dans le soleil qui pénétrait par la fenêtre de la chambre.

— Bruin de Valkenborg n'a aucune idée de ce dont son frère est capable, rétorqua Eva, le regard sombre.

Katherine lui adressa un sourire encourageant.

— Il semblerait que Sir Steffen ne soit plus bien dangereux. Tu as entendu ce qu'a dit Sir Bruin. Il est sur son lit de mort.

— Ce dont je ne crois pas un mot, répliqua Eva d'une voix tendue. Cet homme est capable de tout, y compris de feindre le trépas, pour obtenir ce qu'il veut. Il sait que je possède ce rubis, j'en suis certaine. Et il a bien l'intention de mettre la main dessus. C'est pour ça qu'il a demandé à son frère de partir à ma recherche. Je suis la seule à en connaître la cachette.

— Mais même si les intentions de son frère sont mauvaises, Sir Bruin sera là pour te protéger, Eva.

Katherine alla à la fenêtre qui donnait sur le jardin pour regarder les enfants jouer. Un cri aigu s'éleva soudain, tranchant sur les rires et les exclamations enjoués. Elle appuya son front contre la vitre pour mieux voir, les sourcils froncés.

— Rappelle-moi de parler à Peter. Il commence à se montrer trop brutal avec les filles.

— Je descends leur parler.

Katherine la retint par la main.

— Merci, ma chérie, mais ce n'est pas grave. Martha les surveille. Et maintenant que tout le monde sait qui tu es, tu ne peux plus jouer le rôle de gouvernante auprès des enfants, n'est-ce pas ?

Eva se prit la tête entre les mains.

— Mon Dieu ! Comme j'aurais voulu que cet homme ne soit jamais venu ici. Nous menions une vie si paisible. Il a tout gâché.

Une paire d'yeux gris à l'expression moqueuse surgit de

nouveau dans sa cervelle. Elle sentit la bouche sensuelle de Bruin sur sa bouche. Il lui fallut toute son énergie pour chasser ces images, envoyées par le diable, assurément.

— Lord Gilbert a posté ses hommes à toutes les portes, remarqua-t-elle avec aigreur. Mais il doit tout de même y avoir un moyen de sortir.

— Tu es bien décidée à t'enfuir, n'est-ce pas ? Telle que je te connais, tu serais capable de sauter par cette fenêtre et de traverser la rivière à la nage si cela t'assurait de ne plus jamais revoir Sir Steffen.

— Pourquoi pas ? Souviens-toi que je l'ai déjà fait.

Elle revit les terribles images, le cœur battant. La promenade sur le chemin de ronde du château dans lequel elle était emprisonnée, dûment accompagnée d'un des hommes de Steffen, ses exclamations enchantées devant la beauté du coucher de soleil, la splendeur de la vue, autant de simagrées pour mettre le garde à son aise. Étant donné le modeste gabarit d'Eva, le pauvre homme ne se méfiait guère. Aussi, quand elle avait grimpé d'un bond sur le parapet et qu'elle avait sauté dans le vide, il n'avait eu le temps que de pousser un cri d'étonnement.

Les eaux noires des douves s'étaient refermées sur sa tête, et, d'abord suffoquée, Eva avait refait surface après quelques brasses sous l'eau et nagé vigoureusement jusqu'à l'autre bord, sourde aux cris d'alerte au-dessus d'elle. Elle était bonne nageuse, grâce à son père qui avait décidé de donner à ses deux enfants, fille et garçon, la même éducation. Et elle l'en remerciait par-delà la tombe car cela l'avait sauvée.

— Bien sûr, dit Katherine d'un ton calme, comme s'il s'agissait d'une évidence. Je l'avais oublié.

— Par tous les saints ! s'exclama soudain Eva. Mais bien sûr, c'est comme cela qu'il faut faire. La corde et la poulie des cuisines ! Il n'y a sans doute pas d'embarcation dans les douves, mais un étroit sentier longe les remparts. C'est par là que je filerai.

Katherine la dévisagea, alarmée.

Puis elle se précipita sur Eva, lui serrant les deux bras à lui faire mal.

— Mais tu as perdu la tête ! Ce n'était qu'une plaisanterie. Écoute-moi bien, Eva. Abandonne toutes ces idées de fuite, par les airs, par l'eau ou par la terre. Sir Bruin est trop malin pour ne pas te rattraper. Tu l'as bien vu hier, que diable. Pourquoi ne pas lui faire confiance ? Je suis sûre qu'il aura à cœur de te protéger.

Eva s'empourpra soudain. Katherine les avait-elle surpris tout à l'heure dans les bras l'un de l'autre ?

— Parce que mon père m'a appris à ne jamais faire confiance à un homme, hormis mon frère et lui. Et parce que j'ai appris à ne compter que sur moi. Ce n'est pas maintenant que je vais changer.

— Tu as peut-être tort, pour une fois, objecta Katherine d'une voix mal assurée.

— Et si tu apprends que je suis de nouveau enfermée ?

— Tu sous-estimes Bruin. C'est un homme de parole. Je me trompe rarement.

Eva décocha à son amie un regard intense.

— Ma parole ! Il t'a ensorcelée, pour que tu prennes ainsi sa défense sans le connaître.

Katherine entreprit d'aérer les vêtements d'enfants qu'elle avait empilés sur le lit, les faisant claquer dans l'air. Des grains de poussière dorés tournoyaient lentement dans un rayon de soleil avant de retomber sur la fourrure qui servait de couvre-pieds. La jeune femme avait le visage tendu et son regard était inquiet.

Eva fut saisie d'un brusque remords.

Elle faisait preuve d'un bel égoïsme alors que son amie s'apprêtait à tout quitter pour obéir aux ordres du roi.

— Oh ! Katherine, s'écria-t-elle en s'asseyant sur le

lit pour lui prendre la main. Tu as été si bonne de bien vouloir m'héberger ici. Et voilà comment je te remercie. En te rebattant les oreilles de mes petites misères alors que tu as toi-même de graves problèmes à affronter.

Katherine lui adressa un petit sourire triste.

— Je comprends que tu veuilles t'enfuir, après l'épreuve que tu as vécue. Seulement, je ne voudrais pas que tu y laisses la vie. Tu es mon amie, Eva, ne l'oublie pas.

— Il faut au moins que j'essaie, Katherine. Si les événements prennent le mauvais tour que je crains, je ne me pardonnerai pas de ne pas avoir tenté ma chance.

Elle s'interrompit un instant, très pâle, le regard perdu soudain dans d'insondables profondeurs. Puis elle murmura d'une voix sourde :

— Quelque chose me dit qu'en suivant Bruin sans discuter, je vais me jeter tout droit dans la gueule du loup.

Katherine haussa les épaules, résignée.

— Comme tu voudras. Je m'y attendais, pour être tout à fait honnête… Allez, va, fit-elle en la poussant doucement vers la porte. Mais promets-moi de revenir auprès de nous. Tu vas manquer aux enfants.

Les yeux d'Eva s'emplirent de larmes.

— Crois-moi, ma mie. Le plus difficile, c'est de devoir vous quitter

Se précipitant dans les bras de Katherine, elle ajouta :

— Merci pour ton amitié, qui m'est infiniment précieuse, et pour m'avoir aidée quand je n'avais nulle part où aller.

Eva, son sac de cuir en bandoulière, descendait l'escalier, vêtue d'une houppelande appartenant à Katherine et de sa robe de velours vert. La courte traîne glissait derrière elle sur les marches avec un frottement insidieux. Sa jambe allait beaucoup mieux et les plaies commençaient à se cicatriser. Nul doute que Bruin avait prévu de venir la chercher dans la chambre des dames avant que ne sonne le dernier coup de midi. Si elle calculait bien, elle avait amplement le temps de mettre son projet à exécution.

Cela dit, l'homme était hautement imprévisible. Il pouvait tout aussi bien débouler dans leur chambre quand ça lui chantait, décrétant que c'était l'heure de partir. Eva accéléra l'allure, se tordant les chevilles sur les marches étroites de l'escalier à vis de la tour. Elle trébucha et se rattrapa à la grosse corde fixée au mur à intervalles réguliers par des pitons de fer.

Dans les cuisines, la préparation du déjeuner battait son plein. Des bataillons de cuisiniers, marmitons, gâte-sauce et autres serviteurs étaient occupés au fourneau ou autour des tables, qui à éplucher des légumes, qui à tailler des pièces de viande, qui à tourner des sauces et chauffer du lait parfumé aux amandes pour préparer des entremets. Les fumets qui s'échappaient des broches tournant dans la cheminée étaient si alléchants qu'Eva regretta presque de devoir partir.

Des regards curieux se tournèrent vers elle, se détournant aussitôt en remarquant ses riches habits.

— Eva ? appela la cuisinière en s'essuyant les mains sur son tablier avant de venir vers elle.

Les manches de sa cotte de toile brune étaient remontées jusqu'aux coudes, révélant de gros bras vigoureux. Son bon visage transpirait à cause de la chaleur des fourneaux.

— Pardonnez-moi, milady… Je veux dire Lady Eva, rectifia-t-elle en plongeant dans une demi-révérence un peu pataude. C'est que… nous n'avions aucune idée de votre rang.

Prenant la brave femme par les deux mains, Eva l'aida à se relever.

— Bonjour, ma chère Maeve. Sous ces beaux atours, je suis toujours Eva, je t'assure. L'habit ne fait pas le moine, tu le sais bien.

Baissant la voix, elle ajouta sur un ton de conspirateur :

— Écoute ! J'ai besoin de ton aide. Sans doute vas-tu trouver cela étrange, mais… Peux-tu me trouver deux hommes pour m'aider à descendre par le treuil de la réserve ?

Les sourcils clairsemés de Maeve grimpèrent sur son front.

Eva soupira. Il allait lui falloir s'expliquer.

— Il faut que je quitte le château le plus discrètement possible. Maintenant. Et, surtout, sans que l'escorte de Sir Gilbert le sache.

Mon Dieu ! Que ferait-elle si Bruin venait à apprendre qu'elle se préparait à s'enfuir ? Une sueur glacée lui trempa le dos. Elle jeta un bref coup d'œil derrière elle.

Mais déjà Maeve l'entraînait dans un couloir obscur.

La réserve s'étendait sur tout un niveau sous la cuisine. C'était un vaste local tout en longueur dont l'un des côtés était occupé par une rangée de tonneaux de bière et l'autre par des fruits séchés sur des claies et des sacs de céréales empilés sur des étagères. À l'extrémité de la longue salle voûtée, le ciel bleu s'encadrait dans une ouverture en forme d'arche qu'on refermait la nuit avec de grands volets de bois. En bas, la rivière roulait ses flots verdâtres couronnés d'écume. Deux hommes dont le souffle s'échappait en vapeur blanche dans l'air froid étaient justement en train de manœuvrer la manivelle qui permettait de remonter la corde à l'extrémité de laquelle était attaché un tonneau. Maeve les rejoignit et commença à expliquer la situation d'Eva d'une voix basse et pressante, battant l'air de ses bras vigoureux comme un moulin à vent. Les deux hommes écoutèrent, la tête basse puis ils se tournèrent d'un bloc vers Eva, visiblement choqués.

— Mais c'est impossible, *mistress*. C'est beaucoup trop dangereux ! expliqua le serviteur le plus âgé. C'est beaucoup trop haut.

— Je n'ai pas le choix, rétorqua Eva en s'approchant de l'ouverture béante d'un pas décidé.

— Mais si la corde se rompt, objecta le deuxième serviteur en repoussant une mèche blonde de son front trempé de sueur. Ou si vous passez par-dessus bord ?

— C'est un risque que je suis prête à prendre. Si le tonneau verse, je suis vigoureuse. Je me retiendrai. Tout ce que je vous demande, c'est de me faire descendre.

— Allez, Giffard, insista Maeve en lui administrant un coup de coude dans les côtes. Eva en est capable, j'en suis sûre.

Giffard haussa les épaules, résigné.

— Bon… Alors, montez sur ce tonneau et tenez-vous bien.

Il agrippa la corde, les jambes écartées, et son jeune aide alla installer le tonneau solidement attaché à la corde au bord de l'ouverture.

— Dieu soit avec vous, *mistress* Eva, souffla Maeve avec un sourire inquiet.

Eva grimpa sur le tonneau à califourchon et serra la corde rêche de ses deux mains déjà raidies par le froid.

— Je suis prête, dit-elle d'une voix étouffée, soucieuse de ne pas donner l'alerte.

Le jeune valet poussa doucement le tonneau vers le vide où il tangua un instant avant d'aller heurter doucement le mur de pierre. Sous le poids supplémentaire, la corde émit quelques craquements sinistres et se tendit de manière alarmante. Le dénommé Giffard, arc-bouté sur la manivelle, commença à la manœuvrer avec précaution, et le tonneau descendit lentement. La dernière image que vit Eva, ce fut Maeve, son bon visage déformé par l'anxiété, qui enchaînait une multitude de signes de croix.

Puis, le cœur battant à se rompre, elle se concentra sur la vision des énormes blocs de pierre dont était bâtie la tour et qui défilaient lentement à quelques centimètres à peine de son visage. Les doigts crispés sur la corde, les jointures blanchies par l'effort, elle lança vers le ciel une prière fugitive, le suppliant de l'aider à résister.

Très haut au-dessus d'elle, dans le ciel bleu pervenche, une buse tournait en poussant des cris stridents.

Eva était à mi-parcours quand la corde s'immobilisa avec une brusque secousse. Elle se balança violemment, rebondissant dans l'air, et un rugissement de rage retentit juste au-dessus d'elle. Suivi d'une bordée de jurons. Si elle levait les yeux, elle savait qu'elle rencontrerait le regard furibond de Bruin. La peur se diffusa en elle comme un poison foudroyant.

Chapitre 9

— Eva ! Sale petite peste.

Le tonneau se balança quelques secondes encore puis commença à remonter. Eva étreignait la corde de toutes les forces qui lui restaient. Elle sentait la colère remplacer la peur. Bruin avait osé demander aux valets de remonter le tonneau !

Plongeant son regard vers l'abîme, à moitié aveuglée par les larmes provoquées par le froid, elle vit, presque à sa portée, la plage de galets blancs où abordaient les bateaux qui venaient approvisionner le château. Était-elle assez près pour sauter ? Aurait-elle le courage de le faire ? Son ventre contracté par la peur protesta bruyamment. Elle n'était pas à plus de trois mètres du sol, maintenant, mais elle pouvait se blesser en tombant sur les galets ou, pis encore, sur un rocher. Et si elle prenait de l'élan en poussant sur le mur avec ses deux jambes ? Elle tomberait dans l'eau et ainsi se ferait moins mal.

Elle entendit un appel venu des airs et leva les yeux. Bruin la regardait, penché sur le rebord de l'arche, le visage dur, le regard implacable. Ses cheveux balayés par la bise faisaient dans le soleil comme une auréole de flammes. On aurait dit un dieu nordique descendu de son Walhalla. Eva reçut un coup au cœur. Vu sous cet angle, avec cette expression de rage froide plaquée comme un masque sur son visage, il était le sosie parfait de son frère. Steffen aurait pu être là, à la guetter tandis qu'elle montait lentement vers lui.

Une lueur meurtrière brillait dans son regard gris.

Son esprit las, usé par la fatigue nerveuse et par l'angoisse, s'envola vers des chemins irrationnels. La perspective de subir la colère de Bruin outrepassait amplement en désagréments le risque de se blesser en sautant dans l'eau bouillonnante. Elle n'avait plus pour seul guide que la peur. Il ne fallait plus perdre de temps. Prenant son élan, elle lança le tonneau contre le mur, se propulsa des deux pieds contre les blocs de pierre grise et se laissa tomber dans le vide, sa houppelande déployée autour d'elle comme les ailes d'un oiseau géant.

Le contact avec la surface de l'eau fut brutal. Ses jupes s'enroulaient autour de ses chevilles, l'empêchant de nager.

Eva coula, et l'eau referma sur elle sa gangue glacée. Puis elle remonta encore en toussant, battant désespérément des bras pour rester à la surface. Un rayon de soleil dansait à la surface et, quand l'eau pénétra dans sa bouche, elle eut l'impression de boire un rayon de lumière. La lumière de la mort. Mais elle ne voulait pas mourir. Elle cracha, chercha avidement sa respiration tandis qu'un tourbillon plus puissant que les autres l'emportait dans son cercle mortel.

Puis une main la saisit par les cheveux, une autre agrippa le col de sa cotte, et Eva se sentit ramenée vers la surface. Elle se débattit, battant l'eau de ses bras dans l'espoir de s'échapper, de nager enfin, de remonter la rivière et d'échapper à cet interminable cauchemar.

En vain. La main qui tenait ses vêtements ne le permettrait pas. Elle aurait voulu pleurer. Comment avait-il fait pour la rejoindre aussi vite ?

— Eva ! Arrêtez de vous agiter, folle que vous êtes, intima-t-il tandis qu'il la traînait de force vers la barque.

Deux hommes étaient à bord, ramant sans cesse sur l'onde agitée pour maintenir l'embarcation au niveau de la rescapée. Étendu sur le ventre, se retenant des deux pieds au banc de nage, Bruin saisit Eva par les aisselles et la hissa à bord, soufflante et indignée.

— Vous... Vous n'avez pas le droit de me traiter comme cela, bafouilla-t-elle quand elle se fut rétablie dans une position qui correspondait mieux à son rang. Comme un... Un vulgaire sac de blé.

Les coins de la bouche de Bruin se retroussèrent en un sourire moqueur.

— Franchement, à choisir, avec un sac de blé, c'eût été beaucoup plus facile. Le premier avantage, c'est que cela ne parle pas... Qu'est-ce qui vous a pris de sauter ainsi dans la rivière ? Vous auriez pu y rester !

Eva planta son regard dans celui de son interlocuteur.

— Pour vous fuir, bien sûr. Pour ne pas me laisser traîner devant mon bourreau comme une bête à l'abattoir. Vous avez posté des gardes derrière chaque porte. Je n'avais pas d'autre choix.

Sa coiffure s'était défaite et ses cheveux trempés descendaient en cascade jusqu'à ses hanches.

Bruin s'éclaircit la gorge.

— Vous auriez pu vous tuer, répéta-t-il d'une voix sourde.

La peur de ce qui aurait pu survenir l'assaillait soudain. Une terreur viscérale, comme en écho à ce qui s'était passé jadis. Et s'il était arrivé trop tard ? S'il avait dû tirer le corps sans vie d'Eva hors de la rivière ?

Se penchant sur elle, son visage collé au sien, il ajouta :

— C'était stupide et parfaitement inutile. Ne recommencez jamais une chose pareille. Jamais !

La barque tangua sur elle-même, prise dans un violent remous. Instinctivement, Eva s'agrippa au bordage, finalement peu désireuse de retourner à l'eau. Elle claquait des dents, maintenant, et, quand elle voulut parler, ses mots franchirent avec difficulté le barrage de ses lèvres figées par le froid. Elle sentait la capuche de son manteau s'égoutter lentement dans son cou.

— Ça ne risque pas d'arriver, à présent, n'est-ce pas ? lança-t-elle, sarcastique. Je viens de perdre mon unique chance de vous échapper.

Sa voix avait une note désolée qui serra le cœur de Bruin. Les mains d'Eva tremblaient sur ses genoux comme des fleurs balayées par la bise. Bruin suivit d'un regard aigu les courbes du corps de la jeune fille, soulignées par ses vêtements détrempés, ses petits seins bien dessinés, sa taille fine qui s'évasait au niveau des hanches comme un vase.

Malgré son esprit belliqueux, elle lui faisait penser à un pauvre petit animal aux abois, acculé dans une impasse.

— Ramenez-nous sur la rive ! intima-t-il aux deux rameurs.

Et aussitôt les deux hommes, habitués à manier leur esquif sur ces eaux difficiles, lancèrent la barque dans le courant.

Eva restait prostrée au fond de la barque, le visage blafard. Pris d'un soudain remords, Bruin réalisa qu'il était responsable de cette scène. La pauvre fille éprouvait une telle terreur à la perspective de se retrouver en présence de son frère qu'elle avait préféré risquer sa vie en se jetant dans la rivière.

De son côté, Eva regardait l'eau tourbillonnante s'enrouler autour du bateau et le malmener comme un fétu de paille, songeant qu'elle n'aurait jamais pu s'en sortir vivante. Prise de violents frissons, elle s'entoura de ses bras, serrant les dents si fort pour les empêcher de claquer qu'elle en avait mal à la mâchoire. Devant ses yeux las, les lions brodés sur le surcot de Bruin dansaient plus que jamais.

— Comment avez-vous fait pour me rejoindre aussi vite ?

Bruin eut un sourire hermétique. Il lui fallait tout de même admirer le courage de cette femme, même si elle n'avait pas su jauger le danger qu'elle encourait. Peut-être devrait-il la laisser s'enfuir ? Il pourrait toujours raconter à son frère qu'il ne l'avait pas trouvée ? Mais il connaissait trop bien Steffen pour ignorer que, tant qu'il aurait un souffle de vie, son frère ne renoncerait pas à son entreprise. Il avait l'habitude de voir tous ses désirs réalisés. Ce n'était pas dans sa nature de renoncer. Et la seule idée qu'un autre homme puisse être lancé sur les traces d'Eva provoquait chez Bruin un profond malaise. Un instinct de protection venait de s'éveiller en lui, aussi soudain que surprenant. S'empressant de le refouler, il se carra sur son siège, les jambes écartées pour garder son équilibre.

— J'ai tout simplement emprunté le même chemin que vous. Quant aux hommes, ils étaient déjà là avec leur barque. Ils attendaient les tonneaux vides pour les charger. Croyant que vous étiez tombée, ils s'apprêtaient à vous recueillir... Personne ne serait assez insensé pour se jeter ainsi dans le vide.

Eva battit des paupières, gênée par le regard narquois de son interlocuteur. Elle rassembla ses jambes sous elle pour tenter de maintenir un peu de chaleur dans son corps tremblant.

— Je vous avais pourtant prévenu que je ne voulais pas revoir votre frère. Mais vous ne m'avez pas écoutée, évidemment. Qui écouterait l'avis d'une femme ?

Eva sentit le souffle de taureau furieux de Bruin sur ses joues tandis qu'il se penchait de nouveau sur elle, les yeux brillants. Elle frémit en se rappelant leur baiser.

— Je vous ai écoutée, Eva. Je vous ai même assuré que, tant que je serais à vos côtés, vous n'aviez rien à craindre, ni de Steffen, ni de qui que ce soit d'autre. Pourquoi ne me faites-vous pas confiance ?

— Et pourquoi le ferais-je ? rétorqua-t-elle, reportant son attention sur les planches qui formaient le fond de l'embarcation. Après tout, vous êtes son frère. Et moi, je ne suis rien pour vous.

Bruin la fixa d'un regard stupéfait. Il y voyait clair, maintenant. Eva était quelqu'un qui comptait pour lui. Qui prenait même de plus en plus de place dans sa vie. Il était hors de question de la laisser partir. L'évidence le frappa comme la flèche d'un arc touche sa cible. Une évidence teintée d'espoir. Un espoir fragile, hésitant, mais oui, c'était bien de l'espoir. Il tenait à Eva. Il s'inquiétait pour elle. Le souffle coupé, il porta ses yeux au loin, sur la perspective de la rivière qui disparaissait entre les arbres. Un vol de mouettes se posa sur la prairie qui la longeait, et il observa leur comportement comiquement mimétique tandis qu'elles perçaient l'air de leurs cris stridents.

Que pouvait-il y avoir de si fascinant dans cette jeune fille, de si envoûtant, même ?

Elle se tenait là, en face de lui, prostrée plutôt qu'assise, à demi noyée, les cheveux plaqués sur ses épaules comme d'étranges plantes aquatiques. Après une pareille épreuve, la plupart des femmes le gratifieraient d'une crise d'hystérie. Mais pas Eva. Elle refusait d'abaisser ses défenses, se battait avec obstination pour ne pas céder la moindre parcelle de sa liberté. Son courage, rare chez n'importe quel être humain, homme ou femme, l'attirait comme une balise dans la tempête.

— Je ne vous abandonnerai sous aucun prétexte à un homme, fût-il mon frère, répliqua-t-il. En fait, surtout s'il s'agit de mon frère.

Aveuglé par le soleil, il ne s'était pas aperçu qu'ils atteignaient leur destination, une petite crique bordée de vieux saules dont les branches tombantes cernées de blanc se reflétaient en arabesques sinueuses sur la surface de l'eau. Le fond de la barque toucha les galets avec des grincements désagréables, et l'un des hommes sauta dans l'eau, pour l'amarrer au pieu planté là pour cet usage.

Quand les rames furent fixées dans leurs dames de nage, il leur lança quelques ordres brefs et ils s'élancèrent en courant vers le château, petites silhouettes sombres sur la neige sur laquelle se dessinait le motif compliqué de l'ombre noire des branches. Bruin les regarda s'éloigner un instant puis reporta son attention sur Eva toujours figée sur son banc.

— Eh bien, milady, avez-vous pris votre décision ? Me suivrez-vous jusqu'à Deorham ?

Eva n'avait plus le courage de résister. Que pouvait-elle faire, de toute façon ?

— Je suppose que je n'ai pas le choix.

— Non, en effet.

Elle se remit sur ses pieds, les jambes flageolantes. Ses vêtements trempés pesaient lourd sur ses épaules. Bruin de Valkenborg avait gagné. Du moins, pour le moment. Son cerveau engourdi par le froid n'entrevoyait aucune solution.

— Et plus de tentative d'évasion ?

Un muscle joua nerveusement sur sa mâchoire.

— Oui, je vous le promets.

Elle battit des paupières, soumise, et Bruin eut un petit rite amusé.

Il n'était pas dupc. Tout ce petit jeu n'était fait que pour mieux le tromper. Faisant fi de son piaillement indigné, il la souleva par la taille et la déposa sur la berge. Dans ce cadre champêtre, sous la chevelure des saules, avec ses vêtements détrempés et ses cheveux ruisselants, elle paraissait une créature de conte de fées, une ondine échappée au royaume des eaux.

— Il faut que je me change, annonça-t-elle. Je ne puis voyager ainsi. Je vais rentrer…

— Non, Eva. Désolé, mais vous n'allez nulle part. Nous avons assez perdu de temps comme cela. J'ai envoyé les hommes chercher les chevaux et quelques affaires au château.

— Mais…

— J'ai dit non.

Devant ce refus brutal, les yeux d'Eva flamboyèrent. Elle le toisa belliqueusement, les bras croisés sur sa poitrine.

— Et… Puis-je savoir de quel droit vous vous permettez de me traiter ainsi ?

— Je n'ai aucun droit particulier, en effet, s'empressa-t-il de répondre aimablement.

Dans la pénombre verdâtre des saules, il semblait taillé dans le bois, comme un fétiche païen destiné à conjurer le mauvais sort. Seule sa bouche paraissait vivante. Éminemment sensuelle.

— … Si ce n'est celui de vouloir respecter les dernières volontés d'un moribond. Quels que soient les moyens pour ce faire, conclut-il d'un ton menaçant.

— Quels que soient les moyens ! s'indigna Eva, tandis que son regard s'emplissait de larmes. Y compris, je suppose, de fouler aux pieds le droit des gens à disposer d'eux-mêmes. Oh ! comme je retrouve bien là votre frère… Franchement, je suis étonnée de ne pas devoir marcher de nuit, le couteau sous la gorge.

Le visage de Bruin s'assombrit.

— Est-ce ce qu'il a exigé de vous ?

— Non, reconnut Eva. Il n'a pas osé aller jusque-là. Il m'a menacée de choses horribles pour m'intimider, mais, à part la faim et le manque de sommeil, je n'ai pas subi de sévices.

— Je suis sincèrement navré, croyez-le bien. Steffen n'avait pas le droit de vous faire subir un tel traitement.

Une flamme combative se ralluma dans les prunelles d'Eva.

— Vraiment ? Dans ce cas, pourquoi me traînez-vous de force devant mon persécuteur ?

Les joues mates de Bruin se colorèrent presque imperceptiblement.

— Vous savez parfaitement pourquoi, Eva. Mon frère et moi sommes liés par le sang et nous nous connaissons depuis toujours. Vous et moi, nous nous sommes rencontrés il y a deux jours seulement. Malgré ses méfaits, il me semble que je lui dois une sorte de loyauté. Et, oui, en effet…

Il leva la main pour arrêter Eva qui s'apprêtait à lui couper la parole.

— Oui, poursuivit-il, je prête foi à vos propos quand vous me racontez ce dont il est capable. Mais il a le droit de vous demander pardon avant de mourir.

Eva fixa son regard sur ses bottines dont le bout détrempé dépassait de ses jupes. Bruin avait raison, bien sûr. Tout homme surtout sur le point de passer de vie à trépas, avait le droit de demander pardon pour ses péchés. Mais elle connaissait aussi, pour les avoir expérimentés à ses dépens, l'esprit pervers et la méchanceté de l'homme qui lui avait tout pris.

Lui saisissant le menton entre deux doigts, Bruin plongea ses yeux dans les siens.

— Eva… Ne croyez-vous pas qu'à un moment ou à un autre, il faut savoir baisser les armes ?

— Et s'avouer vaincue, vous voulez dire, rétorqua Eva, fascinée par les taches de soleil jouant sur le surcot de son compagnon. Accepter de renoncer à ses valeurs et, pourquoi pas, vendre son âme ?

— Si c'est comme ça que vous préférez dire les choses, à votre aise. Mais, avec une telle intransigeance, vous ne ferez pas de vieux os. Vous vous comportez comme si vous étiez invincible et prenez des risques inconsidérés. Vous dites ce qui vous passe par la tête, vous… Cela en vaut-il vraiment la peine ?

Eva redressa le menton.

— Si je me comporte ainsi, c'est que je n'ai pas eu le choix. À la mort de ma mère, on ne m'a pas demandé mon avis. J'ai été élevée comme un garçon. Puis, quand mon père et mon frère sont morts au combat, je me suis retrouvée seule avec un grand domaine à gérer. Par chance, mon père avait su s'entourer de deux régisseurs compétents et honnêtes, qui m'ont bien conseillée. Je commençais à me remettre de mon deuil, le domaine était en pleine prospérité et voilà que…

— Que Steffen a fondu sur vous comme un rapace, compléta Bruin pour elle, la bouche amère. Et qu'il vous a tout pris.

— Oui, même si je me suis bien battue.

Bruin se passa la main dans les cheveux.

— La plupart des dames auraient cédé sans se battre. Cela aurait été beaucoup moins dangereux, me semble-t-il.

— C'est ce que vous auriez fait ?

Les yeux de Bruin se fixèrent sur la peau tendre du cou de la jeune fille. Quel effet cela ferait-il de poser l'extrémité de ses doigts là où le pouls battait, de sentir la course de son sang dans ses veines ?

Il détourna le regard.

— Non, bien sûr que non. Mais je suis un homme. Pour ce qui vous concerne, le combat n'était pas égal, affirma-t-il en enfonçant ses pouces dans son ceinturon de cuir d'un geste ferme.

— Oui, bien sûr, approuva Eva d'un ton amer, avec une femme, c'est beaucoup plus facile. La tactique de votre frère est bien rodée. Il repère les filles à marier bien dotées et les riches veuves, et les dépouille aimablement… Ou par la force, si elles ne se sont pas laissé séduire. Dans mon cas, étant donné que j'étais la fille et la sœur de deux ennemis de la Couronne, le roi a dû applaudir des deux mains. Ce n'était dans leur esprit que juste châtiment. Saviez-vous tout cela ?

Bruin remua ses épaules sous sa cotte, mal à l'aise. Était-il possible que Steffen en soit arrivé là ? Son esprit de compétition puéril, sa jalousie maladive se seraient-ils transformés en un comportement de prédateur sans scrupule ? La faveur du roi lui était-elle à ce point montée à la tête ?

Devant lui, Eva, la bouche tremblante, luttait contre les larmes.

— Voilà pourquoi je me suis battue, Bruin. Pas seulement pour moi, mais aussi pour toutes ces femmes qui ont souffert sous sa poigne de fer. Il était temps que quelqu'un se révolte contre sa tyrannie.

Ces mots firent à Bruin l'effet d'une gifle. S'il s'était rebellé contre les abus de pouvoir de Steffen, s'il les avait dénoncés à son père, peut-être que Steffen, devenu adulte, ne se serait pas cru tout permis.

Il hocha lentement la tête.

— J'ai eu tort de vous jeter la pierre, Eva. Vous vous êtes montrée très courageuse. Steffen, je dois bien l'admettre, faisait déjà preuve d'une certaine violence durant notre enfance. Je sais qu'il peut se montrer… imprévisible.

Eva lança à Bruin un regard aigu. C'était la première fois qu'elle l'entendait reconnaître que le comportement de Steffen était condamnable.

— Je ne pouvais pas me laisser dépouiller comme cela, dit-elle simplement, les yeux perdus au loin.

Elle était très pâle et ses lèvres étaient bleues de froid.

Soudain, comme s'il pouvait le toucher du doigt, il vit toute l'énergie qui restait en elle s'échapper, comme le sable d'un sablier qu'on brise.

Il voulut lui prendre les mains pour les réchauffer dans les siennes.

— Eva… Si vous saviez comme je déplore tout cela.

— Ce qui est fait est fait, grommela-t-elle en dégageant ses mains de son étreinte. Je ne suis pas complètement stupide. Je connais la place qui est réservée aux femmes dans notre société : tout au bas de la pyramide, qu'elles soient riches et bien nées ou pauvres et de basse extraction…

Bruin ouvrit la bouche, prêt à protester, mais elle l'arrêta d'une main posée sur son torse.

— Et pour une fois je me sens totalement impuissante.

Elle demanda pour conclure, ses yeux bleus élargis par l'émotion :

— Alors, je vous écoute. Que voulez-vous que je fasse ?

Bruin la dévisageait, désarçonné par cette soumission inattendue.

— Mais… Prendre les vêtements secs que les valets vont vous apporter et vous changer dans un buisson. Ce sera déjà ça. Et veillez à ce que je puisse vous voir.

Il rougit en prenant conscience du sous-entendu de son propos et précisa :

— Je veux dire… pas… pas tout entière, bien sûr…

Bon sang ! Voilà qu'il bégayait comme un jeune idiot novice en amour.

— Évidemment, rétorqua-t-elle sèchement, lui tournant déjà le dos pour se diriger vers un bosquet de jeunes frênes.

Se dissimulant derrière un épais buisson de houx, elle passa la tête et lança :

— Là, me voyez-vous ?

— Oui, coassa Bruin, la bouche sèche.

Et, pivotant sur lui-même, il alla vérifier le harnachement des chevaux que Lady Katherine avait mis à leur disposition, intensément conscient que, à quelques mètres à peine, Eva était en train de se dévêtir intégralement.

Remontant le cours de la rivière, la route menant à Deorham quittait la douce vallée qui avait été le paisible refuge d'Eva ces douze derniers mois pour remonter vers le nord.

La compagnie à la fois attentive et légère de Katherine lui manquait déjà. Cela lui paraissait étrange de ne plus l'avoir à ses côtés, d'être soudain coupée de la calme routine quotidienne. De ne plus entendre la cloche rythmant les heures du jour ni les cris aigus des enfants dans la cour. Elle espérait de tout cœur qu'ils soient préservés de tout malheur et que le roi, dans son immense bonté, à moins qu'il faille parler d'égoïsme froid, n'ait pas arrangé pour Katherine un mariage avec un ogre terrifiant.

Le temps, clair et d'un froid piquant, se maintenait au beau fixe, et Eva sentait le soleil lui réchauffer agréablement le dos tandis qu'ils chevauchaient sur le chemin sinueux au trot allègre de leurs montures. Le froid de la veille avait transformé la boue des chemins en une surface dure et plane qui convenait aux chevaux. Des cristaux de glace suspendus aux arbres comme des guirlandes de fête étincelaient de mille feux. Parfois, la rive montait en surplomb au-dessus de la rivière et, suivant au plus près le bord de l'eau, ils se retrouvaient immergés dans des fougères géantes roussies par l'automne.

Ses vêtements secs avaient redonné à Eva une énergie nouvelle. Bien cachée derrière son buisson de houx aux feuilles vernissées et opaques, elle s'était frottée énergiquement avec la serviette de lin que quelqu'un, probablement pour obéir aux ordres de Katherine, avait jointe à une provision de vêtements soigneusement pliés dans les fontes de selle maintenant méticuleusement arrimées sur les flancs de sa jument. Sa chemise, ses sous-vêtements, ses bas et même ses bottines détrempées avaient été confiés aux serviteurs qui les rapporteraient au château, avantageusement remplacés par une cotte de drap de laine d'un bleu profond dont les larges plis garantissaient l'aisance des mouvements nécessaires à la monte en amazone. Dessous, une longue tunique de drap beige ajoutait une couche supplémentaire qui gardait agréablement la chaleur.

La jolie jument alezane prêtée par Katherine, douce et docile, répondait à la moindre pression des mollets, et sa bouche sensible cédait facilement sous sa main. Eva sourit avec nostalgie en se souvenant des longues chevauchées de son enfance dans l'immense domaine de Striguil, son frère l'entraînant toujours plus loin, toujours plus vite, bientôt happés tous les deux par un horizon qu'ils n'atteindraient jamais.

Avant de partir, Bruin lui avait demandé si elle savait se tenir sur un cheval et, pour toute réponse, avant même qu'il ait pu intervenir, elle avait mis le pied à l'étrier et s'était enlevée avec aisance pour se poser doucement sur la confortable selle d'amazone. Bruin l'avait enveloppée d'un regard appréciatif, les yeux brillants, et elle avait rougi comme une gamine, fière de ce compliment muet.

Il avançait maintenant devant elle, ouvrant le chemin jusqu'au pont qui marquait la limite de la vallée. Eva suivait docilement derrière, elle n'avait guère le choix, de toute façon, Bruin ayant pris soin d'attacher par une longe sa monture au large hongre qu'il chevauchait.

Vexée, Eva, le dos fixé sur le large dos sanglé dans sa tunique brodée, ne répondait à ses propos que par des marmonnements vagues.

C'était absurde, bien sûr, mais elle se sentait heureuse sur ce chemin embaumé par les essences sylvestres, avec le chant de la rivière pour accompagnement, et cet homme beau et fier comme compagnon de voyage. Les quelques propos qu'ils avaient échangés plus tôt lui laissaient croire que Bruin était dans son camp et elle s'accrochait à cet espoir. Car, désormais, elle n'avait plus d'autre choix. Il était son seul rempart contre la malveillance et la cruauté de Sir Steffen.

Chapitre 10

Quand ils émergèrent enfin de la vallée, le disque ensanglanté du soleil glissait derrière l'horizon. Sur les deux derniers miles, la rive boisée se transformait rapidement en escarpement rocheux et il leur avait été impossible de continuer à suivre la rivière. Les chevaux, sentant l'écurie, avaient grimpé avec une énergie renouvelée un étroit chemin en zigzag. Des ajoncs aux fleurs d'un jaune éclatant bordaient le chemin en buissons touffus tandis que les arbres se raréfiaient et que le vent devenait plus fort.

Ils débouchèrent bientôt sur une lande déserte, semée d'une pelouse rase et de buissons de bruyère desséchés.

L'estomac d'Eva se contracta désagréablement. Refoulant l'appréhension qui menaçait de la submerger, elle se pencha sur le pommeau de sa selle pour étirer son dos douloureux. Il y avait des mois qu'elle n'avait pas chevauché si longtemps, et elle manquait d'entraînement Ses yeux, brûlés par le soleil, lui faisaient mal.

Devant eux, le paysage s'était aplani et, plus bas, le cours de la rivière s'était apaisé. Sur leur gauche, la lande se transformait progressivement en vastes prairies marécageuses entourées de haies. Et, dans le lointain, de hautes collines couvertes de fougères orangées vibraient dans la lumière du soir. Bruin referma ses doigts sur les rênes, et son cheval s'arrêta aussitôt. Quand Eva se rangea à côté de lui, leurs genoux se heurtèrent. Elle ne pouvait s'empêcher d'admirer par-devers elle l'endurance de son compagnon, la force physique qui le poussait à aller toujours de l'avant. Elle le ralentissait en se laissant guider ainsi par la longe, mais elle s'en réjouissait secrètement. Plus tard ils arriveraient, plus il y avait de chances que Sir Steffen ait rendu son âme à Dieu. Ou au diable.

— Pourquoi nous arrêtons-nous ? Êtes-vous perdu ?

Lui arrachant doucement les rênes, sa jument se mit à brouter.

— Non, je connais le chemin. Mais il nous faut faire une halte.

Eva lui jeta un coup d'œil furtif. Dans la lumière dure du couchant, ses pommettes bien dessinées paraissaient taillées dans la pierre. Sa barbe naissante faisait sur son menton comme un pelage roux qui lui donnait un air faunesque.

S'apercevant qu'elle le regardait, Bruin se passa le dos de la main sur le menton.

— Ah ! Désolé, ce matin, j'avoue avoir omis de faire toilette. Le temps m'en a manqué, on se demande pourquoi…

Elle crut surprendre un clin d'œil moqueur. Mais non, c'était impossible. Pas dans des circonstances aussi dramatiques. Pas venant d'un homme aussi imbu de ses prérogatives.

Eva fit une petite grimace, pensant au baiser qu'ils avaient échangé dans la pénombre du hall. Elle se concentra soudain, les joues rouges, sur les disques d'argent qui ornaient les montants de la bride. Elle sentait encore sur sa bouche les lèvres expertes de Bruin, cherchant la douceur de sa langue, jouant avec son innocence. Cette seule pensée suffisait à rendre son corps plus vivant, et une chaleur inconnue s'allumait dans son ventre.

— Je… Ce baiser était une erreur, Bruin. J'étais bouleversée. Incapable de réfléchir convenablement.

Il étouffa un petit rire amusé.

— Ce n'est pas à cela que je faisais allusion.

Le rouge s'intensifia sur les joues d'Eva.

— Comment ? Oh ! je… Vous parliez de ma fuite ?

— Naturellement. De quoi d'autre ? insista-t-il en haussant innocemment les sourcils.

— Rien d'autre, bien sûr, rétorqua Eva en s'acharnant sur la bride de son cheval.

Que lui arrivait-il ? D'ordinaire, elle savait tenir les hommes à distance avec la morgue dédaigneuse qui convenait.

Mais, avec Bruin, elle semblait perdre tous ses moyens. Le moindre de ses regards, chacun de ses sourires, même l'effleurement de son bras contre le sien faisaient chanter son cœur et danser tous ses sens. Pourquoi, mon Dieu, pourquoi fallait-il que ce soit lui le frère de Steffen, cet homme plus vrai que nature, avec ses cheveux ébouriffés et ses yeux de diamant opaque ou étincelant, suivant ses humeurs ? Eva sentait son corps se tendre vers lui sous l'effet d'une irrésistible attraction. Les yeux baissés sur l'herbe rase, elle attendait qu'il donne le signal du départ. Le mieux à faire était d'oublier ce genre de considérations pour se concentrer sur la suite de leur voyage.

— Voulez-vous manger quelque chose ? s'enquit Bruin aimablement. Après toutes ces aventures, vous devez être affamée.

— Êtes-vous obligé de faire en permanence de l'ironie ? gronda Eva en retenant d'un geste exaspéré ses cheveux que le vent lui rabattait en plein visage. J'imagine que vous n'avez pas fini de vous tenir les côtes à l'idée qu'une femme ait pu songer à s'évader sur un tonneau ! Mais la plaisanterie a fait long feu, maintenant.

Vous avez gagné. Je suis là, et plus tôt nous en aurons fini, mieux ce sera. J'ai hâte de retrouver Katherine, et les enfants ont besoin de moi.

Bruin l'enveloppa d'un bref regard appréciatif. Avec son dos bien droit, le pli hostile qui marquait sa bouche et tout son corps irradiant une énergie combative, la jeune fille était tout simplement irrésistible.

Mais la suite de leur aventure commune s'annonçait difficile.

— Je plaisantais, Eva, affirma-t-il en levant une main apaisante. Et j'ai apporté de quoi nous remplir l'estomac.

Le sourire taquin de son compagnon donna des remords à Eva. Devant ses efforts pour détendre l'atmosphère, son ton de bonne camaraderie, elle sentait sa rancune fondre comme neige au soleil.

Joignant le geste à la parole, il sauta de son cheval et la regarda, dans l'expectative.

— Avant de partir, on m'a confié du pain et du fromage aux cuisines, et un bon morceau de lard fumé. Le tout accompagné d'une gourde de petite bière. Est-ce un argument assez solide pour vous faire descendre de votre monture ?

Sans attendre sa réponse, il la prit par la taille et la souleva sans effort. Elle eut une grimace de douleur quand il la reposa sur l'herbe.

— Votre jambe ?

— Non, ma jambe va nettement mieux. Mais je suis rompue. Il y a longtemps que je n'ai pas fait une telle chevauchée.

Il jeta ses gants sur l'herbe avec un petit rire pour aller chercher leurs victuailles dans ses fontes.

— La suite du chemin est plus facile, la rassura-t-il. Tenez, ajouta-t-il en lui tendant une tourte à la viande enveloppée dans un torchon. Mais il va falloir manger vite. Sinon, nous allons être rapidement transis.

Son regard parcourut le visage de sa compagne, rougi par le froid, et, tendant la main, il lui rabattit sur la tête la capuche de sa houppelande doublée de fourrure d'écureuil.

— Voilà, dit-il avec satisfaction. Cela devrait aller mieux.

Eva l'observa d'un air méfiant.

— Pourquoi êtes-vous si gentil, tout à coup ?

Bruin, qui enfournait déjà un gros morceau de tourte, lui lança un coup d'œil étonné.

— Gentil ? J'essaie de me montrer aimable, voilà tout.

Il ajouta en essuyant sa bouche du gras de son pouce :

— Mangez, maintenant. Nous repartons bientôt.

Eva insista, les sourcils froncés.

— C'est bien ce que je disais. Vous faites le gentil. À Melyn, on raconte que vous avez été un hors-la-loi.

Le visage de Bruin se ferma. Une lueur farouche traversa ses yeux.

— Cette période de ma vie est derrière moi, désormais. Je n'en suis pas particulièrement fier.

— Alors, pourquoi avez-vous fait ce choix ?

Il soupira.

— Mangez, et cessez de me harceler de questions inutiles.

— Au moins, je comprends à présent la raison de vos manières de faire.

— Ah ? Parce que vous considérez que je me comporte comme un hors-la-loi ?

Remarquant une petite entaille sur le jarret de son cheval, il s'accroupit pour l'examiner d'un œil expert. Sa tunique fendue sur les côtés dégagea ses cuisses musclées.

— Parfois. On ne peut pas dire que vous vous êtes comporté de manière très chevaleresque, lors de notre première rencontre. Évidemment, maintenant que vous connaissez mon rang, ironisa-t-elle en choisissant une galette d'avoine parmi les victuailles, vous m'offrez de la nourriture, vous m'aidez à descendre de mon cheval… Vous allez même jusqu'à vous inquiéter pour ma santé.

— Je suis d'abord et avant tout un chevalier au service du roi, Eva. Cela fait une longue année maintenant que je me bats pour la défense du royaume. Ces derniers mois, j'ai passé plus de temps à dormir à la belle étoile, ou dans des lits de fortune, à manger avec les doigts ce qui me tombait sous la main… Veuillez m'excuser si vous estimez que mes manières ne sont pas conformes à vos standards.

Elle rougit, un peu vexée.

— Je ne suis pas si exigeante. Mais vous reconnaîtrez que vous ne m'avez pas toujours respectée. Le fait que je sois ici, avec vous, en est la preuve irréfutable.

Il se redressa et, la main sur l'encolure de son destrier, se tourna vers elle avec un lent sourire.

— Je ne vous ai pas toujours forcée, rassurez-moi ?

Comprenant parfaitement l'allusion, elle battit des paupières. Il évoquait encore une fois ce fameux baiser, auquel elle ne pouvait nier qu'elle avait répondu avec bonne grâce. Et même avec fougue.

— Non, admit-elle, pas toujours, il est vrai.

Elle leva vers Bruin un regard brillant, et le sourire de celui-ci s'élargit.

— Nous avons apprécié ce baiser tous les deux, décréta-t-il en ajustant les rênes de son cheval. Aucun de nous deux n'a été lésé dans cette affaire.

Le sourire d'Eva se durcit.

— C'est exactement ce que je voulais dire. Vous prenez ce que vous voulez quand cela vous chante sans songer aux conséquences.

Bruin se retint de hausser les épaules. S'il avait vraiment pris ce qu'il désirait, Eva aurait de bonnes raisons de le maudire. Que se serait-il passé si Lady Katherine n'était pas survenue ? Il fit doucement claquer ses rênes sur l'encolure de son cheval, contrarié du tour que prenaient ses pensées. Il ne pouvait nier que cette jeune fille lui plaisait. Mais ne s'agissait-il que d'un attrait sensuel ? Si c'était le cas, autant la mettre dans son lit sans tarder et l'affaire serait close. Mais cette perspective le mettait mal à l'aise. Il n'avait jamais séduit, même une servante, pour le simple plaisir physique. En tout cas jamais sans songer aux conséquences. Même dans la pire période de sa vie.

Il rangea ce qui restait de leurs provisions dans ses fontes de selle et jeta un bref coup d'œil au soleil, déjà très bas sur l'horizon.

— Dépêchez-vous de manger, Eva. Il nous faut trouver un logement avant la nuit.

Le château de Goodric, où Bruin comptait passer la nuit, se trouvait au confluent de deux rivières, dont celle qu'ils suivaient maintenant depuis un bon bout de temps. Sur la prairie qui entourait les bâtiments massifs, encore recouverte de givre par endroits, une rangée de peupliers étirait ses ombres longilignes. Le soleil était sur le point de disparaître derrière la ligne des collines dans une débauche d'or et de pourpre sur un ciel d'un bleu translucide.

Bruin ralentit les chevaux pour traverser le hameau aux maisons blotties à l'entrée du château. À cette heure du jour, le froid descendant rapidement sur la vallée humide, les passants étaient rares dans les ruelles boueuses. Ceux qu'ils rencontraient ne leur accordaient qu'un bref regard, pressés de retrouver la chaleur de leur feu de tourbe dont la fumée odorante flottait dans les rues. Au travers des fenêtres des chaumières, Eva avait des visions rapides de familles rassemblées autour du foyer, d'enfants courant et riant, de femmes préparant le repas.

— Êtes-vous déjà venue à Goodric, s'enquit Bruin en s'engageant sur le pont de bois qui franchissait les douves du château.

Eva secoua négativement la tête.

— Non. Les terres de ma famille se trouvaient plus au sud, juste à côté de celles de Katherine. Mon frère et mon père se sont peut-être aventurés jusqu'ici, mais pas moi.

— Vous ne parlez jamais de votre mère…

Eva baissa les yeux sur ses mains gantées. Il faisait si sombre, maintenant, qu'elle les voyait à peine.

— Ma mère est morte quand j'avais cinq ans.

— Ah ! Vous m'en voyez navré.

Les prunelles de Bruin luisaient doucement dans la pénombre et, à la lueur des flambeaux éclairant la poterne, sa cotte de mailles scintillait comme un manteau d'étoiles. Les gros sabots de son destrier faisaient un bruit de tambour sur les planches. Sous eux, l'eau des douves, noire comme de l'encre, se mouvait doucement comme un reptile à la peau visqueuse.

— Merci… En fait, je l'ai à peine connue. Elle me manque, bien sûr… Mais comme une mère. Pas comme une personne familière. J'étais trop petite.

— Que lui est-il arrivé ?

Eva se pencha en avant pour soulager ses reins. Décidément, cette remise en selle ne lui valait rien. Elle avait de plus en plus mal au dos.

— Elle s'est noyée accidentellement. C'est pour cela que je n'ai pas peur de l'eau, ne put-elle s'empêcher de préciser avec un petit sourire triste. Mon père a insisté pour que mon frère et moi devenions de bons nageurs. Ma mère revenait d'une visite au monastère de Sainte-

Agnès. Vous le connaissez sans doute ? Il se trouve sur une île, tout près de la côte. Une tempête s'est levée et le bateau a chaviré.

Elle s'interrompit soudain, se demandant en quoi cette histoire pouvait intéresser Bruin.

Mais il insista.

— Que s'est-il passé ?

Se tournant imperceptiblement vers lui, elle contempla le profil net, qui se découpait dans la lumière du crépuscule, son nez aquilin, la solide colonne de son cou tanné par le soleil.

— Sa servante a survécu. Mais elle n'a rien pu faire pour sauver sa maîtresse… Quand elle a raconté l'accident à mon père, il a décidé que nous saurions nager.

Bruin lui décocha un bref regard brillant.

— Et voilà pourquoi vous étiez si sûre de vous sur ce tonneau, remarqua-t-il avec un clappement de langue appréciateur. Mais tout de même, pour vous lancer ainsi dans le vide, vous deviez être désespérée.

— Je l'étais, affirma-t-elle, aussitôt envahie par les atroces souvenirs. Les longues journées solitaires dans la tour de la forteresse de Sir Steffen. Le bruit de ses pas dans l'escalier de pierre quand il montait la voir. Son cœur qui s'arrêtait de battre et ses poumons de respirer. La main de Steffen qui se refermait sur la sienne, comme les serres d'un oiseau de proie, la contraignant à signer le parchemin qui lui abandonnait tous ses biens.

Bruin vit la tristesse et la peur assombrir ses yeux. Elle avait beaucoup trop souffert, pour un âge aussi tendre. Pas seulement à cause de ce que Steffen avait fait. Sa mère, disparue si jeune, son père et son frère morts pour défendre les terres de leurs ancêtres…

Un irrésistible besoin de la protéger, de la prendre dans ses bras, le submergea.

— Promettez-moi de ne plus jamais prendre ce genre de risque stupide, murmura-t-il d'une voix rauque.

Eva glissa vers lui un regard surpris. L'âpreté de la voix de son compagnon, cette démonstration de possessivité à son égard coulait dans ses veines comme un vin doux. Mais ce n'était qu'un effet de son imagination, probablement. Pourquoi lui manifesterait-il le moindre intérêt ? Que représentait-elle pour lui sinon une corvée ?

— Bruin de Valkenborg, mon ami ! Est-ce toi, vraiment ?

Attablé dans la grande salle, Lord Goodric, l'un des plus fidèles vassaux du roi Édouard, leva son gobelet de bière vers eux sitôt qu'il les vit apparaître sur le seuil.

— Bienvenue, bienvenue ! ajouta-t-il avec un grand rire joyeux. Entre et assieds-toi.

Ignorant ce qu'on attendait d'elle, Eva hésitait sur le seuil, à moitié cachée par l'une des lourdes tentures qui encadraient la porte. Il émanait de l'étoffe un délicieux parfum de lavande qui lui rappelait son enfance, l'odeur d'une maison bien tenue. Bruin se tenait à côté d'elle, fièrement campé sur le seuil, la main posée sur son avant-bras.

Lord Goodric était seul devant le tréteau sur lequel était dressé son couvert, le serviteur qui les avait annoncés restant respectueusement debout derrière lui. Il était plus âgé que Bruin et ses épais cheveux jadis blonds, taillés aux carré sur le front et la nuque, étaient mêlés de mèches argentées. À côté de son couvert étaient étalés des parchemins couverts d'une écriture en pattes de mouche.

Quand Bruin et Eva s'approchèrent, il se leva pour les saluer.

— Bruin, mon vieux camarade, depuis combien de temps ne nous sommes-nous pas vus ? Ça date de notre dernière campagne, forcément. Voyons… Était-ce Tutfield ? Ou Skenfirth ?

Claquant des doigts à l'intention de son serviteur, il réclama d'une voix forte :

— Holà, mes gens ! Il est temps de se réveiller. À boire et à manger pour mes invités, que diable ! Faut-il toujours tout dire ?

Le jeune valet se précipita vers les cuisines sans affolement. Il devait avoir l'habitude d'être bousculé et connaissait bien le caractère au fond plutôt débonnaire de son maître.

Bruin, ravi de se mettre à table, adressa un large sourire à son hôte.

— Franchement, milord, je ne m'en souviens pas. Cela fait déjà un bail. Laissez-moi vous remercier pour votre accueil improvisé. Votre sens de l'hospitalité ne se dément pas.

— Tu peux tout me demander, Bruin, affirma Lord Goodric en se laissant retomber sur sa chaire, tu le sais bien. Tu es le bienvenu chez moi. Reste autant que tu voudras… Mais je suis étonné que tu ne sois pas en campagne avec le roi. La guerre contre les rebelles va bon train… Je crois même qu'on se bat pas très loin d'ici, sur la frontière du nord.

Il but une longue gorgée de bière, ce petit discours lui ayant apparemment desséché le gosier, et fit un geste vers les bancs alignés de part et d'autre de la table.

— Assieds-toi, lança-t-il d'un geste large. Et ton épouse est aussi la bienvenue. Tu as oublié de me présenter ! Mais comment tu as trouvé le temps de te marier, avec tout ça, je me le demande.

Eva, plus émue qu'elle n'aurait su le dire, voulut saluer et s'empêtra dans la robe que lui avait prêtée Katherine, un peu trop longue pour elle. La rattrapant dans sa chute, Bruin la conduisit jusqu'au banc, où elle s'assit, si gênée qu'elle ne songea pas à corriger l'erreur de leur hôte. Du reste, Bruin prit place à côté d'elle, la gratifiant d'un haussement de sourcil menaçant. « Laissez-moi faire, disait son regard tandis qu'il l'aidait à s'installer, lui appuyant fermement la main sur l'épaule. Faites-moi confiance. »

— Je vous présente Lady Eva, annonça-t-il ensuite au maître de maison, sans corriger son erreur.

Puis il étala ses longues jambes sous la table et vida son gobelet de bière d'un trait.

Se penchant vers son invitée par-dessus la table, Lord Goodric la parcourut avec intérêt de ses petits yeux injectés de sang.

— Ta-ta-ta-ta, mon ami. On peut dire que tu as le goût sûr. Et où as-tu trouvé cette ravissante gazelle ?

Bruin sourit. Il se rappelait des récits hauts en couleur de Sir Goodric le soir à la veillée quand ils étaient ensemble au combat. Le seigneur anglo-saxon avait eu un grand-père qui, jeune chevalier, avait participé à la septième croisade aux côtés du roi Louis IX de France. Il avait vu ces gracieux animaux exotiques dans les plaines de la Mansourah et depuis, pour lui, toutes les jolies femmes étaient des gazelles.

Se tournant vers Eva, il ajouta avec un sourire affable :

— Ma femme et mes filles seront enchantées de faire votre connaissance ce soir au moment du repas, milady. Elles seront désolées de ne pas avoir été là pour vous accueillir. Elles sont allées rendre visite à Lord et Lady Raglan, dans le Monmouthshire, et ne vont pas tarder à rentrer. Nous recevons du reste nos voisins pour l'un de ces banquets destinés à égayer les longues soirées d'hiver.

Se prenant la tête entre les deux mains, il roula comiquement des yeux.

— Quatre filles, et encore toutes les quatre à marier, ajouta-t-il sur un ton faussement dramatique. Je ne le souhaite pas à mon pire ennemi. Je préfère mille fois un bon champ de bataille !

Il repoussa d'une main irritée les parchemins qui encombraient la table.

— Retirez-moi tout ça, mes gens. Et apportez-nous donc un pichet de vin chaud. Quelque chose me dit que vous en avez bien besoin, milady.

Eva se trémoussa sur son banc, mal à l'aise. Elle ne s'était toujours pas réchauffée, en effet, et leur hôte avait à peine fini sa phrase qu'un grand frisson la traversa. Une idée la tracassait. Pourquoi Bruin n'avait-il pas corrigé Lord Goodric quand celui-ci avait supposé qu'elle était sa femme ? Il ne l'aurait pas envoyée dormir dehors, de toute façon ? Alors, pourquoi la mettre dans une situation fausse ? Pour la protéger ? Cette révélation la pénétra comme un baume bienfaisant. Un bref instant, elle jouit de la délicieuse sensation de pouvoir se reposer sur quelqu'un.

Le serviteur s'activait en silence, ramassant tous les documents tandis qu'un jeune page se précipitait pour leur servir de la petite bière accompagnée de biscuits d'avoine au miel.

— Je peux vous faire servir d'autre nourriture, si vous le souhaitez, proposa Goodric en vidant son gobelet avant de s'essuyer la bouche d'un revers de manche.

— Cela ira pour le moment, messire Goodric.

— Alors, que diriez-vous de prendre un peu de repos ? Ta jeune épouse semble en avoir bien besoin.

Bruin enveloppa sa voisine d'un regard plein de sollicitude.

— Il est vrai qu'elle n'a pas eu une journée facile, approuva-t-il, restant volontairement dans le vague.

— Parfait, approuva Goodric en claquant dans ses mains avec enthousiasme. Je vous ai fait préparer une chambre. Margrit, la chambrière de mon épouse, va vous faire monter de l'eau chaude et de quoi faire toilette.

Chapitre 11

— Quelle mouche vous a piqué pour dire une chose pareille ? protesta Eva dès qu'ils furent sortis de la grande salle.

— Quelle chose ? De quoi parlez-vous ?

Bruin marqua un arrêt pour la laisser passer dans l'escalier en colimaçon plongé dans la pénombre. Au-dessus d'eux, la chambrière les précédait, éclairant les marches avec une torche. Eva s'engagea, sa main gantée sur la corde qui servait de rampe. Comme elle se retournait pour lui répondre, il s'arrêta à son tour et ils se retrouvèrent face à face, sur le même niveau, leurs visages tout près l'un de l'autre.

— Vous savez très bien de quoi je parle… Cette absurdité que de me présenter comme votre épouse !

Bruin monta encore d'une marche, et sa bouche effleura presque sa joue. Il fleurait bon la fumée de bois et la cire chaude. De nouveau, elle sentit un brûlant désir s'emparer d'elle. Sa respiration s'arrêta dans sa gorge. Elle ne reculerait pas, cette fois. Elle ne ferait pas demi-tour. Elle s'en sentait incapable. Son corps semblait prisonnier d'un charme puissant contre lequel elle n'avait pas même envie de lutter.

— Je vous en prie, murmura-t-il contre sa bouche. Si vous tenez à me faire une scène, attendez que nous soyons seuls.

Une large main se plaqua contre ses reins, la forçant à continuer sa progression. Eva, indignée, voulut protester mais, à ce simple contact, son cœur battait la chamade et son sang était en feu.

Elle trébucha, et Bruin la retint par le coude.

— Attention. Cette torche n'éclaire pas grand-chose.

— Inutile de me chercher des excuses, pesta Eva en se libérant de sa main. Nous savons très bien tous les deux que c'est à cause de ces fichus vêtements. Katherine est plus grande que moi et je me prends sans cesse les pieds dans l'ourlet de sa jupe.

Soulevant sa jupe à pleines mains, elle s'élança de nouveau dans l'escalier avec une énergie redoublée par la colère. Ni l'un ni l'autre n'était dupe. C'était lui, Bruin, qui était à l'origine de son trouble. Lui qui la transformait en femelle stupide, incapable de se comporter normalement.

Elle l'entendit glousser dans son dos.

— Ravie de voir que cela vous amuse, commenta-t-elle tout en suivant des yeux la progression de la servante. Essayez de porter ces vêtements toute une journée et nous en reparlerons.

Bruin ravala de nouveau un petit rire amusé. Il suivait des yeux le doux balancement des hanches de la jeune fille tandis qu'elle montait devant lui, le port gracieux de sa tête, et il en avait le cœur et le corps tout réjouis. Il était absurdement heureux de se faire quereller par cette ravissante peste qui avait déboulé dans sa vie sans crier gare et qui ne demandait qu'une chose : en sortir au plus vite.

Mais il n'avait pas la moindre intention de la laisser partir. Il était content que son frère lui ait confié la mission de la retrouver, heureux d'avoir cette excuse pour rester à ses côtés. Car la présence d'Eva et l'effet qu'elle avait sur lui tenaient du miracle. Chaque minute passée en sa compagnie desserrait l'étau glacé dans lequel était prisonnier son cœur, contribuait à conjurer les terribles souvenirs.

L'escalier déboucha enfin sur un long couloir dont les étroites fenêtres, hautes et sans vitres, s'alignaient à intervalles réguliers sur le mur de gauche. Les volets de bois avaient été laissés ouverts pour la journée, et des courants d'air circulaient d'un bout à l'autre. Nul doute qu'ils seraient tous soigneusement clos à la tombée de la nuit. La chambrière ouvrit une porte sur une chambre à coucher confortablement meublée d'un lit à baldaquin protégé de riches rideaux de brocart écarlate et garni d'épaisses fourrures blanches. Des tapisseries aux couleurs vives garnissaient les murs et un feu de charbon de bois venait d'être allumé dans la cheminée.

— Milady, dit la servante avec un petit salut, s'écartant respectueusement pour permettre à Eva d'entrer dans la pièce.

— Merci, dit Eva, franchissant le seuil tout en ôtant ses gants. Quelle chambre magnifique !

Ses yeux las se posèrent sur le lit et elle dut résister à l'envie de s'y laisser tomber sur-le-champ.

Comme Bruin lui emboîtait le pas, elle se tourna vers la jeune chambrière qui, toujours souriante, attendait qu'on la congédie.

— Par contre… Vous devriez sans doute conduire Lord de Valkenborg à ses propres appartements sans tarder ? Nous sommes las et nous avons bien besoin de prendre un peu de repos.

Le visage rond de la chambrière manifesta la plus vive surprise.

— Je… Je vous demande pardon, milady ?

— Ma femme plaisante, s'empressa d'intervenir Bruin. Nous avons eu une petite querelle et elle veut se venger.

Il ajouta avec un petit clin d'œil complice :

— Vous connaissez le proverbe, n'est-ce pas : « Souvent femme varie… » Cette chambre est parfaite. Merci mille fois. Si vous pouviez nous faire monter un peu d'eau chaude ?

— Bien sûr, milord. Tout de suite.

Elle les salua de nouveau, rougissante, et referma la porte derrière elle.

— Mais que vous prend-il ? maugréa aussitôt Eva en tortillant nerveusement ses gants entre ses mains. Nous n'allons tout de même pas devoir partager cette chambre ?

Le gris des yeux de Bruin avait pris une couleur d'orage.

— Et comment faire autrement, Eva ? Nous sommes supposés être mari et femme, si vous voulez bien vous rappeler. Il n'est pas question d'éveiller les soupçons en faisant montre de vos petites exigences.

— Mais pourquoi avez-vous tenu à faire croire à Lord Goodric que nous l'étions ?

Se laissant tomber assise sur le lit, elle contempla misérablement ses jupes souillées de boue et répéta :

— Pourquoi, Grand Dieu ? Pourquoi ?

Bruin vint se planter devant elle, les bras croisés. Le cuir de ses bottes grinça sur le plancher de bois.

— Cela me semble évident. Pour vous protéger. Personne ne s'en prendra à une respectueuse femme mariée.

— Mais cela suppose que nous devions vraiment… partager cette chambre ! souffla-t-elle, portant aussitôt sa main à sa bouche, comme pour y refouler les mots qu'elle venait de prononcer.

Ses yeux, d'ordinaire si bleus, n'étaient plus que deux puits d'eau sombre.

Bruin eut un rire sec.

— Cette perspective est-elle aussi rebutante ?

Eva agita machinalement ses cheveux encore humides

dans l'air tiède de la pièce, et une bonne odeur de rivière et d'humus flotta un instant autour d'elle.

— Je ne sais pas, dit-elle d'une voix lasse. Je ne l'ai jamais encore fait...

S'empourprant violemment devant l'éventuelle ambiguïté de ses propos, elle s'empressa de préciser :

— De partager ma chambre avec un homme, voulais-je dire.

Surtout un homme comme vous, ajouta-t-elle in petto en parcourant d'un regard timide les colonnes fermes et musclées des deux jambes de Bruin, fermement plantées sous son nez.

Elle détourna le regard, la bouche sèche. Décidément, songea-t-elle tandis que son sang s'accélérait dans ses veines, la perspective de partager cette chambre n'avait rien de désagréable, bien au contraire.

Bruin soupira.

— Je n'ai aucune intention de vous offenser, Eva. Je vous l'ai déjà dit. Et vous devez me croire quand j'affirme qu'il est plus sûr pour vous de ne pas dormir seule. C'est à votre sécurité que je pense, et à rien d'autre.

— Si vous en êtes certain..., lâcha-t-elle, le turquoise de ses yeux se rallumant soudain comme une lampe.

Il serra les mâchoires.

— Que voulez-vous insinuer ?

Eva, s'appuyant sur ses deux bras étendus, se laissa aller en arrière. Grand Dieu ! Elle était si lasse et elle avait si mal au dos ! Que voulait-elle dire, au fait ? Qu'elle craignait qu'il ne la viole au milieu de la nuit ? Son souffle s'accéléra, et elle dut faire appel à toute sa volonté pour se reprendre.

— Rien d'important, Bruin, excusez-moi. Il me semblait que ce n'était pas une bonne idée, c'est tout.

— Vous pouvez me faire confiance, répéta-t-il d'une voix ferme.

Mais au moment même où il prononçait ces mots, devant la pose abandonnée de sa compagne dont le manteau, en s'entrouvrant, mettait en évidence ses petits seins ronds et sa taille fine, il sentit de nouveau s'allumer dans ses reins le feu du désir. Une fraction de seconde suffirait pour qu'il renverse Eva sur le lit, qu'il soulève ses jupes et s'enfouisse dans les plis tendres de l'intimité de la jeune fille. Un pur assaut de luxure s'était emparé de lui, lui consumant le bas-ventre.

S'empressant de détourner le regard, il s'éclaircit la gorge. Et serra les poings. Il pouvait le faire. Il était parfaitement capable de juguler le démon du plaisir, dont il sentait gronder en lui la violence.

— Comment puis-je vous faire confiance ? disait Eva. Je ne vous connais pas. Et malheureusement je connais par trop votre frère. Ce n'est pas une belle référence, vous le savez comme moi.

— Je n'ai rien à voir avec Steffen et n'ai pas à répondre de ses fautes. Me suis-je mal comporté à votre égard jusqu'à présent ? Ne vous ai-je pas respectée ?

Il secoua la tête, exaspéré, et voulut conclure :

— Mais nous avons déjà eu cette conversation. Je n'ai rien à ajouter.

Pourtant, Eva n'en avait pas fini.

— Comment pouvez-vous être aussi différents l'un de l'autre ? Cela paraît difficile à concevoir.

Il soupira.

— Peut-être est-ce à mettre en relation avec notre enfance ? Quoique je ne puisse l'affirmer…

Se laissant tomber à son tour sur le lit, son imposante stature faisant rebondir et craquer le sommier, il entreprit d'ôter ses bottes, qu'il lança l'une après l'autre au travers de la pièce. Ses chausses de laine collaient étroitement à ses jambes musculeuses.

— Je suis quasiment mort-né, reprit-il d'une voix

lointaine. J'étais une si chétive créature, à ma naissance, que la sage-femme me donnait pour mort. Mes parents n'ont pas trop mal pris la nouvelle. Mon frère jumeau, né le premier, était un garçon vigoureux et braillard sur qui ils ont reporté aussitôt toutes leurs espérances. J'ai survécu, néanmoins, mais sans jamais pouvoir rivaliser avec Steffen. Il me battait dans tous les jeux, et plus tard, dans tous les exercices physiques qui constituent l'entraînement quotidien d'un apprenti chevalier.

Le regard d'Eva embrassa les larges épaules de Steffen, ses jambes puissantes étendues devant lui. Chétive créature, lui ? C'était difficile à concevoir.

— Mais, objecta-t-elle, tous les individus gâtés pendant leur enfance ne deviennent pas pour autant des monstres ?

— Non, bien sûr. Mais il y a toujours eu une tendance à l'excès chez Steffen. L'envie d'être toujours au sommet de la pyramide. De l'emporter en toutes circonstances. Et maintenant... On dirait bien, d'après ce que vous avez dit, que la faveur du roi a achevé de lui tourner la tête.

Sur ses mots, il se laissa aller contre les oreillers et, étendant ses jambes devant lui, poussa un soupir d'aise.

— Bon sang ! Il y avait beau temps que je n'avais pas dormi dans un vrai lit !

Eva le regarda fixement et un sourire moqueur s'épanouit sur ses lèvres. Il s'empressa d'ajouter :

— Même pas chez Lady Katherine, sans vouloir faire offense à son sens parfait de l'hospitalité. Vous vous souvenez sans doute que j'ai dû passer la nuit couché au travers de votre porte ?

Ses pieds frôlèrent la hanche d'Eva qui s'écarta vivement, horrifiée. Elle plaqua ses deux mains sur ses joues, espérant sottement pouvoir dissimuler ainsi son émoi. Le grand corps de son compagnon semblait occuper toute la surface du lit, et sa grande tête léonine formait un contraste incongru avec le raffinement des dentelles qui ornaient son oreiller.

— Désolé, ajouta-t-il en mettant un bras sous sa tête. Je ne voulais pas vous chasser de votre refuge.

Un léger heurt retentit à la porte, qui venait à point. Bondissant promptement, Eva se précipita pour tirer le verrou. Deux serviteurs se tenaient dans le couloir, portant dans chaque main un seau rempli d'eau fumante. Eva les contemplait stupidement, incapable de recouvrer ses esprits.

— Versez tout cela dans le cuveau, ordonna Bruin depuis le lit.

Et, sans attendre que les domestiques se soient éclipsés, il demanda, son regard métallique planté dans celui d'Eva :

— Qui commence ? Vous ?

Eva mourait d'envie de prendre un bain. L'odeur de vase qui imprégnait ses cheveux obsédait ses narines, la sueur et la poussière des chemins avaient pénétré son corps par tous les pores de sa peau. Mais comment faire ? Bruin allait-il rester là, allongé sur ce lit, à l'écouter se dévêtir ? À enregistrer tous les bruits de sa toilette ? Jamais elle ne pourrait le supporter. Elle jeta un coup d'œil au paravent qui séparait le cuveau du reste de la pièce. Trois panneaux en zigzag faits de tapisserie brodée.

— Allez, Eva. Cessez de tergiverser. Votre bain va se refroidir.

Elle pouvait entendre les serviteurs se parler derrière l'écran, puis ce furent les éclaboussements de l'eau frappant les parois de bois du tub. Elle avança d'un pas puis lança par-dessus son épaule :

— Êtes-vous obligé de rester dans cette chambre ? Ne pourriez-vous rejoindre notre hôte quelque part ?

— Non, dit une voix ferme dans son dos. Mais je vous

promets de ne pas bouger de ce lit. Il est si confortable que je suis même fort capable de m'y endormir.

Eva se mordillait les lèvres, au comble de la perplexité. Ce bain merveilleusement parfumé était bien tentant.

— Bien… Mais vous me promettez de rester où vous êtes, n'est-ce pas ?

Bruin opina du chef, l'air de penser à autre chose. Elle poussa un soupir de soulagement et alla refermer le loquet derrière les serviteurs.

Enfin, elle allait pouvoir se déshabiller. Elle jeta son lourd manteau sur le coffre à vêtements installé contre le mur à côté du tub puis se débarrassa d'un coup de talon de ses bottines détrempées. Elle était si convaincue que Bruin l'observait que ses gestes étaient raides, maladroits, inefficaces. Mais, quand elle l'espionna d'un bref coup d'œil entre ses paupières baissées, il avait les yeux fermés. La ligne dure de sa bouche s'était adoucie en un demi-sourire qui le faisait paraître plus jeune. Elle se souvint de cette belle bouche sur la sienne, des promesses voluptueuses de ses baisers.

Et son cœur manqua un battement.

Quand elle regarda Bruin de nouveau, ses yeux s'étaient rouverts et brillaient comme deux morceaux d'obsidienne, noirs, étincelants.

— Faites un effort, Eva. Si vous ne voulez vraiment pas prendre ce bain, j'y vais à votre place. Je déteste les bains tièdes.

Elle bondit comme un chat surpris en train de voler et se précipita derrière le paravent. Trois bougies installées sur un trépied brûlaient dans un coin, leur cire chaude emplissant l'air de leur parfum d'église. Une vapeur ouatée montait du tub sur lequel flottaient des pétales de rose, et l'intérieur avait été garni d'un drap épais afin de protéger la peau d'éventuelles échardes. Eva entreprit de dénouer les lacets qui fermaient son bliaud sur les côtés, le fit glisser par-dessus sa tête et le laissa choir sur le sol. Sa chemise prit le même chemin ainsi que ses bas. Elle était nue, enfin, la peau toute hérissée par la chair de poule. Elle jeta encore une fois un coup d'œil vers le paravent pour vérifier qu'il était bien en place.

Et, enfin, elle se laissa glisser avec un soupir de bonheur dans l'eau fumante. L'eau lui montait jusqu'au cou, formant comme un cocon bienfaisant autour de ses membres las et douloureux, et il lui fallut un effort presque surhumain pour réprimer un gémissement de pur plaisir.

Alors, les yeux clos, les cheveux dénoués, Eva s'abandonna à la douceur du moment. S'avisant soudain qu'un pain de savon à l'avoine avait été déposé sur un escabeau à portée de main, luttant contre le lent endormissement qui menaçait de l'envahir, elle se frotta énergiquement le crâne pour en chasser les odeurs et la poussière. Puis elle se savonna le reste du corps, utilisant l'un des linges posés sur le rebord du tub pour se laver les bras, le ventre et ce qu'elle pouvait atteindre de son dos, s'amusant des grains d'avoine qui restaient collés sur sa peau comme des taches de rousseur.

Levant sa jambe blessée pour l'examiner à la lueur des bougies, elle constata avec satisfaction que sa guérison allait bon train.

Lavée et fleurant bon les parfums de rose et d'avoine mêlés, Eva s'abandonna un instant, les yeux clos, contre la paroi du cuveau. Mais il fallait sortir… Laisser la place à Bruin, avant qu'il ne rompe cette bulle de sérénité. Bah… Juste quelques minutes encore… Cela ne pouvait nuire à personne, n'est-ce pas ? Elle s'amusa un instant à frapper doucement l'eau du plat de la main, regardant les pétales danser et tourbillonner, puis les porta à ses narines pour s'enivrer de leur parfum. L'odeur puissante, musquée, lui rappelait les soirs d'été dans la roseraie de son enfance, derrière le château, à l'abri des hauts murs du verger. Souvenirs du temps où elle était jeune et innocente, entourée de l'affection des siens. Comment aurait-elle pu imaginer ce qui allait arriver ? Tous les malheurs qui allaient fondre sur sa famille, la laissant seule et démunie alors qu'elle n'avait pas encore vingt ans ?

Elle appuya son visage sur ses genoux repliés et resta là, immobile, laissant l'eau l'envelopper de son cocon de réconfortante chaleur.

Puis elle se redressa soudain. Mon Dieu ! Bruin ! Que faisait-il ? Écoutait-il les petits clapotements de l'eau tandis qu'elle procédait à ses ablutions ? À moins qu'il ne se soit endormi ? Elle s'efforça de regarder par les fentes du paravent, s'attendant presque à ce que Bruin ait quitté le lit et qu'il soit là, à l'épier.

— Bruin ? appela-t-elle à voix basse, de crainte de le réveiller si par chance il s'était endormi.

— Hum ?

La voix basse et mélodieuse de Bruin pénétra Eva comme une liqueur bienfaisante.

Elle s'immergea de nouveau dans l'eau parfumée, soulagée. Il était encore sur le lit.

— Que faites-vous ?

— Rien…

— Vous étiez-vous endormi ?

— Assoupi, seulement.

Le sommier grinça, et elle demanda encore, affolée :

— Vous êtes toujours couché, n'est-ce pas ?

— Oui…, répondit-il d'une voix lente. Mais je n'ai rien contre la perspective de prendre un bain moi aussi, à un moment ou à un autre.

Eva, désemparée, contempla l'état du bain en question. De la mousse de savon flottait à la surface, l'eau avait considérablement refroidi, et même les pétales de rose avaient sombré. Comment oser lui proposer de prendre sa place.

— Euh… Je crois que… qu'il vous faudra demander qu'on rapporte de l'eau.

— Pourquoi ? Avez-vous tout bu ?

Elle refoula les bulles de rire qu'elle sentait monter gaiement en elle.

— Non, non, mais il y a de la mousse partout et plus du tout de pétales de rose. C'est absolument affreux.

Il rit, d'un rire bas qui lui chatouilla agréablement la moelle épinière.

— Et c'est ça qui vous donne ce ton lugubre ? Croyez-vous vraiment que j'attache de l'importance à ce genre de chose ?

— Mais… Oui, il me semble, s'étonna Eva en faisant courir l'extrémité de ses doigts à la surface de l'eau. C'était si joli, si attirant quand je suis arrivée…

— Je suis un soldat, Eva. Il peut m'arriver de ne pas prendre de bain pendant des semaines. Et, la plupart du temps, il ne s'agit que d'une mare saumâtre au coin d'un bois. Alors, si vous vouliez bien sortir de là, j'apprécierais beaucoup.

Eva ne se le fit pas dire deux fois. Se remettant vivement sur ses pieds, elle enjamba le rebord du cuveau et s'enroula dans une des grandes serviettes disposées à portée de main. L'eau coulait le long de ses jambes et formait des flaques autour de ses pieds. L'air froid de la chambre que le feu n'avait pas encore eu le temps de réchauffer lui arracha un frisson.

— Êtes-vous visible ? s'enquit la voix de Bruin, juste derrière le paravent.

— Non, piailla-t-elle affolée. Retournez vous coucher immédiatement.

— Voulez-vous que je porte vos vêtements sur le lit ?

suggéra-t-il. Vous pourrez vous rhabiller tranquillement pendant que je me baigne à mon tour.

— Bruin ! Je suis entièrement nue

Mais, contournant le paravent, il s'apprêtait déjà à rassembler ses affaires. Elle recula en titubant, manquant renverser le candélabre. Bruin ne portait plus que ses braies dont l'étoffe de laine moulait les muscles de ses jambes. Il avait retiré son surcot, sa cotte de mailles et sa chemise. Son torse nu, doré par le soleil, arborait des pectoraux lisses et bien formés, sa peau avait l'aspect velouté de la soie. Une légère toison dorée s'épanouissait sur son thorax et s'amenuisait en une fine ligne de poils plus foncés qui disparaissait sous la ceinture de ses braies. Eva, ses pieds nus soudain enracinés dans le sol, déglutit avec difficulté. Elle avait la gorge sèche. Son bas-ventre, liquide comme du plomb fondu, n'était plus qu'un foyer incandescent.

— Que… Que faites-vous ? chuchota-t-elle d'une voix rauque.

— Ce que je vous ai dit, expliqua-t-il. Je mets vos vêtements sur le lit.

Et, sans la regarder, il attrapa les effets qu'elle avait laissés tomber sur le sol et disparut derrière le paravent, les muscles de son dos et de ses épaules jouant doucement sous sa peau.

Eva essuya d'une main tremblante son front trempé de sueur. Jamais elle n'aurait songé que le corps d'un homme puisse être aussi beau. Il fallait absolument qu'elle reprenne ses distances. Qu'elle s'écarte de ce danger incarné qu'était devenu pour elle Bruin de Valkenborg. Mais son esprit troublé refusait de l'aider. Dc faire de nouveau fonctionner son cerveau de manière logique. Et Bruin revint, évoluant sous ses yeux de manière provocante, son torse souple et brun incarnant l'image même de la tentation.

— Eva ! fulmina-t-il, les yeux pleins d'éclairs. Mais que vous arrive-t-il ? Allez-vous vous habiller, oui ou non ?

Il la parcourut tout entière d'un regard brûlant. Ses cheveux aile de corbeau retombaient en mèches humides sur ses épaules, formant un saisissant contraste avec sa peau blanche. Une goutte d'eau, suspendue au lobe de son oreille, scintilla comme un diamant avant de glisser sur son cou et de disparaître dans les replis de la serviette à laquelle elle s'agrippait de ses deux mains crispées comme si sa vie en dépendait.

Cette serviette qui dissimulait un corps souple et tiède, délicieusement parfumé de cette odeur de rose qui emplissait maintenant la chambre.

Bruin se ressaisit. Non. Il ne fallait pas penser à cela.

— On pourrait croire que vous n'avez jamais vu un homme torse nu jusqu'à aujourd'hui, plaisanta-il pour détendre l'atmosphère.

Eva s'empourpra violemment, d'un flot de sang qui envahit lentement ses joues pâles. Détournant vivement la tête, elle passa devant lui, à le frôler. Il ne put s'empêcher de la retenir par l'épaule, sentant l'ossature fine sous l'épaisseur de la serviette.

— Vous n'en avez jamais vu, n'est-ce pas ? s'enquit-il, surpris.

— À votre avis ? rétorqua-t-elle, ses prunelles turquoise brillant d'une indignation glacée. Pour qui me prenez-vous ?

— Je pensais…

Il se passa la main dans les cheveux, visiblement embarrassé, laissant voir une touffe de poils roux sous son aisselle.

— Je pensais que… Grand Dieu ! Mais vous êtes… une jeune fille innocente, n'est-ce pas !

Comme malgré lui, sa main se leva et vint caresser

l'ovale du visage d'Eva. Ses lèvres s'entrouvrirent, comme d'elles-mêmes. Son souffle caressa ses doigts. Il sentit son sexe se durcir.

— Y trouvez-vous à redire ? souffla-t-elle en le dévisageant sans ciller. Mieux vaut être vierge que putain, non ?

Au contact des doigts de son compagnon, Eva sentait des flammèches de plaisir s'allumer sur sa peau. Son cœur battait la chamade, menaçant d'exploser.

— Je vous l'accorde, murmura-t-il, percevant dans le regard de la jeune fille le désir qu'il avait allumé.

La serviette avait glissé, laissant apparaître la rondeur d'un sein. Plus bas, on devinait le jeune corps encore humide, le ventre plat et les hanches arrondies, la toison brune qui protégeait son sexe… Ce serait si bon de plonger sa main dans les plis de l'étoffe, de caresser ce ventre, de s'enfouir dans la chair douce et humide…

Il serra les mâchoires. Il avait promis de ne pas toucher Eva de Striguil et il tiendrait sa promesse. La faisant pivoter sur elle-même, il la poussa d'une pression ferme vers le lit.

— Allez, sortez d'ici. Allez vous rhabiller.

Chapitre 12

Eva se dirigea vers le lit, titubante, les muscles de ses jambes si décontractés qu'ils la portaient à peine. Des vagues de chaleur se succédaient en elle, inlassables, transformant sa cervelle en gelée. Le contact le plus léger, le frôlement des doigts de Bruin sur sa joue provoquaient en elle un tel émoi qu'elle en tremblait.

Se jetant à plat ventre sur le lit, elle enfouit son front brûlant dans la fraîcheur des draps. Elle aurait voulu crier, frapper l'oreiller à coups de poing, le déchiqueter de ses ongles et en répandre le duvet à travers la chambre. Mais elle parvint à se ressaisir. L'homme qui avait suscité en elle des réactions aussi violentes était en train de prendre un bain à quelques mètres de là. Il ne fallait pas qu'il sache.

Comment un homme pouvait-il avoir un tel pouvoir sur une femme ? Comment pouvait-il la transformer en l'une de ces beautés oisives qui passaient leur journée à parader dans leur belle toilette sans autre occupation que de lancer des œillades concupiscentes sur les beaux chevaliers en recueillant leurs paroles comme s'il s'agissait de perles de sagesse ? Non, elle n'avait rien de commun avec ces coquettes. Elle était Eva, la jeune fille à l'esprit pratique et au cœur droit. Celle à qui les hommes ne s'intéressaient pas parce qu'elle montait à cheval et gérait ses affaires comme un homme. La jeune fille qui avait osé se battre pour gérer son propre domaine après la mort de son père et de son frère.

Tout cela pour se faire extorquer ses biens par un conseiller du roi sans scrupule.

Toujours allongée, elle serra plus étroitement la serviette autour de son corps. Le désir revenait à a charge, un désir coupable qui la prenait par surprise lui chuchotait à l'oreille de délicieuses promesses. Jamais auparavant elle n'avait éprouvé de telles sensations. Ce besoin dévorant de sentir le corps d'un homme peser sur le sien, de s'épanouir sous ses caresses, de se révéler dans l'acte charnel.

La honte était si forte qu'elle en avait les larmes aux yeux. Comment pouvait-elle se comporter comme une fille perdue ? Mais la flamme de la luxure brûlait haut et fort en elle, refusant de s'apaiser. Elle désirait Bruin. Elle voulait qu'il la rejoigne dans le grand lit.

— Oh ! Je croyais que vous vous étiez rhabillée, dit la voix de Bruin, pénétrant dans ses pensées comme un couteau déchire de la soie.

Surprise de le voir déjà ressorti du bain, elle roula sur elle-même pour lui répondre, sans s'apercevoir que la serviette s'entrouvrait, laissant voir son corps dénudé. Rencontrant le regard enflammé de son compagnon, elle rabattit le drap, horrifiée.

Mais, déjà, Bruin l'avait enveloppée d'un bref coup d'œil, s'attardant sur le ventre satiné, le sexe caché sous une toison de boucles brunes, les petits seins blancs. Toute cette douceur féminine, faite d'ombres et de lumière, de creux et de courbes. Bon sang ! Il sentait le feu du désir rugir en lui, bouleversant son grand corps. Comme il serait facile de la faire sienne maintenant, de prendre ce qu'il désirait sans tergiverser, sa force physique suffisant à lui donner raison.

Il s'arracha à sa contemplation et tourna le dos au

lit, furieux contre lui-même. Il n'était pas ce genre d'homme, pillant les récoltes et les troupeaux, et violant les femmes sans scrupule. Même du temps où il était en mer avec Lord Despenser, sillonnant le Channel en quête de navires marchands à attaquer, il respectait les femmes qui se trouvaient à bord.

— Je vous attends dehors, décréta-t-il, rabattant bruyamment la porte derrière lui.

Eva resta encore un instant allongée, submergée par un désagréable sentiment de mortification. Puis, refoulant ses larmes, elle entreprit de se rhabiller, sa chemise et ses sous-vêtements d'abord, puis son bliaud. Enfin, se penchant, assise sur le rebord du lit, elle enfila ses bas qu'elle remonta jusqu'à ses cuisses.

La serviette humide était en boule sur le plancher. Comment avait-elle pu se montrer aussi stupide ? Ne pouvait-elle se rhabiller sitôt son bain fini ? En repensant à l'expression dégoûtée de Bruin quand il lui avait tourné le dos, elle serra les paupières, comme pour supprimer ce souvenir. Il avait manifesté clairement le mépris qu'il éprouvait pour elle et le dégoût qu'il avait de son corps.

Elle noua les rubans roses qui retenaient ses bas sur ses cuisses d'un geste ferme puis se remit sur ses pieds, cherchant ses bottines des yeux. Peut-être n'était-ce pas plus mal, finalement. Le regard réprobateur de Bruin, son ton impérieux lui avaient au moins appris quelque chose. Elle n'était pour lui qu'un objet à transporter, finalement. C'était folie que de croire qu'elle comptait pour lui plus que cela. À elle de contrôler les sentiments qu'il lui inspirait.

Eva hocha la tête, comme pour marquer sa décision, mais elle avait le cœur lourd. Lissant sa jupe du plat de la main, elle s'apprêta à affronter son compagnon. Il n'y avait rien à faire d'autre, de toute façon. Il attendait derrière la porte, et elle ne pourrait lui échapper.

Soulevant la clenche d'une main tremblante, elle tira le panneau à elle et sortit.

Bruin était bien là, en effet, à, l'attendre dans le couloir.

Le dos appuyé contre le mur, il patientait, les bras croisés. Ses cheveux étaient encore humides, et son menton fraîchement rasé brillait doucement dans la pénombre.

— Bruin...

Elle lui effleura l'avant-bras du bout des doigts.

Des ombres creusaient le visage de son interlocuteur. Quand il la regarda, ses yeux n'étaient plus que deux puits d'ombre.

— Je dois m'habiller, annonça-t-il en se redressant d'un coup de reins. Restez ici que je puisse vous voir.

Et, laissant la porte entrouverte, il regagna la chambre.

Devant ses manières brusques, Eva éprouva un profond abattement. Le comportement qu'elle avait adopté à son égard indignait visiblement le chevalier. Pourtant, ce n'était pas sa faute. Ce n'était pas l'image qu'elle avait voulu renvoyer d'elle-même. Croyait-il vraiment qu'elle avait voulu lui donner le spectacle de son corps nu ?

À cette seule pensée, l'envie de s'évanouir de honte la submergea.

— Prête ? s'enquit Bruin en réapparaissant sur le seuil, lui jetant à peine un coup d'œil.

Sa cotte de mailles avait été remplacée par une chemise de lin blanc à manches longues sur laquelle il avait enfilé son habituel surcot de laine rouge. Il portait les mêmes braies couleur chamois et ses grosses bottes de cuir. Dans ce costume, plus urbain, il aurait dû lui sembler plus affable, moins guerrier, mais un seul coup d'œil à son expression figée suffisit à donner à Eva le désir de s'enfuir pour regagner la protection des murailles de Meryl Castle.

Mais elle avait affronté d'autres obstacles. Elle se redressa, son regard plein d'éclairs.

— Y allons-nous ? s'impatientait-il comme elle bloquait toujours le passage.

— Encore une petite minute. J'ai encore quelque chose à vous dire…

Sa voix était enrouée, et elle s'éclaircit la gorge avant de poursuivre.

— Je… Je voulais m'excuser pour ce qui s'est passé dans la chambre. J'aurais dû m'habiller sur-le-champ.

Bruin la dévisagea sans paraître comprendre.

— Je vous demande pardon ? Ne me dites pas que vous êtes en train de vous excuser pour ce qui vient de se passer ? N'est-ce pas ?

Il avait posé les mains sur ses épaules, et Eva ne put qu'opiner du chef.

— Si, Bruin, c'est exactement ce que je veux faire. Je veux que vous sachiez que je ne suis pas ce genre de femme… Comme si j'avais voulu…

Elle se tut, le feu aux joues. Elle était incapable de formuler clairement ce genre d'idée.

Le visage de son interlocuteur s'adoucit. Sa voix était douce, un léger sourire jouait sur ses lèvres.

— Est-ce pour cela que vous êtes en colère ? demanda-t-elle d'une petite voix.

— En colère, moi ? Seulement après moi-même…

Une odeur de suif brûlé flottait dans le couloir, lourde et entêtante.

Il ajouta avec un soupir :

— Je ne dois m'en prendre qu'à moi-même. J'aurais dû m'assurer que vous aviez eu le temps de vous vêtir avant de sortir de derrière le paravent.

— Je suis désolée de… de m'être exhibée comme cela.

Il battit des paupières, étonné. Elle parlait de son corps comme si elle en avait honte. Comme s'il était laid. Ignorait-elle à quel point elle était belle ?

— Ce n'était pas une expérience si désagréable,

plaisanta-t-il avec un sourire forcé. Allons manger, voulez-vous ?

Il se dirigea vers l'escalier, s'attendant à ce que la jeune fille le suive.

Il ne s'arrêta que devant la petite porte qui s'ouvrait juste derrière le dais, dissimulée par un rideau. De la salle leur parvenait le brouhaha des conversations et des instruments de musique. Le tout dominé par le battement lancinant d'un tambour. Bruin se tourna vers Eva, les yeux brillants.

— Rappelez-vous que nous sommes mari et femme, Eva.

Il repoussa ses cheveux humides qui collaient à son front. Sa voix était réticente comme s'il regrettait d'avoir établi cet état de fait d'emblée en arrivant chez leurs hôtes.

— Si vous estimez que c'est préférable pour moi, je jouerai mon rôle, assura Eva.

La vision du corps nu de sa compagne, tendre et désirable, s'imposa à lui.

— Oui, Eva, je pense que c'est mieux pour vous, en effet.

Cela la protégerait des autres, probablement, mais de lui ? Il n'en était pas si sûr.

La haute table avait été dressée pour le souper, et, à côté des gobelets d'argent, des plats et écuelles de terre, s'alignaient des plats de viande fumante et de légumes accommodés avec de la sauce, des oignons, des aromates et des épices. Les convives, assis dans de hautes chaires sculptées de part et d'autre de la table, bavardaient et riaient avec entrain. Leur regard curieux suivit les nouveaux arrivants avec intérêt.

— Bruin, mon ami, s'exclama Goodric dès qu'il le

vit, en désignant d'un index impérieux les deux fauteuils vides à côté de lui. Laisse-moi te présenter ma chère épouse, Margaret.

Une belle femme à la carrure imposante, vêtue d'un bliaud de soie rose vif s'inclina dans leur direction avec un sourire accueillant. Un peu plus loin à la même table, leurs quatre filles qui s'alignaient côte à côte saluèrent à leur tour dans un bel ensemble, leurs quatre paires d'yeux bruns s'allumant comme des lampes sitôt qu'elles aperçurent le beau chevalier.

— Venez, ma chère, dit Margaret à Eva. Prenez place à mes côtés.

Eva se glissa avec reconnaissance à la place indiquée. Étant donné le caractère haut en couleur et la corpulence de Lord Goodric, il ferait un solide barrage entre Bruin et elle, au moins le temps du repas.

— Prenez donc un peu de vin ! intima Margaret plus qu'elle ne proposa en remplissant d'elle-même le gobelet d'Eva jusqu'à ras bord.

Elle était curieusement coiffée à la mode ancienne, avec ses cheveux longs roulés comme des coques au-dessus des oreilles et retenus par une résille. Une guimpe volumineuse dissimulait son cou et son décolleté.

— J'espère que vous avez pu vous installer à votre aise dans votre chambre, votre mari et vous ? s'enquit-elle aimablement.

Votre mari. Eva, gênée, sentait son mensonge lui brûler la langue. Elle s'agita sur sa chaise, tandis que des images de Bruin l'envahissaient. Son torse bronzé évoluant librement dans la chambre, ses doigts frôlant sa joue, son regard fuyant parce qu'il ne supportait pas de la voir.

— Oui, nous sommes parfaitement installés, milady. Nous vous rendons grâce de votre hospitalité. Tout a été fait pour nous complaire.

— Je ne crois pas avoir encore eu l'occasion de faire votre connaissance, n'est-ce pas ? Mais vous devez mourir de faim !

Joignant le geste à la parole, elle servit à sa voisine des morceaux de poulet grillé qu'elle prenait à pleine main dans le plat selon l'usage.

La peau du poulet, rôtie à point, craquante à souhait, était imprégnée d'une bonne graisse odorante.

— Votre famille possède Striguil, d'après ce que j'ai cru comprendre ?

— Possédait, oui, en effet. Malheureusement, tout cela appartient au passé. Le domaine est la propriété de Lord Steffen, maintenant, ajouta-t-elle en tâchant de chasser toute trace de ressentiment de sa voix.

— Oui, bien sûr, parut se souvenir Lady Margaret en agitant sa fourchette dans les airs. Avec cette guerre qui n'en finit plus, les affaires et les gens sont bien perturbés. Mais nous, pauvres femmes, nous sommes tenues à côté de tout cela. Nous n'y comprenons pas grand-chose, n'est-ce pas ?

— Nous sommes bien obligées d'essayer de comprendre quand nous sommes touchées de plein fouet.

Eva but une gorgée d'hypocras[1] et s'essuya les lèvres avec une serviette. Là encore, elle n'avait montré aucune amertume. À quoi bon, maintenant ?

Lady Margaret s'éclaircit la gorge.

— J'ai ouï dire que… que les choses n'avaient pas été faciles pour vous.

La brave femme s'efforçait d'être aimable, à n'en pas douter, même si elle ne pouvait savoir exactement ce qui s'était passé.

— Mais dites-moi, poursuivit-elle en baissant la voix,

1. Boisson à base de vin et de miel parfumée avec des aromates. On l'appelait également « claret ».

si je ne suis pas indiscrète, naturellement. Quand… Je veux dire dans quelles circonstances avez-vous épousé Bruin ?

Ses yeux se posèrent furtivement sur les mains d'Eva, dépourvues de bagues, et elle fronça les sourcils, n'osant exprimer davantage sa perplexité.

Eva s'empressa de cacher ses mains sous la table. Mon Dieu ! Ils n'y avaient pas songé. Naturellement, elle aurait dû porter une alliance !

— J'ai laissé mes bagues dans notre chambre, s'empressa-t-elle d'expliquer, les joues en feu. Je les avais retirées pour prendre mon bain.

— Ce n'est pas très prudent, ma chère enfant. Nous faisons confiance à nos serviteurs mais, comme dans toutes les maisons, il nous est arrivé d'avoir quelques soucis… J'ai hâte de savoir comment vous avez fait la connaissance de Bruin, ajouta-t-elle en lui tapotant la main. Et ce qui vous a amenés tous les deux au mariage. Après ce qui est arrivé à sa fiancée, nous ne pensions pas qu'il chercherait une nouvelle âme sœur aussi vite.

Eva resta un instant figée par la surprise. Puis, pour dissimuler sa confusion, elle but une autre gorgée de vin, le regard perdu sur les motifs de la tapisserie qui ornait le mur opposé. Qu'avait voulu dire Lady Margaret ? À quoi faisait-elle allusion ? Bruin, fiancé ? Mais avec qui ? Et quand ?

La main, blanche et douce à force d'onguents et dont les lourdes bagues d'argent étincelaient à la flamme des candélabres, pesait sur la sienne.

— Ma pauvre enfant, reprit la châtelaine d'une voix compatissante, il ne faut pas que ce que j'ai dit vous attriste. Vous avez dû passer par des moments difficiles. Bruin n'était plus le même, après la tragédie. Tout le monde l'a remarqué.

Ôtant sa main, Lady Margaret se mit à déplier et à

replier machinalement sa serviette, la lissant soigneusement du plat de la main, et Eva opina du chef d'un air entendu. En écoutant les confidences de leur hôtesse, elle avait un peu l'impression de tromper Bruin. Mais quelque chose la poussait à en savoir davantage sur ce bel homme à l'énigmatique regard gris.

— Oui, renchérit-elle, s'étonnant elle-même de son audace, puisqu'elle évoquait un temps antérieur à leur rencontre et dont elle ignorait tout. On peut le dire, en effet.

— Et tout ce temps passé au côté d'un hors-la-loi, le fameux Lord Despenser, jeté en exil par le roi ! Sa Majesté était au désespoir, quand elle a appris le parti qu'avait décidé d'adopter un de ses preux chevaliers. Et des plus méritants. Et tout cela pour un chagrin d'amour !

Lady Margaret leva les yeux au ciel avec l'expression exaltée qui convenait aux circonstances.

Eva hocha encore la tête, tandis que ces stupéfiantes informations la pénétraient lentement. Jamais elle n'aurait imaginé que Bruin de Valkenborg avait été à une période de sa vie à ce point en dehors de la légalité. Le roi devait l'aimer beaucoup pour ne pas l'avoir jeté dans les fers dès qu'il avait pu mettre la main sur lui. Eva, la gorge serrée, le cœur battant, attendait le prochain coup avec effroi. Chaque révélation de sa voisine dépassait la précédente en effet de surprise.

— Mais je dois reconnaître, ma chère, convint Lady Margaret avec le mouvement d'encolure d'une poule satisfaite, que son mariage l'a métamorphosé. Franchement, il n'est plus le même. Il a l'air presque…

Elle parut chercher ses mots, puis frappa légèrement la table du plat de la main et conclut :

— Presque heureux.

— Vraiment ? s'enquit Eva d'un ton volontairement neutre.

Si Bruin s'était amélioré, alors, avant leur rencontre, il devait être absolument terrifiant. N'était-ce pas lui dont le seul aspect l'avait fait s'enfuir sous la neige jusqu'au cœur de la forêt ?

Pourtant, c'était lui aussi qui avait desserré les mâchoires du piège de ses mains nues, qui l'avait hissée sur son cheval et reconduite en sécurité au château. Lui encore qui, le lendemain, l'avait tirée du piège mortel de la rivière.

Lui enfin dont un seul regard suffisait à affoler son corps.

Eva, de plus en plus rouge, jouait nerveusement avec ses couverts, son couteau, son gobelet… Qui était donc cet homme qui avait un tel pouvoir sur elle ? Il semblerait bien qu'en effet elle en sache sur lui encore moins que ce qu'elle imaginait.

— Allons, allons, Lady Eva, ne doutez pas de l'effet que vous avez sur votre époux, déclara soudain Lady Margaret en lui administrant une bourrade complice dans les côtes. Dès que je vous ai vus entrer ensemble dans cette salle, je me suis dit : Margaret, tu as sous les yeux un homme et une femme sincèrement amoureux l'un de l'autre. Ce n'est pas si fréquent !

Eva s'empourpra encore davantage si c'était possible. Si Lady Margaret savait à quel point elle se trompait ! La scène qui avait eu lieu dans la chambre quelques instants plus tôt aurait réduit à néant ses illusions. Le regard de dégoût que Bruin lui avait adressé en se détournant de son corps dénudé était assez explicite. Se penchant sur la table pour franchir l'obstacle de l'embonpoint de Lord Goodric, encore aggravé par la gestuelle dont il accompagnait son discours, elle jeta un coup d'œil à son prétendu mari. Les yeux de Bruin furent traversés d'une chaude lueur, il leva son gobelet vers elle et plissa les lèvres, comme pour lui signifier son ennui ou sa contrariété.

Margaret caquetait avec entrain, les joues rougies par le vin.

— Cette jeune fille ne vous ressemblait en rien. Mon mari a des parents à la cour du roi Guillaume, aussi avons-nous eu l'occasion de la voir quand nous avons voyagé en Hainaut. Bon parti. Blonde, mince, fragile, sans doute…

Le regard brun clair de sa voisine avait maintenant une expression un peu exaltée, ses mains s'ouvraient et se refermaient sur la nappe immaculée. Elle se laissa retomber contre le haut dossier de sa chaire en triturant nerveusement sa guimpe.

— Quelle chaleur, mon Dieu, quelle chaleur ! soupira-t-elle en s'efforçant de dégager sa gorge des plis encombrants de l'étoffe.

Eva, un peu perdue, se pencha vers elle.

— Excusez-moi, mais, de qui parlez-vous ?

— Mais… De Sophie Le Nys, naturellement.

Elle fourra une bouchée de poisson dans sa bouche et se lança dans une explication élaborée, tout en tamponnant délicatement ses lèvres de sa serviette :

— C'était une vraie beauté, s'exclama-t-elle d'une voix si convaincue qu'elle domina le brouhaha de la salle. Une de ces beautés flamandes, avec des cheveux d'or et un teint de… de porcelaine. Oui, il n'y a pas d'autre mot. Et de bonne famille, ce qui ne gâte rien, ajouta-t-elle avec un petit rire appréciateur.

— De qui parlez-vous, ma mie ? s'enquit Sir Goodric en tournant vers elle sa large face rougie par le vin. Avez-vous au moins laissé à votre invitée l'occasion d'ouvrir la bouche ?

— Sophie…

Bruin saisit au vol le prénom qui s'échappait comme un oiseau des lèvres de son hôtesse. Ou plutôt comme un hameçon lancé dans les vagues et qui venait se planter cruellement dans sa nuque, le ramenant de force à ces jours terribles. Posant son gobelet devant lui, il repoussa sa chaise qui grinça désagréablement sur les dalles. Son cœur n'était plus qu'une toute petite balle de douleur au fond de sa poitrine, il sentait une bile amère lui remonter dans la gorge.

Il n'avait rien à dire. Il ne lui restait que la souffrance, encore et toujours.

Et un atroce sentiment de culpabilité.

À l'extrémité de la grande salle, les serviteurs commençaient à démonter les tréteaux pour laisser place à la danse. Le bois raclait le sol en sons discordants qui faisaient écho au son aigrelet de la viole. Dans un angle, les musiciens accordaient en effet leurs instruments avant d'entamer une gigue endiablée. Déjà, des couples s'alignaient sur les dalles, les uns en face des autres, le sourire aux lèvres.

Tout ce que voulait Bruin, c'était fuir cette femme. Celle qui avait prononcé le nom de Sophie. Comme engourdi, la vue troublée, il se leva d'un bond et s'approcha d'Eva, dont la chevelure brune, brillant comme un casque de métal sombre, l'attirait comme un phare. La jeune fille penchait sa joue veloutée vers son intarissable voisine, le regard baissé, un sourire poli sur les lèvres.

Sa main se referma sur son épaule, et deux yeux turquoise se levèrent vers lui.

— Venez-vous ? dit-il d'une voix étranglée.

— Comment ? Oh… Je…, balbutia Eva, surprise de le voir soudain se matérialiser à côté d'elle.

— Allez-y, mon enfant ! Amusez-vous un peu, s'exclama gaiement Lady Margaret en tapant dans ses mains. Allez danser. C'est de votre âge.

D'autorité, Bruin prit la main d'Eva sur la table et l'entraîna dans l'étroit passage entre les deux sièges. Il avait le visage livide et les mâchoires serrées.

— Venez, vous dis-je.

— Tout va bien ? souffla Eva en se faufilant derrière lui dans un bruissement de jupes.

— Non, répondit Bruin d'un ton brusque. Non, cela ne va pas.

Il la frôla de sa hanche, la pointe de sa dague s'emmêlant dans les plis de sa jupe tandis qu'ils quittaient le dais pour traverser la grande salle maintenant bondée.

Eva s'arrêta au bas des escaliers. Sa robe s'étalait en corolle autour d'elle, formant une tache d'un bleu vif sur les dalles de pierre grise.

— Vous avez entendu ce que Lady Goodric a dit, n'est-ce pas ?

Une veine palpitait sur la tempe de Bruin.

— Oui, répondit-il d'une voix brève. J'ai entendu.

— Est-ce vrai ?

— C'est vrai.

Ses doigts à la peau calleuse frottaient sans qu'il en ait conscience la peau tendre du poignet d'Eva qui, de douleur, fit une petite grimace.

— Vous avez été fiancé ? insista-t-elle.

Malgré elle, sa voix était montée d'un ton.

— Oui, répéta Bruin d'une voix blanche.

Ses yeux éteints semblaient regarder ailleurs. Eva y lut un tel désespoir qu'un brusque élan de pitié la porta vers lui. Elle posa sa main sur sa joue et lui sourit.

Bruin la fixa, surpris et ému. Il ne s'attendait pas à sa compassion. De la surprise, de l'indignation devant les paroles de Margaret, mais pas cela. Pas ce regard apitoyé, presque tendre. Par tous les saints, pourquoi éprouverait-elle ce genre de sentiment à son égard ? C'était lui qui l'avait entraînée dans cette mésaventure, lui faisant traverser le pays pour se retrouver confrontée à un homme qu'elle haïssait. Qui avait fait de sa vie un enfer.

Et voilà qu'elle le couvait du regard comme s'il comptait pour elle.

Le silence s'allongeant, la main d'Eva retomba. Elle battit des cils, gênée. Elle s'était montrée trop audacieuse, trop indiscrète.

— Je m'excuse, murmura-t-elle. Je n'aurais pas dû poser de questions.

La ligne des danseurs serpentait dans la salle. L'un d'eux, assez corpulent, la propulsa contre Bruin. Il la rétablit sur ses pieds en la rattrapant par le bras.

Pourquoi était-il allé vers elle, comme guidé par un fil invisible ? Il lui aurait suffi de quitter discrètement la salle sous quelque vague prétexte. Mais il le comprenait, à présent. C'était le réconfort d'Eva qu'il était venu chercher. Il s'était dirigé spontanément vers la beauté lumineuse de son visage levé vers lui comme une fleur vers le soleil. Dans ce moment de profond désarroi, c'était à elle qu'il avait pensé, à son soutien. À sa sagesse tranquille. Quand le prénom de Sophie avait réveillé les horribles souvenirs du passé, c'était Eva qu'il avait voulu à ses côtés.

Et maintenant elle était là.

— Allons-y, intima-t-il d'une voix brusque en l'entraînant par la main.

Ils traversèrent la salle, les rondes des danseurs, les tréteaux empilés contre les murs, puis le groupe de musiciens. Et, enfin, ils atteignirent le hall froid et désert, à peine éclairé par une torche dont la flamme jouait sur l'écu aux couleurs de la famille, suspendu au-dessus de la cheminée à côté de quelques vieilles rapières.

— Que faisons-nous là ? s'étonna Eva. Il fait froid, et il n'y a personne.

Elle était à bout de fatigue, mais elle regrettait pourtant les lumières, la chaleur et l'animation de la salle commune.

Il voulait lui dire ce qui s'était passé. Ne pas la laisser se nourrir de ragots.

Il s'entendit dire pourtant, d'une voix sourde :

— Je ne veux pas que l'on vous dise n'importe quoi sur mon compte. Surtout des personnes comme notre hôtesse, qui ne peut avoir une opinion juste, n'ayant pas été présente quand le drame est arrivé.

— Alors, racontez-moi, Bruin. Je vous écoute.

Croisant les bras, Bruin commença sans la regarder :

— Il est arrivé malheur à quelqu'un à qui je tenais. Une femme. Elle est morte.

— Quelqu'un que vous aimiez ? murmura Eva, soudain mal à l'aise.

C'était comme si une main lui serrait cruellement le cœur. Elle devait faire attention. Si Bruin s'apercevait de son émoi, il risquait de se moquer d'elle.

Elle se mordit les lèvres. C'était Bruin qui était en peine et dont elle devait s'occuper.

— Si Sophie est morte, c'est à cause de moi, lâcha-t-il péniblement, comme si les mots avaient du mal à sortir de sa bouche.

— Nous venions de nous fiancer quand Sophie a découvert qu'elle était enceinte d'un autre homme. Je lui ai dit que notre mariage était devenu impossible. Que je ne voulais plus jamais la revoir.

Tournant vers elle des yeux rougis, il conclut :

— Et en effet, je ne l'ai plus jamais revue.

— Que s'est-il passé ?

— Elle s'est jetée à l'eau.

— Mon Dieu ! s'exclama Eva.

Un élan de pitié lui fit tendre les mains vers lui. Les souvenirs douloureux penchaient le grand corps vers elle. Le prenant par les avant-bras, elle massa doucement leurs muscles sinueux.

— Je ne mérite pas votre sympathie, Eva. J'ai

commis une faute très grave. Vous devriez me blâmer, au contraire.

— Mais, ce n'était pas votre faute. Comment cela pourrait-il être ?

Bruin leva un regard surpris. Ses yeux brillèrent doucement dans la pénombre. Dehors, dans la cour, un garde cria quelque chose à l'un de ses camarades. Le bruit se répercuta en écho dans le hall.

— C'est parce que je l'ai chassée de ma vie que Sophie a mis fin à ses jours. Cela ne peut que confirmer votre piètre opinion de ma personne. Un barbare, pilleur et jouisseur. Vous aviez raison du tout au tout.

Son ton était amer, implacable.

— Quelle que soit l'opinion que j'ai de vous, Bruin, nul ne peut vous blâmer pour ce qui est arrivé. Vous étiez en droit de refuser d'élever l'enfant d'un autre. C'est notre société qui est coupable. Sophie savait que, mère célibataire, elle ne jouissait d'aucun statut ni d'aucune protection dans son clan. C'est pour cela qu'elle a choisi de mettre fin à ses jours. Mais vous n'êtes pas coupable.

Bruin l'enveloppa d'un regard ému. Il goûtait à la douceur nouvelle d'avoir quelqu'un qui le comprenait, qui était de son côté. Cela faisait des mois, des années même, qu'il errait comme un maudit en se cognant contre les murs de son chagrin. La chaleur des mains d'Eva remontait le long de ses bras jusqu'à son cœur. Ses muscles jouaient plus librement, l'étau qui emprisonnait son crâne depuis si longtemps se desserrait.

— Mon Dieu, murmura-t-il en passant son index sur la bouche frémissante d'Eva, si seulement cela pouvait être vrai.

Dans la pénombre, la peau d'Eva paraissait une soie transparente, souple et blanche comme de la crème liquide. Sa bouche esquissa un sourire tendre, plein de sollicitude.

Sentant renaître le désir, il se libéra doucement des mains de la jeune femme.

— Il va falloir retourner dans la fête. Il est trop tôt pour nous retirer.

— Ça va aller ? murmura Eva.

— Oui, Eva. Merci. Ça va aller. Du moment que vous restez là, près de moi.

Chapitre 13

La fin de la soirée s'écoula pour Eva dans une désagréable torpeur. De grands plats de nourriture continuaient à arriver des cuisines, et encore davantage de flacons d'hypocras et de bière aussitôt engloutis par les convives. Les bougies, débordant de leur candélabre, fondaient sur la nappe en formes étranges, et les serviteurs continuaient leur lent manège, emportant les assiettes vides pour en rapporter d'autres, emplies maintenant de toutes les friandises imaginables. Et les musiciens jouaient, et les danseurs dansaient dans un incessant tourbillon d'habits colorés, de tailles fermement agrippées puis soudain libérées tandis que les femmes tournaient sur elles-mêmes en riant.

Mis à part une remarque grivoise de la part de Sir Goodric, personne n'avait fait de commentaires sur la brève absence d'Eva et de son prétendu mari.

Les mots de Bruin hantaient l'esprit d'Eva. Elle revoyait la tristesse qui assombrissait son visage, l'expression hantée de son regard. Il avait aimé cette femme. Et il l'aimait encore. Devant cette révélation soudaine, le cœur d'Eva se contracta douloureusement. Un brusque assaut de jalousie la terrassa, qu'elle refoula aussitôt. Comment pouvait-on jalouser une morte ? Et pourtant elle ne pouvait s'empêcher de haïr la pauvre Sophie. Son cœur bouillonnait d'impulsions mauvaises.

Elle avait repris sa place à côté de la maîtresse de maison, qui, ravie s'était aussitôt raccrochée à son bras pour lui raconter une interminable histoire. Le cerveau paralysé par la fatigue, trouvant de plus en plus difficile de se tenir droite, Eva faisait un ultime effort pour écouter poliment les propos de Lady Margaret. Et enfin, par la grâce de Dieu, Margaret se mit debout, aussitôt imitée par ses quatre filles, indiquant par là que les festivités étaient closes. Eva se leva tant bien que mal, si lasse qu'elle en avait le vertige.

Mais Bruin était déjà là, juste derrière elle. Il lui présenta son bras et, comme elle n'obtempérait pas sur-le-champ, lui indiqua d'un geste du menton qu'il fallait le prendre. Eva était si lasse qu'elle n'eut même pas la force de lui décocher un sourire moqueur.

Déjà, après avoir salué tous les convives à la ronde, son compagnon l'entraînait vers l'escalier.

— Vous n'en pouvez plus, commenta-t-il tandis qu'ils marquaient une pause devant la porte de leur chambre.

— En effet, soupira-t-elle en hochant la tête.

Il eut un rire bref.

— Vous pouvez, vous savez. Ce n'est pas un crime, dit-il en repoussant une mèche de cheveux, après la journée que vous avez passée, en commençant par vous jeter dans la rivière. Il n'y a rien d'étonnant à ce que vous éprouviez un peu de fatigue.

Elle lui jeta un rapide coup d'œil. Bruin agissait comme si rien d'important n'avait été dit entre eux, comme s'il ne lui avait pas confié le secret qui le rongeait.

L'avait-il fait pour lui lancer un avertissement ? Pour maintenir entre eux une distance prudente ? Avait-il réussi à dépouiller son cœur des enveloppes dont elle le protégeait pour y lire son secret ? Eva réfléchissait, le regard perdu dans la contemplation des broderies argent et bleu de nuit qui ornaient le surcot de son vis-à-vis.

Bruin observait la forme ronde du crâne de la jeune fille, ses cheveux noirs dont le circlet[1] d'argent luisait doucement dans la pénombre du couloir.

— Vous avez besoin de dormir, Eva. Et moi aussi. Je vais attendre ici que vous ayez revêtu votre toilette de nuit. Je frapperai avant d'entrer.

Il poussa la porte, et le grand lit de chêne à colonnes se révéla à leur vue avec ses fourrures de grand prix et son linge de lit d'un blanc étincelant.

L'intimité de ce spectacle tira Eva de sa torpeur.

— Bruin, bredouilla-t-elle la gorge sèche, je me demande si…

Elle tourna vers lui un regard accusateur.

— Personne ne connaît la vérité à notre sujet, expliqua Bruin, parfaitement maître de lui-même. Tout le monde ici pense que nous sommes mari et femme.

Elle fronça les sourcils, irritée par le sentiment d'indécision qu'elle éprouvait à son égard. Pouvait-elle vraiment s'allonger à côté de lui et dormir du sommeil du juste ? C'était tout simplement impossible. Elle passerait la nuit à éviter de le toucher, à garder ses distances, dans une torture sans fin, les nerfs à vif, écoutant les heures s'égrener les unes après les autres au clocher de la petite chapelle.

Aussi bien se coucher sur le sol et s'envelopper dans un de ces merveilleux tapis rapportés de Saint-Jean-d'Acre par le grand-père de Sir Goodric.

— Bruin, chuchota-t-elle, l'air malheureux, nous ne pouvons absolument pas envisager de dormir ensemble dans ce lit.

— Je sais, se contenta-t-il de répliquer avec conviction, appuyé d'une épaule contre le chambranle.

1. Pièce d'orfèvrerie ou d'étoffe qui maintenait en place les cheveux de la jeune fille et retenait le voile de la femme mariée.

Il paraissait si nonchalant, si détendu, qu'elle leva vers lui un regard surpris ;

— Avez-vous l'intention d'aller dormir ailleurs ?

Il rit devant l'espoir qui éclairait le visage de son interlocutrice.

— Non. Mais il y a un lit d'appoint derrière le rideau. Sans doute pour une domestique. Je m'en suis assuré tout à l'heure. Cela me conviendra parfaitement.

— Très bien, rétorqua sèchement Eva. Dans ce cas, je vous précède pour me préparer.

En gardant par-devers lui l'information concernant l'existence de ce second lit, il l'avait contrainte à révéler ses appréhensions. Et maintenant Eva se sentait parfaitement ridicule. Passant devant Bruin, elle pénétra dans la chambre, la tête haute et les joues rouges, et referma soigneusement la porte. Pourquoi ne parvenait-elle pas à se comporter normalement avec lui ? C'était comme s'il l'avait contrainte à prendre le contre-pied systématique de tout ce qu'elle était. Elle en était arrivée à ne même plus se fier à elle-même.

Eva regarda autour d'elle avec un soupir d'aise. L'atmosphère de la chambre était délicieusement tiède. Le paravent avait été replié contre le mur, le tub avait été vidé, et une bonne odeur de cire mêlée à l'encens de rose qui brûlait dans une coupe parfumait la pièce. Un broc d'eau fraîche était posé à côté d'une cuvette de terre sur un coffre. Eva s'en approcha tout en ôtant son circlet et son voile qu'elle abandonna sur son manteau soigneusement plié sur le dossier d'une escabelle, là où elle l'avait mis un instant plus tôt. Puis elle retira ses épingles laissant ses nattes se dérouler librement sur ses épaules. Elle entreprit ensuite de faire un peu de toilette, frottant son visage et son cou avec une telle énergie que sa peau lui cuisait. Ce voyage en compagnie de Bruin était une épreuve. Comment un homme qu'elle connaissait depuis si peu de temps pouvait-il prendre tant de place dans sa vie ? Et la confession qu'il lui avait faite dans le hall, un moment plus tôt, n'avait fait qu'empirer les choses. Bruin n'était pas beaucoup plus âgé qu'elle-même et, tout comme elle, il avait déjà tellement souffert.

La réponse était là, tout au fond d'elle, mais elle se refusait à la formuler clairement dans son cerveau.

Eva prit une soudaine décision. Elle dormirait avec ses vêtements. Il n'était pas question de s'exposer de nouveau à son regard dans sa nudité, même s'il dormait dans le lit d'appoint. Quel spectacle elle lui avait donné ! Il avait dû la prendre pour une dévoyée !

— Eva ? Êtes-vous prête ? Puis-je entrer ?

Sa voix étouffée insistait derrière la porte.

— Oui, oui. Je suis prête.

Elle courut jusqu'au grand lit tout habillée et, sautant entre les draps, tira la courtepointe jusqu'à son menton, peu désireuse de devoir expliquer à son compagnon pourquoi elle préférait dormir avec ses vêtements.

Bruin pénétra dans la grande pièce à pas de loup. Son regard brillant la repéra aussitôt dans le lit et, avec un signe d'approbation, il se dirigea dans le coin de la toilette.

Eva lui tourna le dos et ferma les yeux. Elle entendit de bruits d'éclaboussures, puis de vêtements qu'on retire. Un flot de chaleur la submergea, si puissant que le sang battait violemment à ses oreilles.

Qu'il aille se coucher derrière son rideau, mon Dieu ! Et qu'on en finisse.

Mais Bruin ne l'entendait pas de cette oreille. Tirant le lit de l'embrasure de la fenêtre dans laquelle il était rangé, il entreprit de le traîner au milieu de la pièce.

— Ne vous inquiétez pas, Eva. Ce n'est pas aussi épouvantable que vous le croyez, glousssa-t-il en contournant le lit. J'ai toujours mes braies et ma chemise.

Elle ouvrit un œil et le vit tirer le lit d'appoint. Il s'agissait d'un simple cadre de bois muni de deux roulettes qui permettaient de le manier plus aisément. Bruin l'installa à distance respectable du lit à baldaquin et, rejetant la couverture, se glissa entre les draps grossiers avec un soupir d'aise, tâchant d'y caser son grand corps.

Catastrophe. Le lit était trop petit. Il s'en fallait d'une bonne trentaine de centimètres pour que le jeune athlète puisse s'allonger complètement. Eva dut se rendre à l'évidence. Ce lit convenait mieux à sa taille, plutôt moyenne, qu'à celle de ce géant du Nord. Bruin, plein de bonne volonté, se roula en boule, ramenant ses jambes sous son menton. Le cadre tanguait et craquait sous son poids. Il allait passer une nuit horrible.

— Bruin, ce lit est beaucoup trop petit pour vous ! décréta Eva en se redressant sur un coude. Je vais prendre votre place.

— J'ai dormi dans de pires conditions, rétorqua-t-il sans s'emporter.

Sur la blancheur de l'oreiller, ses cheveux paraissaient faits de cuivre sombre, comme des feuilles de châtaignier en automne.

— Je n'en doute pas une seconde. Mais moi, je tiendrai tout entière dans ce lit, vous non. Jamais vous ne pourrez dormir correctement dans des pareilles conditions. Franchement, cela ne me gêne pas de vous laisser mon lit.

L'essentiel, acheva-t-elle in petto, *c'est que vous restiez avec moi. Dans cette chambre.*

Il y eut un silence. Puis la voix de Bruin se fit de nouveau entendre dans le noir.

— Que me vaut cette soudaine amabilité ? J'espère que ce n'est pas un effet de votre pitié, après ce que je vous ai dit… Croyez-moi, ajouta-t-il d'une voix qui s'était durcie, ça n'en vaut pas la peine.

Mais si ! aurait voulu crier Eva. *Tout le monde vaut qu'on se soucie pour lui. Et vous plus que tout autre.*

— Non, s'empressa-t-elle pourtant de rectifier. Mon point de vue est très égoïste. Si vous vous tournez et retournez dans votre lit toute la nuit, je vais devenir folle, à n'en pas douter.

— Bien, si vous êtes certaine que cela ne vous dérange pas… Avec tous mes remerciements.

Il bondit de son lit de torture comme un diable de sa boîte, les yeux pétillants d'humour.

Eva rejeta ses couvertures et s'assit au bord du lit, ses jupes ramassées autour d'elle.

— Je croyais que vous vous étiez préparée pour la nuit ?

Bruin embrassa d'un regard perplexe les vêtements chiffonnés, les pieds encore couverts de leurs bas. Avec ses nattes brunes qui lui descendaient jusqu'aux cuisses et son air coupable, Eva avait l'air encore plus jeune et, si c'était possible, encore plus vulnérable.

— Mais… Je le suis, décréta-t-elle en se croisant les bras dans un geste défensif. Je préfère dormir tout habillée. Je me sens…

Les mots se tarirent d'eux-mêmes sous le regard perçant de son interlocuteur. Qu'était-elle sur le point de dire ? Qu'elle se sentait plus en sécurité ainsi ? Mais Bruin ne risquait-il pas de lui reprocher son manque de logique, puisqu'elle lui avait affirmé qu'elle lui faisait confiance un moment plus tôt ? Un sentiment de complète absurdité la submergea. La situation aurait été moins grave si elle était apparue complètement nue en face de lui, finalement. Il était insensible à ses charmes, comme il le lui avait fait clairement entendre, avant même de lui avoir parlé de Sophie.

— J'ai pensé que je… Que j'aurais plus chaud en

restant habillée, expliqua-t-elle platement. Et de toute façon je n'ai pas de chemise de nuit.

Bruin s'approcha du grand lit.

— C'est vous qui voyez, bien sûr, Mais à mon avis, vous aurez trop chaud.

Eva aperçut le jeu de ses pectoraux dans l'entrebâillement de sa chemise tandis qu'il se penchait sur elle. Le spectacle de ses pieds nus sur le tapis était étrangement intime.

— C'est moi qui vois, en effet, rétorqua-t-elle d'une voix rauque en l'écartant de la main.

Elle fila vers le lit pliant et plongea sous les couvertures comme si sa vie en dépendait. Puis, le dos tourné, elle l'entendit s'installer sous les lourdes fourrures avec un soupir de satisfaction. Alors, elle concentra son attention sur les détails du mur rechampi, avec la conscience aiguë de cet homme qui cherchait le sommeil dans son dos, son grand corps étendu de tout son long, ses cheveux d'or rouge en broussaille sur la blancheur de l'oreiller.

Un léger mal de tête s'installait derrière son front et, déjà, elle savait que le sommeil tarderait à venir.

Derrière elle, les cris des gardes qui montaient l'escalier en spirale retentissaient de plus en plus fort. Elle s'efforçait de courir de plus en plus vite, les jambes flageolantes. Émergeant enfin dans l'air nocturne, à bout de souffle, elle s'élança sur le chemin de ronde, s'écorchant les phalanges contre la pierre rugueuse des murailles. Le doute la taraudait. Ce qu'elle allait faire était folie. Mais c'était la seule issue. Le seul moyen de lui échapper.

Enjambant l'un des créneaux, elle s'assit sur le rebord, ses ongles griffant la pierre, et regarda en contrebas. Loin en dessous d'elle, la surface de la rivière luisait doucement sous la lune. Elle lança vers l'abîme une petite prière muette. *Mon Dieu ! Faites que l'eau soit assez profonde pour amortir ma chute.*

Et elle sauta dans la nuit noire, ses jupes claquant autour d'elle comme des voiles, étouffant un cri rauque quand elle rencontra la surface dure et froide de l'eau. Alors, la saisissant brutalement par un bras, une main la tira sur la rive et elle se retrouva face à des assaillants sans visage.

— Non ! hurla-t-elle, le visage noyé de larmes. Non, pas ça,

— Calmez-vous, Eva, intima une voix ferme, expulsant d'un seul coup des moindres recoins de sa cervelle les créatures cauchemardesques qui les avaient envahis. Réveillez-vous. Ce n'était qu'un rêve.

Ses yeux s'ouvrirent d'un seul coup. Bruin, agenouillé à côté d'elle, tentait de la redresser. Elle sentait la sueur couler sur son front et son bliaud froissé formait un bourrelet inconfortable autour de son corps. Elle avait dû repousser draps et couvertures car ils gisaient en tas autour du lit.

Bruin, assis sur les talons, était éclairé par un rayon de lune qui jouait sur la blancheur de sa chemise. Son regard parcourut la jeune fille. Des mèches de cheveux échappées de ses tresses s'étaient collées à ses tempes et à ses joues, que l'agitation de son sommeil avait rougies.

— Eva, vous avez beaucoup trop chaud. Ce n'est pas raisonnable. Il faut retirer ces vêtements.

Aussitôt, les doigts d'Eva s'agrippèrent frénétiquement à son drap.

— Non, s'obstina-t-elle. Je suis très bien comme ça. Je suis désolée de vous avoir réveillée.

— Vous avez poussé un tel cri !

Les hurlements d'Eva avaient pénétré les profondeurs de son sommeil, le ramenant à l'état de veille en un temps record. Bondissant vivement, il s'était précipité vers le lit de camp, persuadé qu'un intrus avait réussi à pénétrer dans la chambre. Eva, qui s'agitait sur l'étroite couchette, paraissait engoncée dans ses vêtements et ses couvertures comme un insecte dans sa chrysalide. Il avait dû la dépouiller de cette gangue comme un lapin de sa peau.

Eva, encore tremblante, entoura ses genoux de ses bras.

— Cela m'arrive encore parfois, murmura-t-elle, songeuse.

— À quoi rêviez-vous ?

La question de Bruin resta un instant suspendue dans les airs. Les braises quasi éteintes du foyer jetaient des lueurs tremblantes sur son visage bien dessiné, accentuant l'angle de sa mâchoire et les ombres sous ses pommettes.

— C'est toujours la même chose, commença-t-elle à expliquer d'une petite voix. Je fuis.

— Et qui fuyez-vous ?

Elle rencontra son regard inquisiteur et baissa les yeux.

— Votre frère.

Il tendit la main et chassa doucement une mèche de cheveux sur la joue de sa compagne. Sa main redescendit lentement le long du visage d'Eva, savourant la douceur satinée de sa peau.

Mésinterprétant son geste, elle agrippa son avant-bras d'une main étonnamment énergique.

— Non, Bruin. Je ne veux pas de votre pitié.

Il emprisonna son menton entre deux doigts.

— Ce n'est pas de la pitié. Je déteste que le souvenir de ce qui vous est arrivé soit toujours là, tapi au fond de votre mémoire. Que vous soyez hantée par ce que vous a fait Steffen.

Tout en prononçant ces mots, Bruin comprit soudain qu'il aurait tout aussi bien pu parler de lui-même.

Eva se détourna, et la main de Bruin retomba.

— C'est à peu près la même chose. Vous êtes désolé

de ce qui m'est arrivé. Par politesse... Pourquoi y attacheriez-vous réellement de l'importance ? Si c'était le cas, vous ne m'auriez pas imposé ce voyage.

— Vous vous trompez, Eva... Et en tout cas, je viens de comprendre une chose. Vos cauchemars ne cesseront pas tant que vous ne vous serez pas confrontée à vos démons.

— Comme vous l'avez fait vous-même ? rétorqua Eva, sarcastique, en faisant brusquement volte-face.

Elle l'affrontait bravement, les bras croisés, comme pour se protéger de sa colère.

Bruin hésita un instant, surpris par l'audace de la jeune fille.

— Cela n'a rien à voir avec moi. Ne mélangez pas tout.

— Cela a tout à voir avec vous au contraire. Puisque vous trouvez bon pour moi d'affronter mes démons, en l'occurrence votre frère, je suggère que vous fassiez la même chose. Soulagez-vous du poids de votre culpabilité à propos de la mort de Sophie.

Il la contempla fixement une longue minute, attendant que monte en lui une juste colère, que le sentiment de culpabilité qui le hantait depuis des mois, que la douleur et le désespoir le submergent, comme d'habitude.

Mais rien de tel ne se passa. Les yeux d'Eva, immenses et lumineux, le provoquaient, et il se laissait glisser lentement dans leur lumière bleue, comme dans un océan de beauté. Personne ne lui avait jamais parlé comme cela. Personne n'avait osé prononcer ces mots à propos de la mort de Sophie.

Mais elle était là, devant lui, cette enchanteresse qu'il avait trouvée prostrée dans la neige, geignant comme une bête blessée. Et, avec son audace tranquille, elle avait abordé de front le sujet, l'obligeant à réfléchir, à se remettre en question. La poigne qui étouffait son cœur parut relâcher un peu son étreinte. Les nœuds si brutalement serrés commençaient à se délier.

— Comment pouvez-vous l'affirmer, Eva ? C'est là un sujet sur lequel vous savez peu de chose.

Malgré la réprimande, il y avait de la tendresse dans sa voix, et Eva trouva le courage d'ajouter encore :

— Il y a au moins une chose dont je suis certaine. Vous n'êtes pas coupable de la mort de votre fiancée.

Bruin resta silencieux un instant. Là-bas, en pays de Flandres, les gens qui le connaissaient bien, qui avaient pour lui de l'affection, son père et sa mère, ses amis d'enfance et ses camarades avaient eu bien trop peur de la manière dont il pouvait réagir pour oser évoquer cette tragédie. Alors, il avait fui, chassé par le sentiment de sa faute, pour enterrer la haine qu'il avait désormais de lui-même dans une vie sans foi ni loi.

Mais cela avait été un échec. Et ces quelques jours passés en compagnie d'une parfaite inconnue avaient plus fait pour l'aider à se reconstruire qu'un an d'aventure sur les mers.

— Parfois, remarqua-t-il avec un sourire énigmatique, ce sont les gens qui vous connaissent le moins qui y voient le plus clair.

Il se remit sur ses pieds, tout engourdi d'être resté si longtemps dans cette position inconfortable.

— Pensez-vous que votre cauchemar risque de revenir ?

— J'espère que non.

— Retirez donc vos vêtements, dit-il encore.

Elle plissa les lèvres, obstinée.

— Alors, retournez vous coucher et fermez les yeux.

Il obtempéra avec un gloussement amusé. Elle le regarda grimper dans le lit immense, glisser ses longues jambes sous les fourrures et lui tourner le dos. Alors, avec maintes contorsions, elle se débarrassa tant bien que mal de ses couches de vêtements.

*
* *

Eva se réveilla encore à l'aube, quand une lumière pâle traversa les épais vitrages en cul de bouteille. Le rayon de lumière qui se posa sur son visage n'avait aucune chaleur.

La respiration de Bruin était forte, régulière. Roulant sur elle-même, le cœur battant, elle jeta un coup d'œil dans sa direction. Il était étendu sur le dos, les draps rabattus jusqu'à la ceinture, un bras pendant hors du lit. Sa main forte et tannée par l'air marin paraissait sculptée comme celle d'une statue.

Son regard, gagnant en audace, approfondit son inspection, avec prudence d'abord, s'attendant à ce que les yeux de Bruin s'ouvrent d'une seconde à l'autre et la surprennent. Il avait retiré sa chemise, finalement. Elle suivit la veine bleue à l'intérieur de son bras, qui remontait jusqu'à son aisselle. Le pouls battait au creux de son cou puissant. Une toison cuivrée bouclait sur son torse dénudé. Les yeux d'Eva continuèrent à se promener quasi sur la pointe des pieds, au travers de ce corps magnifique, s'arrêtant sur la largeur de ses épaules, sur les muscles plats de son abdomen. Ses sens s'enflammaient, se réjouissaient dans l'exploration silencieuse de ce territoire inconnu. Jamais il ne saurait à quel point elle le désirait, combien il s'était mis à avoir de l'importance pour elle. Mais, au moins, elle aurait eu cet instant privilégié, cette précieuse parcelle de temps pour l'admirer tout à son aise.

Que se passerait-il si, rejoignant Bruin dans son lit, elle s'allongeait contre son corps ? La prendrait-il dans ses bras ? L'étreindrait-il comme il l'avait fait dans la cour, près de l'abreuvoir aux chevaux ? Sa chair frémissait d'anticipation. Elle se voyait déjà collée à lui, chair contre chair, cuisses contre cuisses. Elle savait ce qui se passait entre un homme et une femme quand ils partageaient le même lit. Elle n'était pas naïve. Mais elle n'avait pas peur. Tout son être, au contraire, vibrait d'une attente impatiente. D'une brûlure insupportable.

Soupirant de sa propre sottise, elle s'arracha à sa contemplation.

Une soudaine tristesse venait de l'envahir. Incapable de songer à se rendormir, elle alla jusqu'à la fenêtre sur ses pieds nus. Que lui arrivait-il ? Aucun homme, même dans les primes ardeurs de son adolescence, n'avait occupé ainsi ses pensées. Elle considérait la gent masculine avec un certain mépris. Des forts-à-bras prétentieux, pour la plupart. Ou des imbéciles et des paresseux, dont on ne pouvait pas tirer grand-chose.

Appuyant son front sur le vitrage glacé pour y rafraîchir sa cervelle enfiévrée, elle s'exhorta au bon sens.

Qu'était devenue la jeune personne raisonnable et pleine de ressource, capable de s'assumer seule, que son père et son frère admiraient tant ?

Bruin ouvrit brusquement les yeux. Le soleil s'étalait sur la fourrure qui recouvrait son lit, y allumant des reflets soyeux. Il y avait beau temps que les flammes s'étaient éteintes dans la cheminée et il faisait si froid que son souffle s'échappait en bouffées de givre. Le lit d'Eva était vide et les draps froissés, simplement rejetés par une main impatiente, gisaient sur le sol à côté de ses vêtements. Un mouvement du côté de la fenêtre attira son attention.

Elle était là, dans la lumière du matin qui, traîtreusement, révélait les formes gracieuses de son corps au travers de l'étoffe diaphane de la chemise.

Le désir le frappa au plexus, comme un coup venu de nulle part. Un instinct brutal de possession, d'une force primitive et dangereuse qui prit très vite la force irrésistible d'une tempête, s'empara de lui. Son esprit logique le rappelait à l'ordre, lui conseillant de détourner le regard, de fermer les yeux. Mais sa chair était faible, sans défense et prisonnière du sortilège que dégageait le corps de cette femme debout dans la lumière.

Inconsciente de son émoi, Eva se pencha sur la balustrade de pierre, le ventre collé à la pierre froide pour mieux voir le paysage de l'aube. Suivant son mouvement, sa chemise se colla à son corps, soulignant la courbe adorable de ses hanches, la longueur de ses jambes. La rondeur charnue de ses fesses tendit l'étoffe comme un fruit mûr.

Incapable de se maîtriser davantage, Bruin rejeta son drap et traversa la distance qui les séparait sur ses pieds nus, aussi silencieux qu'un chat sauvage. Absorbée par ses pensées, Eva n'entendait rien. Il marcha sur elle comme un mâle fouetté par le désir.

— Eva…

Elle sursauta en le sentant si proche, mais ne se retourna pas. Elle savait que sa chemise était transparente mais n'avait rien pris pour se couvrir, tant elle était pressée de quitter son lit. En lui tournant le dos, elle pourrait se protéger de son regard expérimenté. Elle ne put retenir un sursaut quand il posa ses deux mains sur ses hanches, ses pouces caressant sa peau au travers de l'étoffe. La chaleur qui se dégageait de Bruin la pénétra à son tour. Son souffle se raccourcit, malgré la légèreté de la caresse. Elle ne pouvait faire un geste, pas même s'écarter, comme si elle était une poupée de chiffon suspendue à un fil, tanguant et se balançant jusqu'à ce qu'il rompe.

Un soupir s'échappa de ses lèvres, un souffle de désir. Elle pria silencieusement : *Seigneur, pardonnez-moi.*

Et, se laissant aller en arrière, elle lui tomba dans les bras.

Refermant ses mains autour de la taille d'Eva avec

un gémissement, Bruin l'attira contre lui, son bas-ventre se pressant contre ses fesses. Une vague de volupté envahit Eva. Son corps fondit, se liquéfia, s'abandonna dans un tourbillon de sensations, dans un besoin âpre, primitif, d'être possédée. Les mains de son partenaire parcouraient son ventre, se posaient de nouveau sur sa taille, remontaient le long de son buste pour prendre ses seins à pleines mains, ses pouces taquinant ses mamelons dressés. Une ivresse s'empara d'elle, volatile et pénétrante à la fois. Sous les caresses de Bruin, son souffle s'accélérait, de jouissance et de peur à la fois. Où l'emmenait-il ? Dans quelle contrée d'allégresse et de perdition ? Elle n'aspirait plus qu'à lui appartenir. Chaque parcelle de son corps réclamait ce plaisir absolu.

Mais après ? Quand Bruin aurait pris ce qu'il avait envie de prendre, qu'adviendrait-il de leur relation ? Il la rejetterait, elle n'en doutait pas un instant. Il lui suffisait de se souvenir de son regard de dégoût quand il avait aperçu son corps dénudé par inadvertance. Non, pas question de revivre ce moment d'humiliation, de revoir son expression méprisante et ironique à la fois.

Elle saisit ses poignets, lui arracha les mains de son corps.

— Non, cria-t-elle d'une voix rauque. Non, Bruin. Je ne veux pas.

L'expression grave de son visage, presque tragique, atteignit Bruin, jusque-là sourd à tout ce qui n'était pas son désir. Il s'arrêta, malgré l'envie brutale, impérieuse qui exigeait de lui qu'il possède cette femme.

Son corps était si pressé contre celui d'Eva que le parfum de rose qui émanait d'elle devenait sien. Là où ses épais cheveux d'ébène se séparaient en deux tresses, de légers frisons de cheveux s'échappaient, si noirs sur sa peau claire. Elle tenait les deux poignets de Bruin de part et d'autre de son corps, comme si elle ne savait pas qu'en faire.

Si vulnérable, si innocente.

Qu'avait-il été sur le point de faire ? Avait-il été prêt, vraiment, à fouler aux pieds la pudeur de la jeune fille pour satisfaire ses besoins les plus primaires ? Tout cela ne serait pas arrivé s'il n'avait pas rencontré Eva. Son élan vital, éteint par la mort de Sophie, éclatait de nouveau à la vie. Et voilà comment il la récompensait ? En la traitant comme une putain ? Elle méritait mieux que cela. Un compagnon plus digne que lui pour connaître l'amour.

L'encolure de sa chemise de nuit, resserrée par un ruban blanc, dégageait largement ses épaules. Sa peau nue était crémeuse, douce et lisse comme du marbre, avec sur une épaule, l'étrange efflorescence de sa marque de naissance. Si Bruin n'avait pas marché par inadvertance sur sa chemise de nuit, cette nuit-là, alors il n'aurait jamais vu cette marque et n'aurait pas découvert l'identité d'Eva.

N'aurait-ce pas été préférable pour tous les deux ?

— Je suis navré, murmura-t-il. Je n'aurais pas dû faire cela.

En parlant, il sentait le sang taper dans ses veines, frustré, insatisfait.

Les mains d'Eva encerclaient les poignets de son compagnon comme des rubans de soie. Elle relâcha son emprise, et il recula dans la chambre. Devant elle, la vitre se brouillait. Son cœur meurtri semblait se défaire tandis qu'elle essayait de se ressaisir. Elle maudissait la peur qui lui avait fait demander grâce. Pourquoi n'avait-elle pas laissé Bruin poursuivre son initiation ? Pourquoi n'avait-elle pas saisi l'occasion, qui peut-être ne reviendrait pas, de connaître l'amour charnel ? Et, surtout, de lui appartenir ? Elle hésita un instant. Pouvait-elle vraiment autoriser un homme qui n'éprouvait aucun sentiment pour elle à prendre son innocence ? Était-elle à ce point fascinée par la prestance physique de Bruin qu'elle soit prête à s'abandonner ainsi et à perdre son honneur ?

Elle maugréa sourdement car elle connaissait la réponse et se détestait pour cela.

Oui. Si elle avait trouvé assez de courage en elle, alors, ce qu'elle désirait tant serait arrivé.

Bruin alla fouiller dans le coffre dressé au pied du lit et en extirpa une fine couverture de laine blanche qu'il mit sur les épaules d'Eva. Il garda ses mains posées sur ses épaules frémissantes.

— Pardonnez-moi, Eva. Je vous en prie. J'avais promis de vous respecter et j'ai failli.

Sa voix était sourde, tandis qu'il parlait à la tête baissée de son interlocutrice. Inhabituellement hésitante. Il avait les yeux brillants, les pupilles à ce point dilatées qu'on ne voyait plus la couleur de l'iris.

Surprise par la tendresse contenue dans sa voix, Eva pivota sur elle-même.

— Ce n'était pas votre faute, Bruin.

Elle hésita un instant. Pouvait-elle lui dire la vérité ?

— Je… Je vous ai demandé d'arrêter parce que j'avais peur.

Les mots étaient sortis dans un chuchotement.

Le regard brillant de Bruin parcourut son visage. Que voulait-elle dire ? Qu'elle était prête à se donner à lui si la peur ne l'avait pas retenue ? Les murs qui enserraient son cœur se désagrégèrent, comme s'ils n'avaient été que poussière balayée par la brise.

— Peur de moi ? s'enquit-il d'une voix douce.

— Non. Peur de ce qui pouvait arriver.

Ses joues étaient rouges. Elle écrasa un poing sur sa bouche, comme effarée par les mots qui pouvaient en sortir. Cet homme ne pouvait pas vouloir connaître ses sentiments, pour l'amour du ciel ! Il ne tenait même pas à elle, d'aucune façon. Et jamais elle n'avait abordé ce genre de conversation, encore moins avec un homme !

— Je n'aurais pas laissé les choses aller aussi loin, déclara Bruin.

Il espérait la rassurer par ces paroles. Il cherchait à la convaincre qu'elle pouvait vraiment se fier à lui. Mais, le regard posé sur une fissure dans la pierre du mur, derrière la tête de la jeune fille, il eut la conviction qu'il se mentait à lui-même.

Ces mots firent à Eva l'effet d'un seau d'eau froide. Elle recula de quelques pas, surprise et choquée. Une vague de honte la submergea, une terrible sensation de malaise. Ainsi Bruin l'avait manipulée depuis le début ? Parfaitement maître de ses émotions, il jouait avec son corps tandis qu'elle s'abandonnait à des sensations nouvelles, à des émotions qui la bouleversaient. Et, sous ses doigts expérimentés, son propre corps l'avait trahie. Il n'avait jamais eu l'intention de vivre avec elle quelque chose d'important. Alors qu'elle, avec sa naïveté et sa bêtise, s'était imaginé… Oh ! Dieu. Elle pressa son poing sur sa bouche.

Et il était là, devant elle, essayant de se persuader qu'il n'était pour rien dans cette affaire.

Eva cherchait désespérément quelque chose à dire.

— Je suis heureuse de vous l'entendre dire !

La frustration transperçait sous l'indignation sarcastique.

Resserrant la couverture sur ses épaules, elle se redressa fièrement.

— Il faut que je m'habille, dit-elle avec une politesse un peu forcée.

Elle était bien décidée à garder désormais ses distancces. Se dirigeant vers la pile de vêtements qui gisaient sur le tapis, elle conclut :

— Veuillez me laisser, je vous prie.

Bruin secoua la tête, médusé. Les paroles supposées apaiser la jeune fille n'avaient fait que l'irriter davantage. Bien sûr, puisqu'il lui avait manqué de respect, il méritait sa froideur. Mais la manière dont Eva s'était abandonnée dans ses bras – il en frémissait encore en y pensant — était celle d'une femme amoureuse. Ou, du moins, avide de ses caresses.

Mais c'était mieux ainsi, finalement. Autant qu'Eva le considère avec froideur et mépris. C'était le meilleur moyen pour elle de se protéger.

La blessure que Bruin avait reçue à la mort de Sophie était trop profonde. Elle aurait pu éteindre la joie de vivre d'Eva.

Et il n'aurait voulu cela pour rien au monde. Cette joie de vivre était une force merveilleuse, grâce à laquelle Eva l'avait sauvé, lui, du désespoir.

Chapitre 14

Tandis qu'ils chevauchaient sur la route de Deorham, d'épais nuages d'un blanc mat s'amassèrent dans le ciel en un tapis compact qui cacha bientôt le soleil. Une neige lourde tombait maintenant en larges flocons que le vent rabattait sans relâche sur le visage d'Eva. Elle se recroquevilla davantage dans sa houppelande, la capuche bien tirée sur son front.

Ils chevauchaient depuis si longtemps que ses pieds lui semblaient deux poids morts au bout de ses jambes. Sous la morsure du froid, sa blessure au mollet était redevenue douloureuse et la peau à vif frottait sous la laine rugueuse de ses bas.

Bruin ne s'arrêtait jamais. Depuis leur départ de Goodric Castle, il avançait en tête, pressant sans cesse les flancs de son cheval pour accélérer l'allure, sans demander l'avis de sa compagne. Même après plusieurs heures, il ne manifestait aucun signe de fatigue. Pour ce voyage, il n'avait même pas pris la précaution de relier la jument d'Eva à son cheval. La tentation de piquer des deux et de s'enfuir avait bien effleuré Eva, mais elle avait vite compris que c'était inutile. Il aurait tôt fait de la rattraper. Depuis le début de leur chevauchée, c'est à peine s'ils avaient échangé une douzaine de mots, et encore ne s'agissait-il que d'ordres brefs, comme il l'aurait fait avec un vulgaire fantassin.

Mais cela n'avait rien de surprenant. Après l'humiliant épisode qui avait eu pour cadre leur chambre à coucher à Goodric Castle, elle ne s'attendait de sa part à rien d'autre. « Je n'aurais pas laissé les choses aller aussi loin. »

Ces mots étaient gravés dans la mémoire d'Eva au fer rouge. Et ils avaient suffi pour réduire son cœur en une misérable bouillie. Il était évidemment expérimenté dans les choses de l'amour, du fait de son statut de guerrier et de flibustier. Elle non, et elle avait eu la naïveté de lui dévoiler le désir qu'elle avait de lui. Elle se tassa sur sa selle, mortifiée. Quel gâchis ! Nul doute qu'il ne fût impatient de se débarrasser d'elle. Plus vite il aurait satisfait les dernières volontés de son frère mourant, plus vite il pourrait rejoindre l'armée du roi. À la minute même où elle se retrouverait confrontée à Lord Steffen, leurs chemins se sépareraient. Bruin aurait accompli sa mission et l'abandonnerait à son sort sans un regard en arrière.

Eva ravala le regret et la tristesse qui lui obstruaient la gorge. S'apitoyer sur elle-même ne la mènerait à rien. Autant affronter la réalité. Bruin allait partir et elle se retrouverait seule, comme avant.

Ils suivaient maintenant le sentier longeant la rivière vers le sud. La neige mêlée à la boue formait un bourbier qui contraignait les chevaux à ralentir l'allure. Un peu plus loin, là où le cours de la rivière se resserrait, une lourde chaîne de fer était tendue entre les deux rives. Un bateau à fond plat les attendait, tanguant et cognant doucement contre la berge, pour les mener de l'autre côté, où se trouvait Deorham. Eva leva les yeux vers le promontoire rocheux sur lequel se dressait le château dont on ne percevait que les deux tours au milieu des arbres dénudés. Une peur glacée, tranchante comme une lame, la traversa soudain. Là-haut, dans l'une de ces chambres, Lord Steffen l'attendait, comme une araignée surveille sa proie, tapie au centre de sa toile. Peut-être même était-il en train de guetter leur arrivée, dissimulé derrière les tentures d'une fenêtre.

Elle ne put réprimer un long frisson.

Le marinier les attendait, assis sur un rocher, enfoncé dans une large cape, un bonnet de laine à oreilles dissimulant à demi sa figure maussade. Il devait attendre depuis un certain temps car la neige soulignait ses épaules d'une épaisse ligne blanche. Il se mit lentement sur ses pieds à leur approche, comme pour ménager ses articulations douloureuses. Bruin mit pied à terre et alla lui parler en lui plaçant quelques pièces dans la main. Une brise ébouriffa la surface de la rivière, envoyant quelques vaguelettes s'écraser doucement sur la rive, au milieu des roseaux.

— Cet homme va nous faire traverser, annonça-t-il, revenant vers Eva pour lui prendre les rênes des mains.

Pour une fois, il avait fait une concession au mauvais temps et sorti son manteau de voyage, un manteau mi-long de couleur bleue, affreusement chiffonné, et d'où dépassait l'extrémité de son glaive.

— Nous y sommes presque, voulut-il la rassurer en faisant monter leurs deux chevaux sur l'embarcation.

Puis, une fois les montures embarquées, leurs sabots résonnant comme des tambours sur les planches, il mit les chevaux à l'attache.

— Nous n'en avons pas pour longtemps, annonça-t-il à Eva. Préférez-vous mettre pied à terre ?

L'une des agrafes qui refermaient ses gants s'était ouverte et on apercevait sa peau bronzée, le départ de son pouce dans l'ouverture. Eva détourna le regard avec un bref signe de tête. Les muscles raidis par le froid, elle se laissa prendre par la taille et poser sur le pont. Il était inutile de manifester la moindre résistance, elle l'avait compris maintenant. Si Bruin de Valkenborg avait décidé de la traiter comme un objet, il le ferait. Et, de toute façon, il était parfaitement immunisé à son charme. Cela, elle l'avait compris.

Elle tapa des pieds pour les réchauffer et se frotta énergiquement les mains. Le bac s'éloignait déjà de la rive, tracté à la force des bras par le passeur en s'aidant de la chaîne suspendue au-dessus de l'eau bouillonnante. La transpiration faisait luire ses joues marquées de couperose.

— Pourquoi ne demande-t-il pas à ses passagers de faire cela ? suggéra Eva inopinément. Ce serait un bon moyen pour se réchauffer.

Bruin sourit, heureux de la voir d'humeur à plaisanter. Avec ses joues rosies par l'air vif, ses yeux qui reflétaient les mille nuances de gris de la rivière et du ciel, elle était plus ravissante que jamais. Et l'expression d'angoisse qui marquait son visage l'émut au point qu'il dut résister à l'envie de la réchauffer dans ses bras.

— Nous allons bientôt pouvoir nous réchauffer devant un grand feu.

Elle le regarda dans les yeux.

— Vous, peut-être. Mais, pour ce qui me concerne, Lord Steffen va probablement me jeter dans une oubliette aussitôt qu'il m'aura devant lui.

Les yeux de Bruin lancèrent un éclair minéral. On aurait dit deux disques d'argent.

— Non, je vous l'ai dit. Il est alité et incapable de se déplacer. Même s'il le voulait, il ne pourrait pas le faire.

— Il peut parler, je suppose ? rétorqua Eva d'un ton vif tandis que l'embarcation heurtait la rive opposée en raclant sa coque sur le fond boueux. Il lui suffira de donner des ordres.

— Je ne le laisserai pas faire.

La voix de Bruin était ferme, le pli de sa bouche

décidé. Pourtant, le germe du doute avait grandi au fond de lui. Tout ce qu'Eva avait dit sur Steffen correspondait au jeune homme qu'il avait retrouvé en rentrant chez lui, dans les Flandres. Son arrogance de jeune mâle, le regard concupiscent et sûr de lui qu'il avait jeté sur Sophie quand il était venu la présenter à ses parents. Le sentiment que son frère était plus que jamais décidé à tout détruire, à tout gâcher. Même et surtout ce qui ressemblait à du bonheur.

— J'aimerais en être aussi sûre que vous, répliqua Eva, dont le visage avait soudain pâli.

Le marinier amarra le bac à un pieu et, toujours aussi peu loquace, leur fit signe de la tête qu'ils pouvaient débarquer. Se tournant vers sa compagne, il lui présenta ses mains croisées en guise de montoir et, prenant appui sur une de ses épaules, Eva se mit promptement en selle. Il ne put s'empêcher d'admirer sa manière de se tenir à cheval, avec une grâce et une élégance de grande dame, les plis de son manteau bien agencés sur la croupe de sa monture.

— Votre jambe vous fait-elle souffrir ? s'enquit-il. Cela va-t-il en s'améliorant ?

— Cela va nettement mieux, merci.

Rassemblant ses rênes dans sa main droite, elle flatta de la main gauche l'encolure de sa jument.

Pourtant, Bruin insistait, tout en se mettant en selle à son tour.

Le fier animal manifesta son mécontentement en grattant les planches du pont d'un sabot impatient. Bruin le fit aller de l'avant d'un clappement de langue.

— Pas d'infection autour des plaies ? Pas de rougeur suspecte ?

Une agréable chaleur envahit Eva devant tant de sollicitude. Elle s'agita sur sa selle, mal à l'aise. En s'intéressant à sa santé, Bruin rendait les choses plus difficiles. Il vaudrait bien mieux qu'il l'ignore complètement.

— Tout va bien, Bruin, je vous assure.

Et elle disait vrai. Ses plaies commençaient à se refermer. Il n'y avait aucune trace d'infection.

Il ignora la vivacité de son ton.

— Je souhaite juste m'assurer que vous vous soignez correctement.

Le cœur d'Eva fut étreint d'une émotion qu'elle s'empressa de refouler.

— Pourquoi ? rétorqua-t-elle d'un ton acerbe. Craignez-vous que je périsse d'infection généralisée sous vos yeux avant que vous n'ayez pu m'exhiber devant votre cher frère ?

— J'aimerais autant l'éviter, en effet, répondit-il du tac au tac, une expression amusée teintant fugitivement son regard.

Une vague de tendresse fit irruption en lui, qui ne le surprit pas. Eva ne pouvait savoir combien il s'était inquiété pour elle, ces derniers jours. Et, surtout, comment il avait senti naître en lui des sentiments inattendus, qui lui avaient rendu sa dimension d'être humain.

Et maintenant, alors qu'il avait rempli sa mission, il avait l'impression de la trahir.

De la faire entrer dans la cage au fauve.

— Et sommes-nous toujours supposés être mariés ? s'enquit Eva en se penchant sur l'encolure de sa jument pour ajuster sa bride. Il n'est peut-être pas inutile que je le sache avant notre arrivée.

Cette fois, son ton était franchement moqueur.

Que serait une vie passée à ses côtés ? se surprit-il à se demander. D'ordinaire, la moindre allusion au mariage conjurait des images de Sophie, rieuse et pleine de vie, et de la tragédie qui avait frappé la jeune femme.

Et de son immense sentiment de culpabilité.

Mais avec Eva, c'était différent. La jeune fille était une bonne compagne, intelligente, volontaire et fière. Bref, son égale. Et, surtout, elle était plus que cela. Outre sa beauté, elle avait beaucoup de charme, un corps souple et une peau douce comme de la soie. Après ce qui était arrivé à Sophie, il avait éliminé de ses projets toute éventualité de passer sa vie avec quelqu'un. Mais maintenant ?

— Ce serait mieux pour vous, murmura-t-il. Cela vous protégerait.

En même temps qu'il disait cela, il chassait énergiquement l'image de son esprit. Un homme et une femme avançant main dans la main, unis devant Dieu par les liens du mariage. C'était un rêve stupide et vain, qu'il ferait mieux d'oublier au plus vite. L'âme sombre et mélancolique qui était la sienne aurait tôt fait de dévorer la personnalité lumineuse d'Eva. Et il ne voulait pas être responsable de cela.

Elle avait mieux à faire que d'épouser quelqu'un comme lui.

Il s'aperçut qu'Eva le regardait d'un air à la fois résigné et combatif.

— Vraiment ? demanda-t-elle en le provoquant du regard. J'ai du mal à croire que quoi que ce soit puisse me protéger ici. Même pas vous.

Et son ton résonnait de manière terriblement définitive.

— À qui appartient ce château ?

La voix claire d'Eva résonna dans l'entrée voûtée de la poterne tandis qu'ils la franchissaient pour pénétrer dans la première cour. Le garde, qui avait immédiatement reconnu Bruin, s'était empressé de lever la herse et leur avait fait signe de passer. Ils émergèrent dans la cour déserte, entourée de hauts remparts soulignés de neige.

Par endroits, créneaux et batteries disparaissaient sous de lourds monticules neigeux.

— À Lord Fitz Osbern[1], répondit enfin Bruin en sautant de son cheval dont il jeta les rênes au jeune lad qui, plein de zèle, venait de surgir des écuries voisines. Mais, pour l'heure, il est absent. Il se bat quelque part dans le nord avec l'armée du roi.

— Encore un partisan d'Édouard, commenta Eva d'un ton amer en descendant à son tour de sa monture. Ce château n'appartenait-il pas à Gilbert de Clare[2] ?

Bruin la rejoignit, son manteau claquant dans le vent.

— Je n'en ai aucune idée. Je ne suis pas depuis assez longtemps dans ce pays pour en connaître l'histoire de manière détaillée. Mais Fitz Osbern a accepté d'héberger mon frère pour les derniers jours de sa vie, et, à ce titre, je lui suis infiniment reconnaissant.

Elle haussa les épaules, indifférente aux yeux qui pouvaient les épier.

— Le roi confisque terres et châteaux à tous ceux qui osent s'opposer à ses lois. Et pourtant l'opposition est le plus souvent justifiée. Le roi se comporte comme

1. Son ancêtre, Guillaume Fitz Osbern, de descendance normande, a joué un rôle décisif dans la conquête de la Normandie, puis de l'Angleterre par Guillaume le Bâtard, qui deviendra Guillaume le Conquérant. Dans la bataille décisive de Hastings, en 1066, il commande l'aile droite de l'armée normande. Il sera bien sûr généreusement récompensé, en particulier par de riches domaines comme celui qui est évoqué ici.

2. Gilbert de Clare (1243-1295), 7e comte de Gloucester, est l'un des protagonistes éminents de la seconde guerre des Barons dans les Marches du pays de Galles. Allié de Simon de Montfort contre Henry III, puis devenu son ennemi, il sera l'un des premiers à reconnaître pour roi d'Angleterre Guillaume Ier. De nombreux conflits l'opposent à ses pairs et il sera destitué à plusieurs reprises de ses biens.

un tyran qui laisse la bride sur le cou à ses barons à condition qu'ils partagent leurs rapines avec lui…

— Chut ! Eva, vous ne pouvez pas parler comme cela. Pas ici.

La prenant par le coude, Bruin la conduisit vers l'entrée principale de l'édifice. Au haut de quelques marches, une lourde porte se dressait, renforcée en diagonale de poutres cloutées de fer.

— Nous pourrons discuter de l'état du royaume plus tard, acheva-t-il entre ses dents. Mais, pour l'heure, nous devons voir Steffen. S'il est encore vivant.

Ils traversèrent un grand hall sombre, puis, franchissant une arche de pierre occultée par une tenture de laine, débouchèrent devant un large escalier en spirale. Quand Eva vit son compagnon l'emprunter pour gagner l'étage supérieur, le courage lui manqua. Elle se sentait prise au piège, comme un animal aux abois. L'envie la prit de se coller contre le mur, les yeux fermés, et de ne plus bouger. Mais Bruin, qui la tenait fermement par la main, l'entraînait dans son sillage.

— N'y a-t-il pas quelque part un serviteur pour nous introduire ? haleta-t-elle, tandis qu'il accélérait l'allure. Nous ne pouvons tout de même pas faire irruption dans un appartement privé sans avoir été annoncés ? À part le petit lad et le garde de la poterne, personne ne sait que nous sommes ici.

— Mais il n'y a personne non plus pour s'y intéresser, expliqua Bruin. Mon frère réside seul ici, avec quelques serviteurs. Tous les autres sont au service du roi.

— Même les dames ?

Bruin s'arrêta. Une étroite meurtrière laissait pénétrer dans la tour un pâle rayon de lumière qui dessinait des marques géométriques sur les marches.

— Hugh Fitz Osbern ne s'est jamais marié. Il n'y a pas de dames à Deorham.

Il ajouta, pressant la main d'Eva de sa main gantée :

— Je sais ce que vous éprouvez, Eva. Mais plus vite nous en aurons fini, mieux ce sera. Vous serez enfin libérée de mon frère…

Il eut un rire bref et conclut :

— Et de moi. Voici un argument de nature à vous motiver, n'est-ce pas ?

Une grande tristesse envahit Eva. Un sentiment de perte irrémédiable. Soulevant ses jupes, elle se laissa porter jusqu'en haut des marches et le suivit, la tête basse, le long du couloir qui desservait les chambres. Bruin frappa d'un coup bref et incisif sur la première. Pas de réponse. Le cœur d'Eva battait à se rompre, faisant résonner son crâne de ses coups erratiques. Un rugissement lui emplissait les oreilles, et elle se sentait sur le point de s'évanouir.

— Peut-être que…, commença-t-elle, hésitante.

Bruin lui coupa la parole, sûr de lui.

— Il s'agit de la chambre de Steffen.

Il frappa encore, plus fort, cette fois. Le battant s'entrouvrit avec un faible grincement.

La pièce était petite. Le lit était fait, les draps bien lisses et la courtepointe au carré. Les coussins bien nets démentaient la présence récente d'un dormeur. Une fenêtre entrebâillée par où s'engouffraient quelques flocons permettait à l'air de se renouveler. Dans la cheminée, les braises étaient grises et froides. Contre le mur, un coffre en bois d'aulne, décoré d'élégants motifs, supportait un broc et une cuvette de terre cuite.

La pièce était parfaitement vide.

— Trop tard.

Bruin se passa la main dans les cheveux dans un geste d'impuissance. Puis, libérant Eva, il pénétra dans la chambre, l'air désorienté.

— Il n'est plus là, constata-t-il la bouche contractée.

Eva se laissa aller contre le chambranle, soudain vidée de toute son énergie. Un immense sentiment de soulagement était là, sur le point de prendre possession d'elle. Steffen était mort. À quoi bon chercher des paroles de condoléances. Venant d'elle, il n'y croirait pas.

Il y eut un mouvement dans son dos. Elle se retourna. Un serviteur se tenait dans la pénombre, dansant d'un pied sur l'autre. Il la salua avec déférence, sans rien dire. Il avait la peau luisante et de petits yeux noirs. Son crâne chauve brillait comme un galet.

— Mi... milady ? s'enquit-il en bégayant. Puis-je vous être utile à quelque chose ?

— Oh ! dit-elle surprise. Je... J'accompagne Lord Bruin de Valkenborg... Le frère de Lord Steffen, chuchota-t-elle en montrant d'un geste vague l'intérieur de la chambre.

— Quand cela est-il arrivé ? demanda Bruin, reconnaissant le domestique de Steffen.

Dans son élan, il heurta Eva de sa poitrine, son large corps emplissant tout l'espace. Eva se sentait prise au piège, coincée entre lui et le serviteur. Elle dut faire effort pour ne pas s'abandonner contre le corps de Bruin, si soulagée de ce qu'elle venait d'apprendre qu'elle avait l'impression délicieuse de ne peser plus rien. De renaître à la vie. Steffen était mort. Les chaînes du passé se dénouaient. Les lacets qui l'empêchaient de respirer venaient de tomber d'eux-mêmes.

L'homme salua Bruin, l'air perplexe.

— Je vous demande pardon, messire ?

— Quand cela est-il arrivé ? répéta Bruin d'une voix calme. Quand messire Steffen est-il mort ?

Un muscle bougeait nerveusement sur sa mâchoire, seul signe de sa nervosité. Il attendait tranquillement la réponse du domestique.

— Grand Dieu ! Lord Steffen n'est pas mort, messire.

Il est en parfaite santé et pour l'heure, très occupé à tirer quelques flèches de son arc dans les douves.

Les mots se plantèrent dans la cervelle d'Eva comme dans une cible. Elle cherchait désespérément un sens à ce qu'elle venait d'entendre. Vivant ? Steffen était vivant ? Un voile rouge lui obscurcit la vue, ses jambes lui manquèrent et elle vacilla, heurtant de l'épaule le montant de la porte.

— Non, murmura-t-elle, ce n'est pas possible. Bruin, ne disiez-vous pas qu'il était… mourant ?

Lui passant un bras autour de la taille, Bruin la retint contre lui. Elle leva des yeux pleins de larmes.

— Oh ! Bruin… Comment avez-vous pu me faire ça ?

S'arrachant à l'étreinte de son compagnon, elle s'élança dans le couloir d'une démarche mal assurée.

— « Faites-moi confiance », disiez-vous, hoquetait-elle entre deux sanglots tout en s'éloignant. « Steffen est sur son lit de mort… Et je suis là. Je vous protégerai. » Quelle farce grotesque !

La rattrapant en deux enjambées, Bruin l'emprisonna dans ses bras.

— Calmez-vous, Eva. Je vous ai dit la vérité. Je vous le jure. Steffen était alité, avec une grave blessure à la tête. Je l'ai vu de mes propres yeux, là, dans ce lit.

— C'est la vérité, *mistress*, s'empressa d'intervenir le serviteur, désireux de bien faire. Lord Steffen a été blessé à la bataille de Burton Bridge. Mais ce n'était pas aussi important que les médecins l'avaient cru.

Eva sentit une rage folle monter en elle.

— Alors, il vous a trompé, cracha-t-elle, les yeux pleins d'éclairs. Il a exagéré la gravité de son état pour vous apitoyer et obtenir de vous ce qu'il voulait. C'est-à-dire, moi.

Elle secoua la tête, éperdue. La moindre parcelle de

son corps, chaque tendon, chaque muscle était si tendu qu'elle en avait mal.

— Je suis perdue, conclut-elle en se prenant la tête entre les mains.

— S'il avait vraiment voulu m'abuser, ne croyez-vous pas que je m'en serais aperçu, protesta Bruin, le cœur serré devant tant de désespoir.

Le corps d'Eva tremblant de peur et de colère, l'expression désespérée du beau regard turquoise lui lacéraient le cœur. Mais, tandis qu'il prononçait ces paroles, il était assailli par le doute. Steffen était parfaitement capable de ce genre de comédie. Et lui-même, Bruin, était bien trop pris par ses propres soucis pour avoir pu détecter la manipulation.

Eva haussa les épaules.

— Votre frère est d'une intelligence diabolique, Bruin. Et il est difficilement prévisible. C'est vous-même qui me l'avez dit.

Bruin sentait le corps mince de sa compagne, fragile et vigoureux à la fois, vibrer dans ses bras.

Il soupira.

— Inutile de tarder, Eva. Allons le rejoindre. Il nous doit des explications.

Eva se redressa, toutes griffes dehors, comme une jeune tigresse.

— Non, Bruin. Si Steffen se sent mieux, il n'a pas besoin que je lui pardonne ses fautes. Je suis libre de m'en aller.

— Préférez-vous vivre dans la peur toute votre vie ?

Elle repoussa fermement les bras de Bruin, qui se resserraient autour d'elle.

— Bruin… Il y a quelque chose que je ne vous ai pas dit.

Il haussa les sourcils, le regard aigu, s'attendant visiblement au pire.

— Au point où nous en sommes…

— J'ai encore en ma possession un objet que Steffen convoite plus que tout. Et je vous garantis bien qu'il ne s'agit pas de mon pardon pour ses péchés.

Le regard de Bruin se posa sur le serviteur qui s'était éloigné et attendait respectueusement l'extrémité du couloir.

— Eva, si c'est encore une de vos fables…

— Non, je vous le jure. Votre frère me gardait prisonnière dans le but de me prendre tout ce que je possédais. Mais j'ai pu lui cacher l'existence d'un objet de grande valeur. Un objet si précieux qu'il peut me permettre de vivre sans soucis jusqu'à la fin de mes jours.

— Et quel est-il ? s'enquit Bruin, si étonné que son anglais en était devenu presque incompréhensible.

Un bruit de bottes claquant dans le couloir leur fit tourner la tête. Le visage du domestique arborait maintenant une expression désagréablement obséquieuse. Un homme de grande taille et de forte carrure se dirigeait vers eux en retirant ses gants avec de grands gestes démonstratifs. Son visage haut en couleur, ses cheveux blond-roux allumant sur sa tête une couronne de flammes, tout indiquait en lui le frère jumeau de Bruin.

Lord Steffen.

— Te voilà donc de retour, vieux frère !

Marchant droit sur Bruin, il lui administra une large claque sur l'épaule.

— Bon travail, mon cher, dit-il en jetant de côté à Eva un sourire sinueux. Tu as réussi à sortir l'oiseau du nid.

Il ajouta à l'intention d'Eva, dont le visage pétrifié n'avait plus de vivant que le regard :

— Alors, gente damoiselle, pouvons-nous savoir où il vous a dénichée ? C'est un tel plaisir de vous revoir…

Chapitre 15

Eva, les paupières palpitantes pour échapper au regard de son tourmenteur, ne répondait pas. Elle sentit Bruin resserrer son étreinte. Des frissons glacés couraient le long de sa colonne vertébrale.

Steffen l'accablait de ses bonnes grâces et de sa jovialité, en totale opposition au geôlier cruel qui l'avait tenue enfermée. Il ne fallait pas que Bruin soit trompé par cette comédie. Elle devait l'inciter à la méfiance. Mais la terreur la paralysait. C'était tout juste si elle pouvait tenir debout.

À son grand désespoir, Bruin, à son tour, salua Steffen d'une tape amicale sur l'épaule.

— Heureux de te voir sur tes deux jambes, mon frère. La dernière fois que nous nous sommes rencontrés, j'ai bien cru que ta dernière heure était arrivée.

L'estomac d'Eva se contracta. Bruin avait-il basculé dans le camp ennemi ? L'avait-elle perdu pour toujours ? À moins qu'elle ne se soit abusée elle-même sur son soutien ?

— Moi aussi, mon cher frère. Moi aussi, acquiesça Steffen sans quitter Eva des yeux. Bon ! dit-il en tapant dans ses mains, que diriez-vous de manger un morceau ?

Il ajouta à l'intention d'Eva :

— J'ai hâte d'avoir une petite conversation avec vous, milady. Et rien de tel qu'une pièce de gigot arrosée de quelques gobelets d'hydromel pour détendre l'atmosphère. Nous serons mieux en bas qu'ici, dans les courants d'air.

Bruin retint Eva d'une main sur le bras.

— Nous te rejoignons tout de suite, Steffen. Je dois discuter de quelque chose avec Eva.

Steffen fronça les sourcils, visiblement contrarié.

— Comme il vous plaira. Vous pouvez disposer de ma chambre. Installez-vous à votre aise. Mais ne tardez pas. Je souhaite retourner au tir à l'arc avant que le soir tombe.

Il sourit, son regard d'aigle posé sur Eva, puis rebroussa chemin dans le large couloir, son domestique sur les talons.

Bruin entraîna Eva dans la chambre et referma la porte sur eux. Laissant retomber son bras, il étudia le visage pâle, à l'expression anxieuse, remarqua le pouls rapide qui battait à la base de son cou. Les yeux d'Eva n'étaient plus que deux grands puits de lumière turquoise traversés de flèches d'or.

— De quoi s'agissait-il, Eva ? Qu'étiez-vous sur le point de me dire quand Steffen a fait irruption ?

Elle soutint son regard, sans cacher sa déception. Il l'avait trahie, elle le sentait dans tout son corps. Il avait déserté leur cause. À l'endroit où il avait posé sa main sur son bras, elle éprouvait maintenant une sensation de froid, d'abandon.

— Vous avez accueilli cet homme, ce monstre, comme un vieil ami, perdu de vue depuis longtemps. Je croyais que vous étiez de mon côté…

Sa voix s'éteignit misérablement.

Bruin croisa les bras, froissant les lions brodés sur sa tunique.

— Je suis votre allié, Eva, je vous l'ai dit. Je ne fais pas plus confiance à mon frère que vous. Mais je crois que nous devons lui donner une chance de s'amender.

Elle croisa ses mains, entremêlant nerveusement ses doigts les uns aux autres. Elle était si lasse que sa nuque l'élançait douloureusement.

— Comment puis-je être sûre que vous n'êtes pas complice de Steffen ? Que vous ne me mentez pas ?

Bruin ne put retenir un petit rire amer. Il songeait au nombre de fois où, quand ils étaient gamins, son frère avait desserré la sangle de son cheval pour le faire tomber avant la leçon d'équitation ou caché son armure au moment de l'entraînement. Combien Steffen lui avait voué de rancune quand il avait commencé à l'emporter sur le terrain ou dans les tournois, tant en force qu'en agilité et en hardiesse.

— Vous ne pouvez avoir aucune certitude. Mais, quoi qu'il en soit, vous n'avez pas le choix, Eva. Steffen aurait toujours trouvé quelqu'un pour vous ramener à lui.

Il la dévisageait tranquillement, le gris iridescent de ses yeux se consumant doucement, comme la braise du charbon à demi éteinte. Elle soutint son regard, se disant par-devers elle : *Dans ce cas, je suis contente que ce soit vous.*

Mais cela, il ne le saurait pas.

— Et puis, qu'avais-je à gagner en vous ramenant ici ? Je voulais seulement honorer les derniers vœux d'un mourant. Mais maintenant que je sais ce qu'il vous a fait, je vous protégerai de lui, Eva. Comme je vous l'ai promis. Mais il faut en finir avec cette histoire et tirer les choses au clair. Sinon, il vous harcèlera jusqu'à la fin des temps.

Elle ferma un instant les yeux, la main sur le front.

— Oui, je le sais bien…, murmura-t-elle.

Ses doigts frémirent.

— Mais le revoir de nouveau. Devoir s'entretenir avec lui… Grand Dieu… !

— Tant que je serai à vos côtés, il ne vous touchera pas.

Elle vacilla de nouveau et respira à fond. Il lui fallait retrouver sa force intérieure, le bel équilibre dont elle avait toujours su faire preuve.

— Ce que votre frère veut par-dessus tout, c'est… un rubis.

Bruin, la tête penchée de côté, écoutait avec attention. Attendant qu'elle s'explique.

— Il s'agit d'une pierre précieuse d'une exceptionnelle qualité qui est dans la famille de ma mère depuis des générations. Toujours transmise de femme en femme, comme une sorte de viatique qui leur permettrait, si le besoin s'en faisait sentir, de s'assumer leur vie durant.

Elle conclut, le regard levé vers son interlocuteur :

— C'est la seule chose qu'il me reste d'elle.

Bruin lui prit la main, ses doigts se mêlèrent aux siens, serrant très fort.

— Alors, nous devons tout faire pour qu'il ne mette pas la main dessus, dit-il avec détermination.

La soupe se figeait lentement au fond de leurs écuelles. À sa surface, des grumeaux de graisse gelée flottaient. Steffen n'avait pas exagéré en leur disant que leur repas serait froid. Et non seulement froid, mais avarié. Les tranches de pain empilées dans une corbeille de vannerie montraient des taches de moisissure et la viande, quoique cuite, sentait le faisandé. Mais Eva s'en souciait peu car, bien que Steffen soit assis en face d'elle, les mots prononcés par Bruin avant qu'ils ne quittent la chambre lui avaient redonné force et espérance.

Il l'avait dit. Il était son allié.

— Je dois m'excuser pour la nourriture, déclara Steffen d'un ton qui montrait qu'il n'y attachait aucune importance. Hugh Fitz Osbern a emmené au combat tous ses gens, y compris son cuisinier. À notre grand désavantage, je dois le reconnaître. La cuisine n'a jamais été le fort de Simon.

Simon étant sans nul doute le serviteur docile et effacé qui circulait maintenant autour d'eux, avec l'air à la fois compassé et gêné de qui sait bien qu'il traite fort mal ses hôtes.

Ils étaient seuls dans la grande salle. Le feu était éteint, la température glaciale, et l'air humide, chargé d'une odeur de charbon éteint, collait à la peau. Une lumière blafarde passait par la grande verrière, éclairant la tablée d'une clarté lugubre. Les yeux de Steffen, brillants comme deux lampes, ne quittaient pas Eva.

— Veuillez excuser mon manque de courtoisie, milady. Souhaitez-vous qu'on vous débarrasse de votre manteau ?

— Je crois que je vais le garder encore un peu.

Eva ne pouvait s'empêcher de comparer les deux frères. Les yeux de Steffen étaient d'un gris plus foncé, presque noir, qui faisait ressortir encore davantage la blancheur maladive de sa peau. Le visage de Bruin était tanné par le soleil et le vent, puissamment modelé sur une ossature bien dessinée, sa peau était saine, ses dents bien blanches et son regard vif et attentif à toute chose. Steffen paraissait au contraire vieilli avant l'âge, sa peau était flétrie, et l'ombre d'un double menton commençait à apparaître.

Bizarrement, Eva sentit sa peur reculer lentement, comme le reflux à marée basse.

Son hôte planta ses dents avec appétit dans le pain puis se mit à le mâcher avec un déplaisir visible.

— Vous faites bien. Il fait un froid glacial, dans ce château.

Jaillissant de sa bouche tandis qu'il parlait, des miettes de pain se répandaient sur sa cotte.

Il s'éclaircit la gorge.

— Savez-vous pourquoi j'ai demandé à Bruin d'aller vous chercher ?

Eva hocha la tête, le regard fixé sur la nappe. Une tache de vin déjà ancienne faisait une marque violette à droite de son assiette. Contrairement à ce qu'elle redoutait, cette confrontation avec Steffen était moins terrible qu'elle ne l'avait craint. Elle tirait de la présence paisible de Bruin de la force, et même du courage. Et bien que ce fût à cause de lui qu'elle se retrouvait là maintenant, en face de son ennemi, elle savait que Bruin avait eu raison de l'y contraindre. Elle devait affronter la peur que lui inspirait cet homme. Et lui donner sa véritable importance.

Steffen lança un bref coup d'œil à son frère, assis à côté d'Eva, pour s'assurer qu'il avait toute son attention, avant de s'adresser de nouveau à son invitée forcée.

— J'étais au plus mal, vous savez, commença-t-il en prenant des airs de victime. Le médecin était persuadé que j'allais mourir. Et tout le temps qu'a duré mon agonie, je pensais au mal que je vous avais fait. L'horrible manière dont je vous ai traitée. Aussi ai-je demandé à Bruin de vous retrouver pour obtenir votre pardon.

Eva leva les yeux de son écuelle, dont elle se sentait incapable d'avaler la moindre cuillerée, et regarda son interlocuteur bien en face. Son bras reposait sur la nappe, et elle jouait avec le pied de son gobelet d'étain. Les minuscules perles qui boutonnaient ses manches luisaient à la lueur des chandelles.

— Je suis curieuse de voir comment vous allez vous y prendre.

Son ton était sceptique et franchement décourageant Elle ne croyait pas un traître mot de ce qu'il venait de dire, et il fallait que Bruin constate de lui-même la malhonnêteté du comportement de Steffen. Il était temps qu'il voie son frère sous son vrai jour.

Steffen eut l'air un instant désarçonné. Il se racla bruyamment la gorge.

— Eh bien… Mais je vous demanderai pardon, naturellement.

— Vous me restituerez donc tout ce que vous m'avez pris.

Le visage de Steffen s'empourpra violemment.

— Je suis lieutenant du roi et en tant que tel…

Il dut intercepter le regard de Bruin car il se dépêcha d'avaler une gorgée de vin.

— Mais oui, cela me paraît évident, poursuivit Eva d'une voix faussement enjouée. Le château et les terres, ainsi qu'une bonne partie des métairies appartenaient à mon père par héritage. Le manoir venait de ma mère, faisant partie de sa dot.

Elle conclut en se croisant les bras :

— Nous n'avons rien oublié, je crois ?

Le sourire s'effaça du visage de Steffen et sa bouche prit un pli dur. Il jeta un coup d'œil à son frère.

— *Mistress* Striguil et moi avons à parler, ce me semble, dit-il, une inflexion menaçante dans la voix. Assister à une telle conversation t'ennuierait à mourir. Si tu veux te réchauffer, il y a un bon feu dans la cuisine. Et même un tonnelet de bière déjà percé.

— Je reste, déclara Bruin en se carrant sur sa chaise.

Et, pour ponctuer ses propos, il étendit ses longues jambes sous la table.

— Je te dis que cela va t'ennuyer, mon frère. Lady Striguil et moi devons régler certaines affaires pendantes. Je préférerais que tu nous laisses.

— Et moi, j'ai décidé que je restais ici. Cette dame n'a aucun secret pour moi.

Excepté un, songea Eva, les nerfs à vif. Elle tenait beaucoup trop à lui pour son bien et il ne fallait pas qu'il le sache.

Steffen souffla furieusement par les narines.

— Qui donc t'a déclaré chevalier servant de cette dame, tout soudain ?

Puis, contre toute attente, il céda brusquement.

— Reste si tu y tiens. Mais prends garde. Ce que tu vas entendre risque de changer de manière bien dommageable l'opinion que tu as d'elle.

Se retournant vers Eva, il reprit d'un ton qui avait perdu toute son aménité :

— Maintenant, écoutez-moi, ma petite. Votre père et votre frère étaient des barons félons. C'est donc sur l'ordre exprès du roi que j'ai confisqué vos terres. C'est à lui de décider si oui ou non il veut vous les restituer. Je n'ai rien gardé en propre. Navré que vous ayez été mêlée à tout cela.

— Et vous croyez que je vais gober pareils mensonges ? s'écria Eva, emportée par la colère. Que je vais croire à vos commisérations ? Pensez-vous que j'ai déjà oublié que vous avez tenu ma main au-dessus du feu jusqu'à ce que, folle de douleur, je finisse par accepter de signer ? Que vous m'avez enfermée dans une chambre au pain et à l'eau pendant des jours jusqu'à ce que je cède ?

Steffen se laissa aller contre son dossier, un sourire faussement compatissant sur les lèvres.

— Cette femme est en plein délire, c'est évident, dit-il à Bruin. Tout ça est un fatras de mensonges.

— Eh bien moi, répliqua Bruin en se penchant soudain au travers de la table, moi, je la crois.

Eva lui adressa un vif regard de reconnaissance. Mais il ne faisait pas attention à elle, concentré qu'il était sur son frère.

— C'est toi qui m'as menti, Steffen, poursuivit-il, le visage sévère. Tu m'as raconté cette histoire de dernières volontés pour que je t'amène Eva ici. Et ce n'est certainement pas pour t'excuser auprès d'elle de tes crimes que tu as manigancé tout cela…

Steffen se leva d'un bond, repoussant brusquement son fauteuil dont les pieds grincèrent horriblement sur les dalles de pierre.

— C'en est assez ! hurla-t-il en montrant Eva du doigt, les yeux exorbités. Tu ne sais pas de quoi est capable cette femme. Elle t'a tourné la cervelle, je le vois bien. Tout comme l'avait fait Sophie.

Bruin se leva à son tour.

— Venez, Eva, nous partons.

Il tira Eva de sa chaise et s'apprêtait à quitter la salle quand le serviteur, qui avait entendu des éclats de voix, surgit des cuisines. Un filet de vapeur s'échappait du plat de poisson bouilli qu'il tenait à la main.

— Vous ne sortirez pas de ce château tant que *mistress* Striguil ne m'aura pas rendu ce qui m'appartient, décréta la voix froide de Steffen dans leur dos.

— Exactement comme lorsque nous étions enfants, Steffen ? rétorqua Bruin, ses yeux soudain dangereusement rétrécis. Tu n'as pas changé, n'est-ce pas ? Tu ne supportes toujours pas que qu'on ait plus que toi, ou que l'on réussisse mieux ?

— J'ai toujours réussi mieux que toi ! aboya Steffen, son visage virant au pourpre. Tu n'as jamais su tenir une épée convenablement. C'en était risible. Quel bouffon !

Ignorant la provocation, Bruin passa son bras sous celui d'Eva et tourna le dos à son frère.

— Avancez, marmonna-t-il entre ses dents. Ne vous occupez pas de lui.

Le coup fut inattendu. Une jarre de terre, propulsée avec force, explosa avec violence sur son crâne. Le grand corps de Bruin s'effondra sur l'épaule d'Eva, comme un chêne qu'on abat. Il glissa lentement sur le sol, inconscient, sa tête heurtant les dalles. Derrière eux, Steffen restait figé, la poignée de la jarre dansant au bout des doigts, un sourire triomphant sur les lèvres.

— Eh bien ! Vieux frère, se moqua-t-il. On ne t'a pas appris qu'on ne tourne jamais le dos à l'ennemi ? Ce n'est pourtant pas faute de t'avoir payé de bons maîtres…

Puis, levant le menton, il hurla pour appeler un des gardes.

Déjà, Eva s'était laissée tomber à genoux près du corps de Bruin.

— Grand Dieu, Steffen ! Mais vous avez perdu la tête. Qu'avez-vous fait ?

Les yeux de Bruin étaient clos, du sang coulait de la plaie, souillant ses cheveux. Eva lutta contre la panique. Il fallait lui venir en aide. Vite. Arrêter l'hémorragie.

Elle tira la nappe à elle, entraînant dans un tintamarre la chute des écuelles, gobelets et couverts de métal qui tombaient sur le sol, au milieu des reliefs du repas et des flaques de vin. Elle sentit le souffle de Bruin contre son poignet tandis qu'elle passait l'étoffe trempée d'eau sur son front, commençant à épancher le sang en abondance. Dieu soit loué ! Il était vivant.

Steffen sourit, révélant une mauvaise denture, abîmée et jaunie par le manque d'hygiène.

— Tttt ! Comme c'est touchant, ironisa-t-il.

Eva se rembrunit. Comme tous les êtres pervers, dont la sensibilité est souvent exacerbée, il était sensible aux rapports cachés entre les êtres. Il avait deviné, mieux qu'elle-même peut-être, les sentiments qu'elle éprouvait pour son frère.

Et il saurait en tirer parti.

Comme les gardes arrivaient en courant, son regard redevint opaque.

— Mettez-le au frais, voulez-vous ? Il va nous laisser tranquilles un moment.

Puis il se retourna vers Eva, croisant les bras avec un lent sourire.

— Alors, ma petite ? Voyons si vous allez vous montrer plus aimable, maintenant que j'ai neutralisé votre protecteur.

Eva refoula les larmes qui s'accumulaient derrière ses paupières. Elle suivait d'un œil désespéré le départ de Bruin, que les gardes évacuaient sans ménagement, l'un le tenant par les aisselles, l'autre par les pieds. Inconsciemment, elle triturait entre ses mains la nappe maculée de son sang. Ils le firent passer sans ménagement par la porte, pourtant fort large, cognant son corps contre le chambranle. Puis ils disparurent.

— Laissez-moi m'occuper de lui ! protesta Eva en lançant le bout de nappe sur la table. Vous ne pouvez pas le jeter dans un coin, comme une bête crevée. Il faut nettoyer les plaies, étancher le sang…

— Chaque chose en son temps, milady. Pourquoi ne pas vous rasseoir ? Nous serons mieux pour parler. Je suis certain que nous pouvons nous entendre.

Eva le fusilla du regard.

— Nous entendre ? Y a-t-il quelqu'un sur cette terre qui puisse s'entendre avec un individu comme vous ?

Steffen la parcourut de ses yeux glacés.

— Vous feriez mieux de mesurer vos propos, ma petite. Il me semble que, pour l'heure, vous n'êtes guère en position de vous hausser du col.

Les épaules d'Eva s'affaissèrent. Il avait par trop raison, hélas.

— Laissez-moi le soigner, supplia-t-elle. Vous ne pouvez songer à laisser votre frère se vider de son sang.

Haussant les sourcils, Steffen parut réfléchir un instant, comme s'il considérait cette possibilité. Puis, paraissant avoir pris sa décision, il se laissa aller sur sa chaire, les jambes étalées devant lui.

— Je suis disposé à vous laisser le rejoindre, à une condition, déclara-t-il finalement, la bouche insolente.

— Laquelle ? Dites vite, je vous en supplie, s'exclama Eva en lançant un regard alarmé vers la porte par où avait disparu le corps de Bruin.

— Le rubis.

Eva tressaillit.

Steffen, croisant les jambes, entoura son genou de ses deux mains.

— Oui, Eva. Vous avez bien entendu. Vous vous êtes crue très habile en me cachant ce trésor-là. Mais j'ai découvert le pot aux roses. Avec de bons espions, tout finit toujours par se savoir.

Il conclut d'un ton plus incisif :

— Alors, où est-il ?

— Si je vous le dis, me laisserez-vous m'occuper de Bruin ?

— Oui. Vous avez ma parole.

Eva n'avait guère le choix, de toute façon.

— Le rubis est dissimulé au château. Il y a une statue de la Vierge Marie dans une alcôve de la chapelle. En descellant la statue, vous trouverez une cavité creusée dans le socle. Le rubis est là, enveloppé dans un simple chiffon.

Steffen se renversa dans son siège, une expression jubilatoire sur le visage.

— Dieu du ciel ! Je ne puis y croire. Nous avons fouillé partout, retourné jusqu'aux massifs de fleurs, sondé les puits, exploré toutes les cheminées et le rubis était là, pendant tout ce temps !

Il se passa les deux mains sur les joues, comme s'il n'y croyait pas encore tout à fait.

— Pourquoi cèderiez-vous aussi vite un tel trésor,

après que votre famille a su le conserver depuis si longtemps ? Qu'est-ce qui me prouve que vous dites la vérité ?

Eva tendit vers lui un visage pâli par l'angoisse.

— Je vous en supplie ! Laissez-moi aller m'occuper de lui.

Elle serrait ses poings impuissants dans les plis de sa jupe.

Alors, le rire de Steffen fusa, cruel, sarcastique, presque dément.

— C'est bien ce que je pensais ! Vous êtes tombée amoureuse de lui. Exactement comme toutes ces têtes de linotte avant vous. Des mouches autour d'un pot de miel. Et lui, bien décidé à en profiter !

Eva restait silencieuse. Elle identifiait clairement maintenant la jalousie qui rendait la voix de Steffen plus aiguë, elle déchiffrait la haine qui déformait son visage. Elle songea à Bruin enfant, le jumeau « moins réussi », celui qui, chez les animaux, n'aurait pas survécu. Il avait dû endurer de la part de son frère, jaloux probablement des soins particuliers que l'on dispensait à l'enfant plus fragile, des années de mauvais traitements, d'insultes, de vexations médiocres. Elle ravala ses larmes, le cœur gonflé de pitié.

Steffen la dévisageait toujours, un sourire narquois déformant ses lèvres trop rouges. Il se leva soudain et marcha sur elle. Elle se tassa sur son siège, sans baisser les yeux. La face de Steffen se colla à la sienne tandis qu'il l'emprisonnait de ses deux mains posées sur ses accoudoirs.

— Vous feriez mieux de vous méfier, milady, souffla-t-il en l'inondant de son haleine fétide. Vous savez ce qui est arrivé à sa fiancée, n'est-ce pas ?

Il s'interrompit un instant, la narguant de ses yeux d'obsidienne, sombres et brillants, et conclut :

— J'espère que vous avez appris à nager…

Un rire fusa encore de ses lèvres, strident, cruel.

La gorge d'Eva était si contractée qu'elle eut du mal à émettre un son.

— Ce n'est pas Bruin qui l'a tuée.

— C'est tout comme. Il l'a poussée au suicide. Ou du moins, il en est persuadé.

— Que voulez-vous dire ?

Elle ne supportait plus cette manière qu'avait Steffen de jouer aux devinettes, comme si tout discours était l'occasion de manipuler ses interlocuteurs.

Steffen rit encore, d'un rire qui tenait du glapissement.

— Je l'ai proprement roulé dans la farine, et il n'en a jamais rien su.

Il but le reste de son gobelet de vin d'un trait et le reposa bruyamment sur la table. Le reste du repas s'éparpillait entre les pieds des chaises, au milieu de la soupe et du vin renversé.

Eva haussa les épaules. Il serait bien temps de s'interroger sur ces propos sibyllins. L'urgence était de soigner Bruin.

— J'ai tenu ma promesse. Laissez-moi le rejoindre.

Croisant les bras, Steffen hocha la tête d'un air docte.

— Mais qu'est-ce qui me prouve que vous m'avez dit la vérité ? Vous êtes rusée comme une anguille, *mistress* Striguil. Nous le savons bien tous les deux. Si je vais jusqu'à Striguil pour n'y rien trouver ? Hein ? Que dites-vous de cela ?

— Si vous ne me faites pas confiance, enfermez-moi quelque part sous bonne garde avec Bruin. Vous nous libérerez quand vous aurez trouvé le rubis.

Le regard de Steffen parcourut insolemment le corps d'Eva, s'attardant aux endroits qui lui agréaient plus particulièrement.

— Décidément, vous êtes bien prise… Vous jouez

avec le feu, *mistress* Striguil, vous le savez, n'est-ce pas ? Mon frère n'a plus un sou vaillant et il vous mènera à la ruine.

Il resta encore une longue minute à l'observer, tapotant du bout des doigts sur son accoudoir, puis se décida soudain :

— Bon, c'est entendu. J'accepte. Simon va vous enfermer avec lui et je m'en vais à Striguil. Je vous plains si vous n'avez pas dit vrai.

Eva se laissa aller contre le dossier de sa chaise avec un soupir de soulagement. C'était fait. Elle avait troqué son rubis contre la vie de Bruin.

Et il ne le saurait jamais.

Chapitre 16

Une paire de gardes à la mine rébarbative, revêtus de leur cotte de mailles, flanquaient Eva quand elle se dirigea vers la porte de la grande salle. Leurs hauberts luisaient faiblement sous la chiche lumière des flambeaux plantés ici et là sur les murs sombres. L'épée battait sur leur cuisse au rythme martial de leur marche. Ils ne portaient pas de casque, et leur tunique arborait les armes de Hugh de Fitz Osbern, le maître des lieux. Une tête de bélier noire sur champ d'azur. Les cornes de l'animal étaient tissées de fils d'or. Eva se sentait toute petite entre les deux hommes, qui tenaient davantage, avec leur mine rébarbative, du geôlier que du protecteur. Elle sentait sur elle le regard de Lord Steffen, lourd et malveillant, et, instinctivement, tout son être frémissait de répulsion. L'un des deux hommes tira le lourd rideau qui protégeait la porte et, d'un bref signe de tête, lui fit signe de le précéder.

Le hall était sombre et humide. Devant la porte de sortie, le même garde se débattit avec la clenche de fer, rouillée par endroits, qui finit par céder en grinçant.

— Où est Lord Bruin ? s'enquit Eva, la voix tendue par l'anxiété. Où l'avez-vous mis ?

— Dans les écuries, *mistress*, dit le garde le plus jeune, dont la main ne quittait pas le pommeau de son épée.

Son visage blafard luisait comme une lune grasse.

Des mèches de cheveux noirs, qui n'avaient pas dû voir le bain depuis longtemps, étaient collées sur son front.

— Grand Dieu... Par ce froid ? Mais il va mourir gelé !

Elle dansait d'un pied sur l'autre, impatiente. Son cœur battait le tambour dans sa poitrine. Pourvu qu'elle le rejoigne à temps ! Avant que... Non, elle ne devait pas penser comme cela. Ne pas songer au tragique spectacle de sa pauvre tête sanguinolente sur les dalles... Elle avala sa salive, les yeux agrandis d'horreur. Une prière silencieuse s'échappa de ses lèvres, montant jusqu'au ciel en sanglots rauques. *Mon Dieu... Faites qu'il soit toujours vivant. Faites que je puisse le sauver !*

Quand le battant s'ouvrit, un caillou prisonnier sous le bas de la porte crissa désagréablement sur les dalles. La cour intérieure, plongée dans l'obscurité, était déserte. Quelques derniers flocons de neige descendaient paresseusement dans l'air immobile et glacé.

Soudain, une porte s'ouvrit sur le côté opposé, dessinant un rectangle de lumière vive sur les pavés. Deux silhouettes émergèrent, une femme de haute taille, un épais châle de laine étroitement serré autour de ses épaules, et un enfant, qui marchait blotti dans ses jupons. La femme portait dans la main une lanterne.

Eva scruta l'enfant, dont l'aspect général lui paraissait familier, avec ses cheveux d'un blond roux éclairés par la lumière. Exactement de la même couleur que ceux de Bruin. Son cerveau s'affola. Était-ce possible ? Bruin avait donc un fils ? Elle chassa le soupçon qui venait de l'effleurer. Si c'était le cas, pourquoi l'enfant serait-il là, en Angleterre ? Et qui pis est, dans le château d'un des plus fidèles serviteurs du roi, lui, le fils d'un rebelle ?

Mais la curiosité la fit s'arrêter. Elle voulait en avoir le cœur net.

— Cet enfant, dit-elle en retenant l'un des gardes par le coude. Qui est-ce ?

Elle regardait les deux silhouettes descendre quelques marches et disparaître sous une arche.

Le soldat dégagea son bras d'un geste brusque, roulant des yeux mécontents

— Il s'agit du fils de Lord Steffen. Le jeune Arwin. Pressons, milady. Le maître n'est guère patient.

Un immense soulagement envahit Eva. Bien sûr, il était normal que le fils de Steffen ressemble à son frère jumeau. Même couleur de cheveux, même forme de visage.

— Et cette dame ? Est-ce sa mère ? L'épouse de Lord Steffen ?

— Oui, bien sûr, fit l'homme en haussant les épaules. Qui voulez-vous que ce soit ?

Le cœur d'Eva manqua un battement.

— Et… Quel est son nom ?

— Lady Sophie.

Le grenier à foin était au-dessus des écuries. On y accédait par une échelle de meunier, très raide. L'ensemble paraissait peu stable, mal entretenu, comme le reste des bâtiments. Eva, encore sous le coup de la surprise, restait immobile au bas des degrés de bois.

Sophie. Était-ce une coïncidence ? La dame qu'elle avait vue traverser la cour une minute plus tôt et disparaître dans une autre aile du château portait le même prénom que la fiancée de Bruin. Une fiancée qu'il croyait morte et enterrée. Ces deux femmes n'étaient-elles qu'une seule et même personne ?

— Allez, *mistress* ! Nous n'allons pas rester là toute la nuit.

Le jeune garde la toisait du haut de l'échelle, pressé d'aller se mettre au lit. Opinant du chef, Eva rassembla ses jupes dans une main et, d'un pied leste, grimpa les barreaux en quelques secondes, sous l'œil éberlué du jeune homme. Il lui tendit la main pour l'aider à se rétablir sur la plate-forme et la gratifia d'un clappement de langue appréciateur.

— Bien joué, milady. Un vrai garçon de ferme.

— Ouvrez donc cette porte, ordonna Eva d'une voix étranglée.

Elle était si émue qu'elle craignait d'éclater en sanglots. Le garde déverrouilla laborieusement la porte basse qui donnait dans le grenier et, prenant Eva par l'épaule, la poussa sans ménagement dans la pénombre. Puis il rabattit le battant avec un claquement sonore et, de nouveau, le verrou grinça dans l'autre sens.

— Amusez-vous bien ! lança-t-il en ricanant avant de se laisser glisser bruyamment le long des barreaux de l'échelle.

Au premier abord, Eva ne put rien voir. Mais, tandis que sa vision s'adaptait, elle discerna dans le fond le cadre plus clair d'une fenêtre. Les étoiles brillaient dans l'ouverture, ce qui signifiait que la neige avait cessé de tomber. Le silence était si profond qu'elle fut traversée d'une vague de panique. Bruin ? Avait-il repris conscience ? Ou bien est-ce que… ?

— Bruin ? chuchota-t-elle. Où êtes-vous ? Répondez-moi, je vous en supplie !

Un juron étouffé lui parvint depuis un coin de la pièce. Puis un gémissement. Se laissant tomber à genoux dans le foin, Eva se dirigea à quatre pattes en direction du bruit. Elle sentait monter en elle une crise nerveuse qui ne s'apaiserait que lorsqu'elle aurait rencontré dans le noir le corps chaud et vivant de son compagnon. Ses doigts effleurèrent une étoffe, puis le muscle tendu d'un bras. Bruin était en train de se redresser contre le mur.

— Est-ce bien vous ? sanglota Eva, les larmes coulant maintenant sur ses joues comme la pluie de printemps.

Elle était si soulagée ! Si contente de le trouver sain et sauf. Elle toucha ses cheveux, ses joues, comme émerveillée de le voir en face d'elle. Ses mains comme un vol de papillons, effleurèrent son cou musclé.

— Oui, Eva, c'est moi.

— Oh ! merci, mon Dieu.

Enroulant ses bras autour des épaules massives, elle étreignit violemment Bruin contre elle, mouillant sa tunique de ses larmes.

— Merci, mon Dieu ! répéta-t-elle.

Sa joue vint se nicher dans le ceux de son cou, ses cheveux coulèrent sur son épaule.

— Je… J'avais peur qu'il ne vous ait tué.

Eva pleurait contre son oreille, en sanglots rageurs et étouffés.

Bruin respira un grand coup. Les seins de la jeune fille étaient pressés contre son torse, le parfum de sa peau, odeur de rose après la pluie, emplissait ses narines. Une étrange et poignante émotion l'envahit.

— Il faudrait plus qu'un coup sur la tête pour m'abattre, Eva, parvint-il à répliquer, la bouche sèche.

Il avait cru mourir de soif. Mais, Dieu merci, Eva avait pu le rejoindre. Cet assaut soudain de sensations lui faisait l'effet d'une bénédiction. Le doux satin de la joue d'Eva contre la sienne, son bras léger passé autour de ses épaules, le poids délicieux de son corps sur le sien. Une douce excitation naissait au creux de ses reins, s'amplifiant lentement jusqu'à devenir un désir brûlant.

— Il y avait tellement de sang, murmura Eva dans son cou. Mon Dieu, j'ai bien cru…

Ses paupières palpitèrent contre la peau de Bruin. Elle huma avec volupté l'odeur masculine de son corps.

— Vous avez eu peur, dit-il en lui passant un bras autour de la taille pour la réconforter. Mais ce n'était qu'un coup sur le crâne, bien localisé. Je m'en tirerai avec une bosse.

Ses paumes largement ouvertes montaient et descendaient le long de la colonne vertébrale d'Eva, appréciant sa vigueur et sa souplesse.

Elle poussa un long soupir tremblant, comme un sanglot de soulagement, et se blottit plus étroitement contre lui. Les plis de son manteau les enveloppèrent, drapant les jambes de Bruin d'une réconfortante chaleur. Fermant les yeux, il tenta de réprimer le nouvel assaut de désir qui montait en lui. Il fallait qu'il la repousse, maintenant. Qu'il dénoue ces bras parfumés de son cou et qu'il désigne à Eva une autre place où passer la nuit, plus loin dans le grenier. Il était de son devoir d'avertir la jeune fille du danger qu'elle encourait.

Il aurait dû.

Il tenta de se convaincre qu'il contrôlait parfaitement la situation. Il pouvait mettre fin à l'intimité de cette scène quand il le voulait. Rompre le charme qui l'envoûtait. Il n'avait pas le droit d'abuser d'Eva, de son innocence, quand elle n'était là que pour lui porter secours et réconfort.

Mais le Diable était de la partie, qui l'incitait discrètement à la perversion, exaltant les charmes de la jeune fille. Elle était si belle, si désirable dans son innocence.

— Laissez-moi regarder, intima Eva.

Elle se redressa et, dans le mouvement, le coin de ses lèvres effleura la bouche de Bruin. Elle se figea aussitôt, le cœur battant. Le sang lui battait aux tempes. Autour d'eux, le temps paraissait s'être arrêté, les enfermant dans un cercle enchanté. Les lèvres de Bruin avaient le goût du sel, avec un léger parfum d'eau de senteur. Toute l'inquiétude d'Eva se volatilisa, remplacée par un brusque désir. Comme prisonnier d'un tourbillon, son corps paraissait incapable d'avancer ou de se retirer, oscillant sur la crête du désir, attendant que Bruin la pousse au fond de l'abîme… Ou la sauve.

Mais il ne bougeait pas.

La respiration d'Eva était erratique, inégale. Elle aurait dû s'écarter de lui, aller se réfugier dans un angle reculé du fenil pour prendre un peu de repos, maintenant qu'elle était rassurée sur le sort de son compagnon. Au lieu de se comporter comme une… comme une fille perdue. Était-ce bien naturel, du reste, de désirer un homme avec une telle intensité ? D'être fascinée au point de ne plus penser à rien d'autre ? Eva n'en avait aucune idée. Elle n'était plus capable d'autre chose que d'obéir à ses instincts, à ce qu'elle ressentait dans son corps. Et, tandis que son esprit lui commandait de se retirer, son cœur et son ventre la poussaient en avant comme une main dans son dos vers l'inconnu. Elle n'avait rien à perdre et s'attendait à ce qu'il la rejette. Mais elle savait qu'elle regretterait sa vie entière de ne pas avoir au moins essayé.

Dans un élan soudain, elle couvrit la bouche de Bruin de la sienne. Manœuvre maladroite, pleine d'hésitation. Inexpérimentée, elle n'avait aucune idée de la manière dont on devait s'y prendre quand on s'attribuait ce genre d'initiative. Mais immédiatement récompensée. Les lèvres de Bruin étaient fermes et fraîches.

Il gémit et, aussitôt, ses mains se portèrent au visage d'Eva, l'enserrant pour mieux goûter à son baiser. Les lèvres d'Eva étaient comme les premières cerises du printemps. Brillantes, rondes et délicieusement parfumées. Prenant les choses en main, il se chargea d'abattre les derniers remparts de sa pudeur. L'envie de la posséder explosa en lui dans une débauche de sensations. Toute hésitation abolie, tout scrupule disparu, tout remords foulé aux pieds, il laissa libre cours à son désir. Glissant sa langue entre les dents d'Eva, il se perdit dans l'exploration lente et sensuelle de sa bouche.

Eva haletait sous l'audace de ses baisers. La langue de Bruin jouait avec la sienne, taquinant et provoquant ses réactions, et tout son corps s'amollissait sous l'audace de cette invasion, abolissant en elle toute résistance. Elle se sentait devenir faible, malléable, comme une poupée de chiffon et brûlant en même temps d'une ardente fièvre. La rassemblant dans ses bras, Bruin roula avec elle dans le foin. Ses doutes s'éloignaient à tire-d'aile et, appuyé sur un coude, il la contemplait à présent, allongée sous lui, les paupières closes et les lèvres frémissantes. Quand elle ouvrit les yeux, ils scintillaient dans l'obscurité, et leur expression était celle d'une délicieuse anticipation. Était-ce possible ? Le désirait-elle autant que lui ?

Il prit une longue inspiration, cherchant ses mots.

— Eva, pour l'amour du ciel si vous tenez à votre innocence, dites-le-moi. Maintenant !

Sa voix était rauque, essoufflée, ses yeux brillaient dans la pénombre d'un éclat dur et exigeant.

Les vibrations mélodieuses de sa voix couraient sur la peau d'Eva comme une caresse. Ses lèvres brûlaient encore du contact de ses baisers, elle avait les joues délicieusement irritées par sa barbe renaissante. Elle secoua la tête en un vigoureux signe de dénégation.

Continuez, je vous en supplie. Continuez !

Ses yeux le suppliaient. Comment pouvait-elle lui dire que son innocence n'avait aucune importance, que rien n'importait que ces instants infiniment précieux, dans ces bras. Des instants qu'elle aurait voulu voir durer toujours.

— Non, chuchota-t-elle. Non, je ne vous le dirai pas.

— Eva, insista-t-il, son souffle tiède faisant frémir sa peau, vous savez ce qui va arriver, n'est-ce pas ?

Elle lui adressa un sourire tremblant.

— Oui, je le sais.

Les durs contours des cuisses de Bruin pressaient les siennes, accentuant son excitation dont les cercles concentriques s'étalaient dans son corps comme un caillou jeté dans l'étang.

En guise de réponse, il se laissa tomber sur elle, l'écrasant presque, ses dures bottes de cuir heurtant les chevilles d'Eva. Elle accueillit la douleur quasi avec reconnaissance, heureuse de le sentir peser sur elle, submergée par mille sensations nouvelles. Inclinant brusquement la tête, il lui prit de nouveau la bouche, la baisant avec une lente gourmandise.

L'enlaçant de ses deux bras, Eva l'attira contre elle, avide de sentir ce grand corps vibrer contre le sien.

Soudain, Bruin s'arracha à son étreinte avec un grand rire.

— Comment vous aimer, ma mie, avec cette carapace de vêtements ?

S'agenouillant sur leur couche de foin odorant, il tira son surcot par-dessus sa tête, son haubert fut lancé au hasard dans la soupente, suivi de sa chemise de lin. Son torse, enfin dénudé, laissait voir ses pectoraux bien dessinés, son ventre plat et souple. La ceinture de ses braies descendait bas sur ses hanches.

Eva le regarda se dresser de nouveau au-dessus d'elle comme un dieu blond du panthéon nordique au cours d'une mystérieuse cérémonie. Elle effleura sa peau nue du bout des doigts, et il retint son souffle, frémissant comme un étalon prêt au combat.

Puis il la tira vivement par les poignets pour l'asseoir et délaça avec une habileté fiévreuse les lacets de sa robe. Eva aurait dû éprouver de la gêne mais, bien au contraire, elle se sentait parfaitement en confiance, elle savait intimement qu'il la traiterait avec respect. Et, quand il essaya maladroitement de lui retirer tunique et bliaud à la fois, elle éclata d'un rire joyeux, étouffé par les épaisseurs de tissu.

— Trop de vêtements, déclara-t-elle, émergeant enfin de ses affaires, les joues rouges et les yeux brillants.

— Tout à fait d'accord, agréa Bruin en lançant les vêtements au travers du grenier.

Puis son regard gourmand se posa sur la fine chemise blanche dont l'étoffe laissait percevoir la rondeur de ses seins, leur bout rose pointant sous l'étoffe. Pour toute réponse, elle passa la chemise par-dessus sa tête et s'offrit à lui, les yeux dans les yeux, ses petits seins blancs, ronds et fermes, tendus vers lui dans un geste d'innocente provocation.

Bruin exhala un long soupir, ému par tant de beauté. La peau d'Eva était un pur satin, luisant doucement comme une perle. Sous ses seins, le buste élancé se resserrait en une taille fine et bien prise, avant de s'épanouir en des hanches rondes. Doux Jésus, elle était tout simplement parfaite.

Et cette perfection, pour le moment du moins, était à lui.

L'enlaçant par la taille, le sang bouillonnant dans ses veines, il l'attira à lui, peau contre peau. Il y avait de longs mois maintenant qu'il n'avait pas été avec une femme, et pourtant il lui fallait agir avec délicatesse. Eva était… était quelqu'un qui comptait pour lui plus qu'il n'aurait su dire. Il ne voulait pas gâcher ce moment si précieux pour une jeune fille. Néanmoins, il lui faudrait faire appel à toute son expérience, à toute la maîtrise de soi dont il était capable, pour ne pas la brusquer.

Ils tombèrent ensemble dans le foin, le regard de Bruin rayonnant d'une lumière sombre tandis qu'il la serrait contre lui, hanches contre hanches, son sexe durci contre le ventre doux de sa partenaire.

Eva sentit ses poumons se vider sous le poids de Bruin qui, enfin complètement nu, s'allongeait sur elle, tout son corps en émoi. Traçant un chemin de baisers depuis sa bouche offerte, il descendit jusqu'à la rondeur de ses seins et elle cria, pensant ne pas survivre au déluge de sensations qu'il éveillait.

— Oh ! Bruin !

Quelque chose naissait en elle, au fond de son ventre, comme si une place secrète remontait à la surface, révélant à la lumière du jour, sous les yeux experts de son compagnon, des désirs qu'elle ne connaissait pas, un feu qu'il fallait apaiser. Des spasmes délicieux montaient en elle, une excitation croissante qui jaillissait comme une fontaine.

Il se plaça sur elle, et un frisson d'anticipation la secoua. La chaleur du corps de Bruin révélait la fièvre de son désir. De nouveau, il lui prit la bouche, qu'il fouilla avec avidité et elle se cambra contre lui, ouvrant les cuisses.

Il la pénétra alors avec douceur et, ouvrant grand les yeux, elle s'abandonna à l'assaut des sensations nouvelles. Ses mains se refermèrent sur les épaules de Bruin et, rencontrant son regard dans lequel brillait une lumière sauvage, elle se laissa emporter, se préparant au plus tumultueux, au plus envoûtant des voyages.

Arrêté une fraction de seconde par la fragile barrière de sa virginité, il la pénétra plus avant, la faisant complètement sienne.

Eva, sa tête basculant dans le foin sous la force de ses coups de reins, poussa un léger cri, de douleur et de plaisir mêlés. Puis il la reprit, mais cette fois avec une telle délicatesse qu'elle ne ressentait plus qu'une douce jouissance, une parfaite sensation de plénitude. Alors, chevauchant ensemble vers le même but, ils se livrèrent à la volupté avec la même ardeur, le souffle court, jusqu'à ce qu'une dernière vague les submerge, comme un torrent d'étoiles au milieu du néant.

Eva cria tandis que Bruin la pénétrait encore et encore, le front trempé de sueur, le visage tendu par le plaisir. Et enfin, la même jouissance, fulgurante et délicieuse, les emporta.

Pour la première fois depuis sa venue au monde, Eva se sentait enfin accomplie.

Pour la première fois depuis longtemps, Bruin se sentait de nouveau vivant.

Chapitre 17

Eva reposait contre la poitrine de Bruin, dont un bras l'enlaçait dans un geste de possession féroce. Sa toison lui chatouillait la joue tandis qu'elle écoutait les battements sourds de son cœur, qui reprenait lentement son rythme normal. Qui eût cru que l'acte charnel pût apporter tant de joie ? Ses connaissances en la matière ne résultaient que de vagues observations pratiques sur les animaux de la ferme. Rien ne pouvait la préparer à ce qu'elle venait de connaître. Son corps était douloureux, rompu, mais c'était la douleur la plus exquise qu'elle ait jamais connue. Comme si chaque muscle de son corps avait été détendu, légèrement modifié et remis dans une meilleure place.

Bruin ne disait rien, et elle en était heureuse. Elle sentait sa main tâter la couche de foin dans la pénombre, à la recherche de quelque chose pour les couvrir. Il retrouva l'ample manteau que Katherine lui avait prêté et en recouvrit leurs deux corps. L'heure n'était pas aux excuses ni aux récriminations. Rien ne devait gâcher la magie de cette expérience. Il serait bien temps demain d'affronter les problèmes, notamment celui posé par la présence de ce mystérieux enfant dans l'enceinte du château.

C'était elle qui avait désiré ce qui venait de se passer, Eva en était bien consciente. Bruin lui avait offert la possibilité de dire non. Elle était parfaitement consciente de ce qu'elle faisait.

Elle se blottit contre le flanc tiède de son compagnon, les paupières lourdes de sommeil.

Bientôt, Bruin entendit son souffle se ralentir. Il sentit son corps se détendre contre le sien. Il resta là, sans bouger, le menton posé sur le crâne soyeux de la jeune fille, dont, dans leur hâte, ils n'avaient pas pris le temps de défaire les cheveux. Il se sentait pris dans un mélange complexe d'émotions. La joie, bien sûr. Mais aussi le remords. Comment avait-il pu la traiter ainsi ? Comment avait-il pu à ce point perdre le contrôle de lui-même, surtout à l'égard de quelqu'un de la qualité d'Eva, si délicate, si sensible ?

À l'égard d'une femme qu'il aurait pu… aimer ?

Il l'avait laissée dormir quelques heures, bien protégée dans ses bras, tandis qu'il regardait les bourrasques chargées de neige traverser la lucarne, juste au-dessus de leur tête. Il s'était réjoui de toutes les sensations que lui procurait son corps. Sa peau nue, douce comme du satin, contre son flanc, le rideau soyeux de ses cheveux sur son torse. Mais il sentait croître en lui un sentiment de malaise. Il avait trahi la confiance de la jeune fille et se haïssait pour cela. Combien de fois ne lui avait-il pas répété qu'elle pouvait lui faire confiance, qu'il la protégerait ?

Et il avait échoué.

Dès que les premières lueurs de l'aube se glissèrent par l'ouverture, il la réveilla doucement.

— Eva… Nous devons nous lever. Il faut partir, maintenant.

Le son grave de sa voix résonna dans l'oreille d'Eva, collée contre son torse, et, roulant sur elle-même, elle entrouvrit les yeux, assez pour le voir se mettre sur son séant et chercher ses vêtements.

— Voilà, dit-il d'un ton brusque, purement factuel, une fois rhabillé.

Il se pencha pour ramasser la chemise d'Eva, puis sa robe, qu'il lui tendit. Elle s'assit sur leur couche de fortune, repoussant une mèche de cheveux derrière son oreille. Une épingle tomba dans son giron, et elle la remit en place d'un geste nerveux. Il détourna vivement les yeux. Assise ainsi, seins nus, les bras en l'air, avec sa peau d'une blancheur translucide à la lumière de l'aube, on aurait dit une sirène dans une mer de foin. Grand Dieu ! Et il avait saccagé cette beauté, la dévorant sans scrupule dans la fièvre de son désir.

Une vive rougeur colora ses joues.

— Habillez-vous, voulez-vous ? intima-t-il, furieux contre lui-même.

Se détournant, il chercha ses bottes à grands coups de pied dans le foin.

Eva croisa les bras sur sa poitrine, le cœur et l'amour-propre blessés. Puis, se ravisant, elle se rhabilla rapidement, enfilant sa chemise par-dessus sa tête. Elle ne pleurerait pas. Il n'y avait aucune raison de se repentir de ce qu'elle avait fait. C'était en connaissance de cause, de son plein gré, qu'elle avait partagé la couche de cet homme. Elle connaissait les conséquences de son geste.

Alors, pourquoi ce désappointement soudain ? Ce voile de tristesse qui assombrissait la joie qui l'avait soulevée au-dessus d'elle-même un instant plus tôt ?

Seule la colère serait sa meilleure défense, maintenant, et non cette attitude prostrée, misérable. La blessure que lui infligeait le soudain dédain de Bruin se transformait en colère rage froide. *Montre-lui que tu n'es pas affectée par son attitude*, s'intima-t-elle sévèrement. *La meilleure réponse à son mépris, c'est l'indifférence.*

Se remettant sur ses pieds, elle passa son bliaud par-dessus sa tête.

— Voilà. Êtes-vous content, maintenant ?

Malgré elle, sa voix était lourde de sarcasme. Et c'était bien comme cela.

Bruin achevait de boucler son ceinturon.

— Non, je ne suis pas content, rétorqua-t-il en se laissant tomber sur un ballot de paille pour enfiler ses bottes qu'il avait enfin réussi à dénicher dans le foin. J'ai profité de vous cette nuit et je n'en avais pas le droit. Ne vous avais-je pas promis le respect ?

— Ne regrettez rien, Bruin. Cela n'a pas d'importance.

— Si, bien au contraire. Un jour viendra où vous me haïrez pour ce que j'ai fait. Je vous ai attirée dans ce château contre votre volonté. Je vous ai imposé des scènes violentes et désagréables, forcée à partager ma couche…

— Non. Vous ne m'avez forcée en rien, Bruin. Vous m'avez proposé d'arrêter…

Elle se campa devant lui, les poings sur les hanches, comme pour se donner de l'audace. En se rappelant le grand corps de Bruin sur le sien, ses mains explorant savamment sa peau, son sang se mit à courir plus vite.

Bruin déglutit.

— Mais vous ignoriez ce qu'il allait advenir. J'ai pris avec force et sans ménagement, pour satisfaire mon simple désir, ce qui ne m'appartenait pas.

Eva baissa la tête, embarrassée par la crudité de ses propos. Pouvait-elle lui dire qu'elle ne regrettait pas une seule seconde des moments enivrants qu'elle avait passés dans ses bras ? Qu'elle avait savouré intensément ses caresses, qu'elle était pleinement heureuse de lui avoir appartenu ? Elle avait toujours su qu'elle était prête à offrir son innocence à l'homme qui compterait pour elle. Elle n'oublierait jamais cette nuit. Le souvenir de ce qu'ils avaient partagé resterait gravé en elle pour toujours. Il fallait qu'il le sache, même si cela l'éloignait encore davantage d'elle.

— Je voulais que ce soit vous.

Les yeux de Bruin s'arrondirent de surprise.

— Eva… ! Oh ! mon Dieu, mais pourquoi ? Pourquoi vous donner à moi de manière si arbitraire ? Vous connaissez les conventions, n'est-ce pas ? Votre futur mari serait en droit de…

S'interrompant, il ramassa la lourde pelisse de Katherine et entreprit de la secouer, s'acharnant à en faire tomber les moindres brins de foin comme si sa vie en dépendait.

— Pourquoi moi ? interrogea-t-il encore. Moi, le barbare qui vous a traînée de force ici, vous vous souvenez ?

Son regard métallique plongea dans celui d'Eva avec une acuité qui traduisait son angoisse et ses remords.

Parce que je vous aime. C'était la première fois qu'elle se l'avouait. Et, au lieu de la joie qu'elle en attendait, des torrents de désespoir ravageaient son cœur. Elle se ressaisit, se rappelant sa décision. Elle se montrerait forte, même si Bruin la rejetait.

Bruin soupira. Il balayait du pied la paille répandue autour de leur couche de fortune en secouant la tête.

— Je ne suis pas une personne estimable, Eva, expliqua-t-il d'une voix basse, dont l'émotion faisait ressortir l'accent étranger. J'ai tué des hommes. Après la mort de Sophie, j'ai perdu le contrôle de moi-même. Je ne connaissais plus les limites. Je me contentais d'obéir aux ordres, aveuglément, sans jamais me poser de questions. Jamais je n'ai eu de seconde pensée. Voilà ce que j'étais devenu. Ce que je suis.

Eva lui prit son manteau des mains. En entendant le

prénom de Sophie, un frisson la parcourut tout entière. L'image de la femme qui traversait la cour du château, avec son petit garçon à ses côtés, s'imposa à elle. Elle savait qu'elle finirait par parler à Bruin de ce qu'elle avait vu, de ses soupçons. De sa conviction que cette femme était la même Sophie qu'il croyait noyée. Mais ce n'était pas le moment. Trop de choses s'étaient passées dans lesquelles il fallait remettre de l'ordre. Des cristaux de neige se faufilaient par la lucarne entrouverte, mouchetant de blanc la laine bleue de son manteau.

— Ce que vous étiez, rectifia-t-elle en appuyant sur le temps du passé. Vous êtes différent, maintenant.

Son ton était sec, presque factuel. Elle ne le supplierait pas de changer d'avis, mais, tout au fond d'elle, une petite voix lui chuchotait de ne pas abandonner. Pas encore.

Il ferma à demi les yeux, comme gêné par le regard trop direct de son interlocutrice.

— Vous vous trompez, malheureusement. Ce que j'ai fait, dit-il en se frappant le crâne du plat de la main, restera gravé là, à jamais. Vous faites gravement erreur, si vous attendez quelque chose de moi.

Eva ne put refouler la brutale déception qui l'assaillit. Se sentant rougir, elle contre-attaqua, les yeux brillants.

— Je n'attends rien de vous, Bruin. Que ce soit bien clair. Mais, par pitié, ne gâchez pas le souvenir des moments que nous venons de partager. Vous me devez au moins cela. Ensuite, si vous voulez reléguer aux oubliettes de la mémoire ce qui s'est passé cette nuit dans ce fenil, qu'il en soit ainsi. Oubliez tout, insista-t-elle, s'enfonçant cruellement les ongles dans les paumes de ses mains. Oubliez même que c'est arrivé. Nous n'en parlerons plus jamais. Du reste, l'occasion ne se représentera pas.

Choqué par la brutalité de ses propos, auxquels il ne s'attendait pas, Bruin la dévisageait sans mot dire, les sourcils froncés.

— Je… Je vous demande pardon ? lâcha-t-il enfin, comme s'il doutait de ce qu'il avait entendu.

— Vous m'avez parfaitement comprise. Oubliez tout cela, répéta Eva en montrant d'un geste ébauché la couche improvisée dans le foin, où la marque de leurs deux corps enlacés s'imprimait toujours.

Refermant son manteau, elle rabattit sa capuche sur son front et attendit que son compagnon donne le départ, la bouche close en une ligne rigide.

Bruin l'observa un instant puis, d'une main légère, lui frôla l'épaule. Elle fit un brusque écart, comme s'il l'avait brûlée. Il s'attendait à des larmes, à des lamentations. Pas à ce silence obstiné, bouche close et visage de marbre.

Mais, il s'en rendait compte maintenant, il avait sous-estimé la jeune fille. Il avait oublié comment elle s'était débattue dans la forêt, comment elle avait lutté pour retrouver sa liberté.

— Vous n'avez pas besoin de réagir comme cela.

Il percevait le mélange complexe de bravade et de chagrin qui la déchirait. Elle ressemblait à un chat sauvage, songea-t-il, méfiante et rebelle, prête à s'enfuir pour aller lécher ses blessures à l'abri.

De son côté, Eva s'efforçait de faire bonne contenance. *Si*, se disait-elle. *Si, je dois me protéger derrière ce rempart d'amour-propre. Sinon, je vais tomber à vos pieds et pleurer toutes les larmes de mon corps. Et cela, je ne le veux pas. Je ne vous supplierai pas de m'aimer, pas même de m'honorer comme la dame de vos pensées. L'amour ne se décrète pas et, apparemment, vous ne savez aimer qu'une fois.*

— Comment faire autrement ? Je ne vais pas gémir sur ce qui s'est passé entre nous. Contrairement à vous, je n'ai aucun regret.

Ses yeux brillaient de larmes contenues. Son maintien était raide, dû à un effort visible, comme si elle risquait à tout moment de tomber dans l'abîme. Elle agrippait de ses deux mains les pans de son manteau, s'en protégeant comme d'un bouclier. Un mur d'étoffe érigé entre eux aussi solidement que les remparts de la plus solide forteresse. Mais à quoi s'attendait-il ? Il l'avait provoquée de ses paroles définitives, sans même lui laisser le temps de se réveiller pleinement, érigeant entre eux le mur dont il se protégeait maintenant depuis son deuil, hostile, impénétrable. C'était lui qui était la cause de tout cela, de sa tension, de son comportement défensif, de la tristesse qu'elle sentait coller à son visage comme un masque, alors qu'après ces glorieux moments partagés elle aurait dû éprouver tant de bonheur.

Bruin soupira. Elle avait raison, bien sûr. Un sentiment de culpabilité l'assaillit.

— Que faites-vous ici, du reste, Eva ? demanda-t-il en allant vers la porte. Pourquoi Steffen vous-a-t-il enfermée avec moi ? Il aurait pu au moins vous installer dans une chambre. Ce n'est pas ce qui manque dans cette grande bâtisse.

Eva secoua lentement la tête. Jamais elle ne s'était sentie aussi impuissante, aussi démunie. Bruin était convaincu, elle en était certaine désormais, qu'elle se souciait comme d'une guigne de ce qui s'était passé entre eux. Qu'elle n'éprouvait aucun sentiment à son égard. Grâce à Dieu, il ne pouvait lire dans son cœur, ou du moins dans ce qu'il en restait. Il n'en aurait éprouvé aucune gloriole, il avait assez de délicatesse pour cela, mais il aurait su que son indifférence n'était qu'un masque de comédie.

— Steffen n'a aucune confiance en moi. Je me suis déjà échappée il y a un an de la geôle qu'il m'avait aimablement attribuée. Il s'en souvient. Il a peur que je recommence.

Bruin haussa les épaules. Oui, évidemment. C'était

tout à fait le mode de pensée de son frère. Y compris dans son aspect pervers. Les enfermer ensemble tous les deux dans le même espace confiné, c'était un peu comme faire une expérience.

Bruin ramassa son manteau dans le foin et se redressa dans la lumière grise qui tombait de la lucarne. Sur un côté de sa tête, un amas de sang coagulé collait ses cheveux.

— Grand Dieu, Bruin ! Votre tête, s'écria Eva en l'apercevant.

Toutes ses bonnes raisons pour garder ses distances s'évanouirent aussitôt. La honte l'envahit en comprenant qu'elle avait oublié le motif de sa présence ici. Les soins qu'elle devait apporter à la blessure de Bruin.

— Oh ! Bruin ! Je suis désolée. Votre plaie a vraiment mauvaise allure et j'ai complètement oublié de m'en occuper.

Son masque tomba, l'expression de son visage s'adoucit tandis que les larmes trop longtemps contenues coulaient sur son visage.

Jetant son manteau sur ses épaules dans un geste qui démontrait une longue pratique, Bruin se pencha sur la trappe. Pourquoi ces larmes soudaines ? Il était bien temps qu'Eva se soucie de lui, à présent. Il lui avait fait assez de mal. Ils savaient fort bien tous les deux pourquoi elle n'avait pas songé à s'occuper de sa blessure. Ils l'avaient oubliée dans le feu de la passion, dans la faim qu'ils avaient l'un de l'autre.

— Tout va bien, affirma-t-il d'une voix forte.

— Mais la plaie saigne encore, protesta-t-elle en avançant vers lui. Je dois la nettoyer avant qu'elle ne s'infecte.

Il la remercia d'une pression sur son bras.

— Cela attendra, Eva. Nous devons quitter cet endroit

au plus vite, avant que Steffen n'ait trouvé le moyen de vous faire dire où se trouve le rubis.

Trop tard, songea Eva, abattue. Elle avait troqué la cachette séculaire de l'un des plus beaux joyaux d'Angleterre contre la possibilité de rejoindre Bruin. Elle eut pour elle-même un sourire d'autodérision. Steffen savait fort bien qu'il n'avait pas frappé son frère à mort. Il devait bien rire, maintenant.

— Savez-vous si cette trappe est verrouillée de l'extérieur ? s'enquit soudain Bruin d'une voix nette, son regard vif-argent inspectant déjà la soupente, à la recherche d'une autre issue.

Eva se souvenait du bruit grinçant de la barre coulissant avec difficulté dans la gâche. Il y avait une éternité de cela. Elle était quelqu'un d'autre, à présent. Elle était devenue femme.

— Oui, je le crois. Il était question de nous enfermer.

Il tenta de soulever le lourd panneau de bois, qui résista aussitôt. Malgré tous ses efforts, il était évident que quelque chose bloquait la trappe.

Bruin se tourna vers elle, le sourcil interrogateur.

— En effet, c'est verrouillé. Vous sentez-vous capable de passer par cette ouverture ?

— Je peux essayer.

Laissant tomber son manteau sur le sol de planches disjointes, Eva posa son pied dans les deux mains de Bruin en s'appuyant sur ses épaules. Il la haussa aisément jusqu'à la lucarne dont elle rabattit complètement le volet de bois, jusque-là maintenu entrouvert par une solide tige de fer, et passa le haut de son corps à l'extérieur. Le froid était glacial, et elle sentit les délicates dentelles de sa robe s'accrocher aux tuiles rugueuses. Bruin la porta à bout de bras jusqu'à ce qu'elle prenne appui des deux genoux sur la toiture. Puis il la libéra.

— Pouvez-vous voir à quelle hauteur du sol nous sommes ?

Assise sur le rebord de la lucarne, Eva regarda en contrebas. Tout de suite, elle aperçut les légères ramures d'un épais bosquet de noisetiers à hauteur d'homme. Les branches touchaient le toit, et il était facile de les utiliser pour descendre. La température était tombée au-dessous de zéro, et tout était recouvert d'une fine couche de glace translucide. Derrière les noisetiers partait une rangée de frênes qui rejoignait la forêt avoisinante. Sous le soleil levant, voilé de brume, les branches scintillaient doucement. Pendant la nuit, la forêt hivernale s'était transformée en un univers enchanté.

— Non, ce n'est pas haut du tout, chuchota-t-elle encore.

Le mur arrière des écuries faisait partie du mur d'enceinte, mais on avait laissé les noisetiers croître librement, sans doute par incurie. C'était là une faille importante dans le système de défense. Un instant, perchée sur le rebord des tuiles, Eva fut la proie d'une tentation vertigineuse. Plus d'une fois, avec son frère, elle avait escaladé les arbres les plus hauts du domaine familial. C'était pour elle un jeu d'enfant. Elle n'avait qu'à se laisser glisser de branche en branche et sauter sur le sol gelé. Elle pourrait rejoindre la forêt en courant et s'enfuir loin du château. Loin de Steffen.

Et loin de Bruin. Loin de leur nuit sans amour.

Il était trop corpulent pour passer par la lucarne. Elle le laisserait enfermé dans le fenil jusqu'au retour de son frère.

Fermant les yeux, elle laissa couler sur ses joues lentement bleuies par le froid, telles des perles de glace, les larmes trop longtemps retenues. Non. Elle savait qu'elle ne le ferait pas.

Elle se sentait incapable d'abandonner son amant d'une nuit.

Pas comme cela.

— Eva ? Vous m'entendez ? s'enquit la voix étouffée de Bruin.

— Oui, parvint-elle à répondre au milieu de ses sanglots muets. Je peux descendre par ici sans difficulté. Je viens vous ouvrir la trappe.

— Soyez prudente, l'entendit-elle dire encore. Ne vous blessez pas.

Elle se laissa glisser sur les fesses jusqu'au rebord des tuiles, sans se soucier du lichen verdâtre qui tachait ses vêtements. L'air froid pénétrait ses jupes, et jusqu'à la laine fine de ses bas. Claquant des dents, elle enlaça une branche maîtresse et dérapa jusqu'à la fourche, écaillant la glace qui jaillissait dans les airs. Du coin de l'œil, elle s'assurait que personne ne pouvait la voir du haut des remparts ou depuis la lisière de la forêt.

Mais l'endroit était désert. Il faisait trop froid pour courir le cerf, et les gardes, profitant assurément de l'absence de leur maître de passage, avaient dû finir les bouteilles avant de cuver leur ivrognerie au coin du feu ou dans leur lit.

Quand elle eut atteint le sol, elle s'extirpa sans bruit des basses branches qu'elle remit en place, supprimant autant que faire se peut les traces de son escapade. Son intention était de suivre les remparts jusqu'à ce qu'elle trouve une ouverture lui permettant de regagner la cour. Ses bottes crissaient sur la terre gelée tandis qu'elle suivait la muraille luisante de glace. Mais elle avait beau progresser le long du sentier relativement praticable, aucune porte basse, aucun escalier conduisant à un éventuel souterrain, ne s'annonçait. Elle réalisa, le cœur défaillant, que le seul moyen de regagner l'intérieur du château, c'était de passer par la poterne, nul doute dûment surveillée par une escouade de gardes armés jusqu'aux dents. Steffen n'était pas assez fou pour laisser les barons dissidents reconquérir un aussi beau fief sur l'armée du roi. Tournant le coin de la muraille, d'où s'élevait l'une des deux tours d'angle, elle aperçut à une vingtaine de mètres les silhouettes jumelles des deux tourelles qui gardaient le pont-levis. Elle trébucha sur une pierre du chemin et s'arrêta, décontenancée. Que faire ? Comment pénétrer dans la cour sans se faire remarquer ? Il fallait pourtant qu'elle délivre Bruin de son grenier !

Soudain, elle sursauta. Dans la salle des gardes de la poterne, quelqu'un criait. Une voix masculine accompagnée du cliquetis des armes. Puis, dans une cacophonie de cris d'alarme et de claquement de sabots, Bruin jaillit de la voûte d'entrée sur son cheval, ni sellé ni bridé, sa chevelure blonde rutilant sur la muraille de pierre grise comme une flamme. Protégé par sa cotte de mailles, ses cuisses musculeuses poussant le cheval en avant, il guidait l'animal d'une simple cordelette passée autour de son encolure.

Il repéra tout de suite Eva, blottie dans l'ombre des remparts et, exhibant ses dents blanches dans un sourire triomphant, il lui indiqua d'un grand geste du bras le chemin qui descendait de la poterne.

Vivement soulagée, Eva s'empressa de traverser la pente herbeuse qui rejoignait l'allée, les jambes fouettées par les herbes durcies par le gel. Elle atteignit le chemin pierré au moment même où Bruin la rejoignait au trot rapide de son cheval dont la crinière blonde flottait derrière lui comme une écharpe de lumière. Se penchant sur l'encolure de l'animal, il lui passa un bras autour de la taille et la jeta devant lui dans un tourbillon de jupes, la serrant fortement contre son torse. Saine et sauve. En sécurité. Au même moment, une flèche lancée depuis les courtines siffla à leurs oreilles et alla rebondir sur le sol gelé. À bout de souffle, souriant jusqu'aux oreilles, Eva se tourna vers son sauveur, s'enivrant de l'odeur musquée de son corps, des questions plein la bouche.

— Plus tard, dit Bruin. Filons d'abord d'ici avant de nous faire larder de flèches comme des volatiles.

Chapitre 18

Bruin pressait son cheval au travers de la forêt couverte de givre, son bras enserrant la taille d'Eva comme un anneau de fer. Malgré la vitesse et l'absence de selle, elle se sentait en parfaite sécurité. D'instinct, elle savait qu'il ne la laisserait pas tomber. Il contrôlait sa monture avec une maîtrise parfaite. Une simple pression de l'index sur ses rênes de fortune, une pression des genoux sur les flancs de l'animal suffisaient à lui faire connaître ses volontés. L'homme et le cheval étaient dans une communion parfaite.

Des flocons erratiques flottaient encore dans le ciel blanchâtre, murmurant contre ses joues, doux et froids comme des baisers de créatures venues d'ailleurs. Autour d'eux, tout était d'un blanc immaculé. Les collines, les murs de pierre séparant les champs, les haies, tout était couvert d'une épaisse couche de givre. Des glaçons, formés par le vent nocturne, pendaient aux branches en formes contournées. Quand le soleil fut assez haut, le ciel prit une ravissante teinte d'un bleu translucide strié par endroits de traînées roses, et le léger craquement de la glace qui commençait à tomber des arbres emplit la campagne.

Bruin remit sa monture au pas. Elle sentait contre son dos jouer les muscles de son torse, fermes et rassurants.

— Marchons un peu au pas, suggéra-t-il. Cela va

permettre à mon cheval de souffler. Nous sommes assez loin, maintenant.

Relâchant l'abondante crinière à laquelle elle se retenait instinctivement, Eva se frotta énergiquement les mains pour les réchauffer. Elle avait oublié ses gants sur la table, à Deorham, et ses mains étaient glacées. Elle aurait dû dire tout de suite à Bruin qu'il était inutile de se dépêcher. Steffen n'était plus au château depuis la veille au soir. Mais il lui aurait fallu révéler comment elle avait échangé le rubis des Striguil contre la possibilité de le retrouver, et de prendre soin de lui.

— Comment vous êtes-vous échappé du fenil ? demanda-t-elle. C'est seulement une fois que je me suis retrouvée en bas du toit que je me suis aperçue que le seul moyen de pénétrer de nouveau dans le château, c'était de passer par la poterne. J'étais complètement désemparée...

Bruin éclata de rire, d'un rire clair et confiant qui résonna au milieu des arbres dont les troncs étaient rugueux comme la peau des vieillards.

— Je m'en suis aperçu moi aussi. Mais, par chance, l'infortuné serviteur qui arrivait avec un panier rempli de nourriture a été bien mal récompensé. J'ai saisi l'occasion au vol, et c'est lui, à présent, qui est à notre place dans le foin.

— Et vous n'avez rencontré personne ?

— Personne. À dire vrai, je n'ai pas eu à aller loin. Mon cheval était dans l'écurie juste sous le fenil. Comme la sellerie est à côté du logement des grooms, j'ai pris une cordelette et conduit mon cheval en main jusqu'à la poterne.

— Tout a l'air si facile, à vous écouter, ne put s'empêcher de remarquer Eva, sincèrement admirative.

Son rire bas résonna contre le dos d'Eva.

— Parce que ça l'était ! Les gardes de la poterne dormaient à moitié.

Il s'interrompit pour écarter une branche basse et reprit :

— Je suis surpris que vous m'ayez attendu. C'était l'occasion ou jamais de vous débarrasser de mon frère et de moi, ma douce. Vous pouviez vous échapper.

Comment pouvait-il penser une chose pareille !

— J'aurais pu, en effet, mais je suis toujours là, comme vous pouvez le constater, rétorqua-t-elle en tournant la tête.

— On est en droit de s'en étonner. Après tout ce que je vous ai fait endurer…

Faisait-il allusion à la nuit qu'ils venaient de passer ensemble ?

Eva s'empourpra violemment.

— Parce que je ne suis pas le genre de personne à laisser un prisonnier enfermé, décréta-t-elle d'un ton catégorique. Et que je ne reviens pas sur mes promesses.

Le gris de fer des yeux de Bruin prit la nuance irides-cente d'une bille de verre.

— Je suis flatté de votre marque de loyauté, Eva, murmura-t-il, mais je ne la mérite pas, je vous l'ai dit. Pourquoi n'êtes-vous pas partie ?

Un soudain sentiment de bêtise envahit Eva. Subitement, elle se sentait stupide de ne pas avoir tenté sa chance. Dans l'exaltation qui avait suivi leur nuit d'amour, l'idée que Bruin était l'homme de sa vie lui avait traversé l'esprit. Une idée absurde, un rêve, une chimère. Elle le voyait bien, maintenant. Bien sûr, lui ne demandait qu'à se débarrasser d'elle. Il n'était pas seulement étonné mais probablement contrarié qu'elle n'ait pas pris la poudre d'escampette. Il était temps pour elle de lui faire ses adieux.

Avant de ne plus en avoir le courage.

— Oh ! je ne sais pas… Je n'y ai pas songé, répondit-elle d'une voix atone, sans conviction.

Bruin, étonné par sa réponse, se pencha sur l'épaule d'Eva pour voir son visage. Elle se tenait de nouveau très droite, le regard fixé sur le chemin. Son visage aux traits fins, enclos dans le capuchon de drap bleu de sa houppelande, avec la dentelle blanche de sa chemise dépassant un peu de son col rebrodé de fils de soie alternativement verts, bleus et dorés, ressemblait à un médaillon de vitrail.

Le cœur serré, Bruin se rappela la perfection de la peau de la jeune fille, sa douceur de soie sous sa paume. Si belle et si fragile ! Et pourtant sous cette apparente faiblesse se cachait une force intérieure, un courage qui dépassait de loin celui de bien de ses hommes. Bruin était heureux qu'elle ne se soit pas enfuie. Il lui fallait bien se l'avouer. Quand il avait vu Eva passer le tournant de la poterne, son cœur avait bondi de joie. Maintenant, il ne doutait plus qu'elle aurait tout fait pour le libérer de son grenier.

Mais pourquoi, puisque son frère aurait bien fini par s'inquiéter de son sort ? Puisqu'il avait même pensé à lui faire envoyer de la nourriture par un serviteur.

Était-ce pour être sûre de quitter les lieux avec lui ?

Un instant, l'espoir accéléra les battements de son cœur.

C'était jour de marché à Ranscombe, grand bourg sans plan précis qui s'éparpillait sur la lisière nord de la forêt. Charrettes débordant de paniers remplis de légumes, chevaux de labour ou de monte à la croupe rutilante, poneys lourdement chargés de plaques de tourbe ou de fagots de bruyère, tout cela s'entassait dans un joyeux désordre sur la grand-place tandis que les propriétaires s'abreuvaient de bonne bière fraîche dans les tavernes avoisinantes avant de déjeuner. Les paysans qui étaient restés dehors pour surveiller leur étal étaient emmitouflés dans de lourdes pelisses et leur bonnet de feutre était soigneusement rabattu sur leurs oreilles. Un peu partout s'élevaient les cris des marchands ambulants, l'un vantant ses cocos[1] secs, l'autre ses plats d'étain : « Étains, étains, les beaux étains. Pour voir, pour boire, les beaux étains. » La femme et les enfants du charbonnier passaient de pas-de-porte en pas-de-porte pour vendre les fagots qu'ils avaient ramassés dans les essarts : « Fagots, fagots. Beaux fagots. Au feu les fagots ! Au feu ! »

Des chiens, la queue entre les pattes, certains si maigres que leurs côtes saillaient sous leur fourrure dépenaillée, flairaient des jambes protégées par des bandes molletières, levaient la patte sur la roue d'une charrette. Ils cherchaient quelques détritus comestibles sous les étals et s'enfuyaient soudain en piaillant, chassés par un coup de pied.

— Pourquoi ne pas nous arrêter ici pour nous restaurer ? proposa Bruin qui avait eu le temps de regretter les galettes d'avoine et la petite bière apportées par le domestique dans le fenil au petit matin et renversés dans le foin, tandis qu'il envoyait leur porteur voler dans la soupente et refermait la trappe derrière lui à double tour.

Joignant le geste à la parole, il sauta de son cheval qu'il alla attacher à une barrière. D'un geste, il fit signe à un gamin d'apporter à la brave bête une botte de foin puis, saisissant Eva par la taille, il la souleva sans effort et la posa sur le sol.

— Vous êtes bien silencieuse, remarqua-t-il en l'étudiant d'un regard aigu.

L'aiguillon du remords lui travaillait la conscience et il ne put s'empêcher d'insister :

— Regretteriez-vous…

1. Cocos : haricots blancs, vendus secs en hiver.

— Non, absolument pas ! rétorqua-t-elle aussitôt, le regard provocateur.

Elle savait parfaitement à quoi il faisait allusion et n'avait pas envie d'entendre ses excuses. Ni ses regrets. Une boule dure lui bloquait la gorge. Derrière ses paupières, ses yeux la picotaient désagréablement. Elle se redressa énergiquement et, s'éclaircissant la gorge, commença maladroitement :

— Bruin... En fait, j'ai bien réfléchi, pendant que nous cheminions. Il me semble que... Qu'il serait préférable pour nous deux que vous me laissiez ici.

Le visage de son interlocuteur prit une expression horrifiée.

— Que je vous laisse ici ?

Oui, évidemment, après ce qui était arrivé, elle n'avait qu'une hâte : mettre le plus de distance entre elle et lui.

— Oui, Bruin, sincèrement. Vous avez besoin de reprendre le cours de votre vie, auprès du roi, je présume...

Elle fit un geste vague de la main, comme pour indiquer l'endroit où elle supposait que se trouvait le roi à cet instant.

— Et moi, je dois rejoindre Lady Katherine, m'assurer que tout va bien pour elle conclut-elle.

Oui, c'était exactement ce qu'elle devait faire. Elle devait retrouver Katherine. Son amie l'aiderait comme elle l'avait déjà fait dans le passé.

Un jeune garçon les dépassa, chargé d'une grande panière de pains au raisin, chauds et odorants. Son épaule osseuse heurta Eva qui vacilla. Bruin, jetant un regard noir au malotru, lui tendit une main secourable tandis que son cerveau réfléchissait à ce qui venait d'être dit. Pourquoi Eva le quitterait-elle aussi vite ? Il fallait qu'elle reste plus longtemps sous sa protection, n'est-ce pas ? Lui seul pouvait la protéger de Steffen.

Du pouce, il suivait machinalement les broderies du col de la jeune femme, glissait un doigt entre l'étoffe et la peau tiède. Et, sous la caresse, il sentait le pouls d'Eva battre plus fort. Son esprit cherchait désespérément des raisons pour la garder avec lui, sans qu'il quitte des yeux le visage fermé de la jeune femme, ses épaules redressées fièrement. Mais il ne voulait pas la laisser partir. Pas maintenant.

— Vous ne pouvez pas voyager seule, Eva. Ce n'est pas sûr. Et cela ne se fait pas.

Mais il y avait ce qui s'était passé entre eux cette nuit. Et rien qu'à cause de cela il serait sans doute préférable que leurs chemins se séparent.

Sa main s'attardait sur le poignet d'Eva. Les yeux brouillés par les larmes, les idées confuses, elle l'entendait à peine. Elle ne quittait pas des yeux, comme prise sous un charme magique, les doigts bronzés de Bruin sur sa peau blanche, retraçant le chemin bleuté de ses veines. Son corps s'émouvait lentement, se rappelant les émois de la nuit passée. Les mains de son compagnon sur son corps dénudé. Et sa résistance commençait à faiblir. Elle secoua la tête, et ses larmes se mirent à couler.

— Cessez, souffla-t-elle. Cessez, Bruin, je vous en prie.

Il retira sa main.

— Désolé, marmonna-t-il, le visage de nouveau fermé.

Quel butor il faisait ! Après ce qui était arrivé, le moindre contact devait lui être intolérable.

— Pourtant, j'insiste, Eva. Je ne peux pas vous laisser partir seule. Tant que Steffen n'aura pas eu ce qu'il voulait, il vous poursuivra.

Baissant la tête, elle se mit à contempler sous sa robe l'extrémité de ses bottines maculées de boue.

— Non, dit-elle tristement. Il ne le fera pas. Il n'en a plus besoin, maintenant.

Sa voix était calme, résignée.

Bruin agita furieusement la tête.

— Mais je le connais. Tant qu'il n'aura pas ce rubis…

Il s'accrochait à ce prétexte comme à une corde qui les relierait. Voilà la raison indiscutable pour laquelle il était nécessaire qu'elle reste avec lui. Il la protégerait de Steffen. Il lui devait au moins cela.

— Il doit l'avoir, à l'heure qu'il est.

Bruin la dévisagea, le souffle coupé. Il revoyait les événements de la veille. Le souper avec son frère, le désaccord. Puis ce choc sur la tête.

— Que s'est-il passé après que Steffen m'a assommé ?

Son visage s'empourpra lentement. Son regard se rétrécit.

— Que vous a-t-il fait ?

Bon sang, pourquoi ne s'était-il douté de rien, quand Eva l'avait rejoint dans le fenil ? Pourquoi ne l'avait-il pas questionnée ? Mais il n'y pensait pas, bien sûr. Il ne pensait qu'à une chose. Mettre Eva dans son lit.

— Dites-moi, Eva, que s'est-il passé ?

Il revenait à la charge, avec dans la bouche, un goût de cendre.

— Il ne s'est rien passé, Bruin. Votre blessure saignait abondamment. Vous étiez inconscient. Je voulais…

La voix d'Eva faiblit. Comment lui expliquer l'inquiétude qu'elle avait éprouvée pour lui sans lui révéler ses sentiments ?

— Que vouliez-vous, Eva ? insista-t-il encore, le visage sévère.

— M'occuper de vous… Soigner votre blessure, chuchota-t-elle d'une voix mal assurée. Cessez de crier, Bruin. Je n'en puis plus…

Il baissa les yeux, gêné.

— Excusez-moi, dit-il en lui posant les mains sur les épaules. Ainsi, la condition qu'a mise Steffen pour vous autoriser à me rejoindre, c'était de lui révéler la cachette du rubis. Vous avez donné la seule chose de valeur qui vous restait pour moi ?

Avait-elle fait réellement cela pour lui ? Il avait du mal à le croire. Une allégresse inattendue faisait danser son cœur. Une effervescence joyeuse, qui croissait lentement, chassant les sombres nuées de ces derniers mois.

Eva opina du chef, rentrant les épaules. Elle attendait les reproches, la condamnation. Il allait lui dire à quel point elle s'était montrée stupide d'abandonner le seul moyen qui lui restait de garantir son avenir pour lui, Bruin, un quasi étranger.

Même si, pour elle, il n'avait pas été question de faire autrement.

À sa grande surprise, lui saisissant le menton entre deux doigts, il lui releva la tête et l'obligea à rencontrer son regard.

— Vous avez fait cela pour moi ? répéta-t-il encore, la stupéfaction teintant sa voix.

— Oui, répondit-elle simplement.

Son souffle s'évapora dans les airs en un petit nuage glacé.

— Mais pourquoi ?

Parce qu'elle l'aimait. C'était une évidence qu'elle n'avait pas osé se formuler clairement. Même pas à elle-même.

— Il était hors de question que je vous laisse dans cet état, Bruin, affirma-t-elle, s'efforçant de donner à sa voix un ton d'évidence pratique. Tout le monde aurait fait la même chose à ma place. Vous étiez blessé, inconscient.

Elle étreignit nerveusement ses deux mains, gênée.

Un sourire flotta sur les lèvres de Bruin.

— Je m'en serais fort bien sorti.

— Je ne pouvais pas le savoir. Quoi qu'il en soit, je me sentais davantage en sécurité enfermée avec vous dans une chambre qu'avec Sir Steffen rôdant dans les couloirs.

Plus en sécurité ? Vraiment ?

La voix de Bruin était rauque, des parcelles de lumière dorée scintillaient au fond de ses yeux.

Il caressait du pouce la courbe de sa lèvre inférieure. Dans le cerveau d'Eva s'imposa l'image de leurs deux corps enlacés roulant nus dans le foin. Elle entendit le rythme sourd de leurs deux souffles haletants, et un spasme délicieux lui étreignit le ventre. Elle ferma les yeux et, tournant la tête, s'efforça de chasser ces souvenirs troublants. La main de Bruin retomba.

— Steffen ne constitue plus pour moi une menace. Il a tout ce qu'il voulait. Vous pouvez me laisser partir.

Bruin poussa un long soupir.

Non, il ne voulait pas la laisser partir. Les mots résonnaient dans sa tête avec insistance. Il réfléchit très vite. Il lui fallait trouver pour Eva une bonne raison de rester avec lui.

— Mais Steffen vous a volé quelque chose qu'il n'avait pas le droit de s'approprier. Le laisserez-vous faire cela ?

— Il le faut. C'est le seul moyen pour être débarrassée de lui. Sinon, il ne me laissera jamais en paix.

Elle posa la main sur son bras de nouveau revêtu de la cotte de mailles. Les maillons de métal, plats et bien serrés, étaient froids sous ses doigts.

— Comprenez-vous cela ?

Bruin croisa les bras, une expression de défi dans les yeux. La pâle lumière du matin jouait dans sa barbe renaissante.

— Oui, bien sûr. Mais ce n'est pas juste. Vous devez récupérer votre bien. Qu'est devenue la jeune guerrière prête à me combattre dans la forêt ? La jeune fille qui me frappait le torse avec ses poings. Qui me traitait de primitif, de barbare ? Si mon frère pense que vous n'êtes pas capable de récupérer votre bien, ni de défendre vos intérêts, il se trompe, Eva. Il faut juste que vous soyez convaincue de vos droits.

Les compliments de Bruin étaient sincères, elle le sentait dans sa voix. Et la confiance qu'il avait en elle lui faisait chaud au cœur.

— Pour ce qui est de mes droits, vous avez raison, Bruin. J'ai été spoliée, doublement puisque Steffen a pris non seulement mes terres, au nom du roi, mais aussi ce rubis. Mais comment pourrais-je me battre seule contre lui ?

Il taquina l'extrémité de sa bottine du bout de sa botte. Un geste complice, amical.

— Mais vous n'êtes pas seule…

Eva ouvrit de grands yeux.

— Qui voudrait m'aider contre un lieutenant du roi ? Franchement, je ne vois pas…

Elle écarta les bras dans un geste vain, qui serra le cœur de Bruin.

— Au contraire, s'exclama-t-il avec un grand sourire, heureux d'avoir trouvé un bon prétexte pour garder Eva à ses côtés. Vous m'avez, moi.

Ils dévorèrent à grandes dents des tourtes chaudes à la viande et aux oignons devant l'étal d'un marchand. Eva regarda son compagnon faire disparaître jusqu'à la dernière miette, se léchant les babines pour ne rien perdre du jus gras et savoureux. Puis il en redemanda pour tous les deux, versant une généreuse poignée de pièces dans la patte graisseuse du commerçant, qu'il fit descendre pour son compte à grandes rasades de petite bière parfumée au gingembre.

— En voulez-vous encore ? demanda-t-il enfin en se penchant sur sa compagne.

Eva rit.

— Non, merci. Franchement, je ne croyais pas être capable de manger autant.

Cette fois, ils rirent ensemble, les yeux dans les yeux, et elle sentait la joie dilater son cœur, heureuse de partager la compagnie de cet homme séduisant un peu plus longtemps. Bien sûr, elle n'était pas naïve. Si Bruin avait proposé de l'aider, c'était par sens du devoir. À cause de ce qu'il avait fait. De ce qu'il lui avait fait. Mais peu importait. Ils étaient là, heureux d'être ensemble, et c'était l'essentiel. Sa vie, pourtant encore si courte, lui avait déjà appris qu'il fallait savoir profiter des bons moments.

Pourtant, le doute la rongeait, niché dans les tréfonds de son cerveau. Il y avait bien un maillon faible, dans son raisonnement. Elle-même. Serait-elle assez forte pour protéger son cœur quand elle était avec Bruin ? Ou sa présence continuelle ainsi que le souvenir de ce qu'ils avaient fait ne risquaient-ils pas de saper ses bonnes résolutions ?

C'était un risque qu'elle était disposée à courir. Le rubis n'était qu'un prétexte. Elle n'adhérait pas au projet de Bruin, qui était de récupérer ce qui lui appartenait. Si elle était encore là, c'était pour rester un peu plus longtemps avec lui.

Le reste de la tourte avait été soigneusement enveloppé dans un carré de mousseline. Eva s'essuya les mains à l'étoffe et s'en tamponna discrètement la bouche. Bien que l'intérieur de son corps soit réchauffé par la tourte, elle ne put retenir un frisson. À l'ombre des maisons, l'air était glacé. Les pavés étaient couverts de givre, et un passant, se laissant prendre au piège, tomba sur l'arrière-train en lançant une bordée de jurons.

— Bruin, merci pour votre aide. C'est vraiment très gentil de votre part.

Bruin grinça des dents. « Gentil » n'était pas le terme qui convenait le mieux pour qualifier ses motivations. Mais le temps n'était pas aux polémiques inutiles.

Il haussa les épaules.

— Stephen ne connaît plus ses limites. Il faut bien que quelqu'un se charge de lui donner une leçon.

Il posa un regard amusé sur un cavalier en difficulté dans son entreprise de traverser la place. L'animal voulait tourner à gauche et lui s'obstinait à lui demander d'aller tout droit. Ce fut le cheval qui eut gain de cause, et la foule s'ouvrit en deux, comme la mer Rouge dans l'Ancien Testament, pour lui laisser le passage, nul ne se souciant de recevoir un coup de sabot.

— Comme ce cavalier, ajouta-t-il en désignant l'homme du menton, j'aurais dû voir le coup venir.

— Pourquoi ? protesta Eva, qui sentait son indignation s'enflammer de nouveau en songeant à ce qu'avait fait Steffen. Il est votre frère, malgré tout. Vous ne pouviez imaginer qu'il allait vous attaquer.

Bruin eut un sourire amer.

— Jusqu'à présent, il ne s'était jamais montré physiquement violent à mon égard. Quand nous étions enfants, il faisait ses coups par-derrière. Ses attaques étaient sournoises. La plupart du temps, c'était par jalousie. Il était malin comme un renard, et mes parents ne se sont jamais doutés de rien. Et puis, quand Sophie est morte, j'ai cru qu'il avait changé. En mieux. Il est venu à mon aide…

Sa voix s'éteignit tandis qu'il subissait de plein front l'assaut de ses souvenirs. Une bourrasque fit danser l'enseigne de l'auberge au bout de ses chaînes. L'ange aux ailes dorées se mit à se balancer d'avant en arrière avec des grincements sinistres.

Émue, Eva lui pressa doucement les doigts. Elle revit la femme qui traversait la cour avec le petit garçon. L'épouse de Steffen. Et son fils. Et elle pensa à Steffen lui-même. Son comportement à l'égard de Bruin. À sa jalousie.

« Je l'ai proprement roulé dans la farine, et il n'en a jamais rien su », lui avait-il confié dans la grande salle.

Une intuition soudaine fit courir un frisson le long de la colonne vertébrale d'Eva.

— Votre frère vous a aidé, dites-vous ? Pouvez-vous me dire comment ?

— C'est lui qui m'a apporté les vêtements que portait Sophie quand elle s'est noyée. Lui qui a essayé de consoler mon chagrin. Sans lui, je ne sais pas comment je m'en serais sorti.

— Avez-vous vu le corps de votre fiancée ? lança Eva tout à trac.

Son cœur s'était mis à battre très fort, et elle avait la gorge serrée. Il fallait qu'elle le dise à Bruin. Qu'elle lui révèle la vérité. Même si cette vérité allait lui enlever Bruin à jamais. Car, quand il saurait qu'elle était vivante, il irait la réclamer comme sienne.

Et elle, Eva, le perdrait à jamais.

— Je vous demande pardon ?

Bruin la dévisageait, abasourdi.

Puis il secoua la tête.

— Elle s'est jetée à la mer, Eva. À l'heure qu'il est, son corps a nourri les poissons depuis belle lurette.

Eva se mit à taper du pied pour se réchauffer. Il ne faudrait pas longtemps pour que Bruin ait deux morts sur la conscience. Une fictive et une vraie. La sienne. Parce qu'elle sentait qu'elle allait mourir de froid.

Comment lui révéler ce qu'elle avait découvert. La vérité était si cruelle.

— Bruin… Je… Je crois que Steffen a fait quelque chose de vraiment horrible. Il vous a menti…

— Bah ! Ce ne serait pas la première fois, rétorqua-t-il tranquillement en enfonçant ses pouces dans son ceinturon.

Pourtant, l'expression solennelle du visage d'Eva dut l'alerter.

— Que s'est-il passé ? Qu'avez-vous à me dire ?

— Quand les gardes m'ont fait traverser la cour pour me conduire dans le fenil, j'ai aperçu une femme et un enfant, commença-t-elle à expliquer d'une voix lente. Le garde m'a dit que le garçon était le fils de Steffen.

Les yeux de Bruin étaient devenus deux feux brûlants qui la transperçaient jusqu'à l'âme. Eva sentit sa voix s'étrangler dans sa gorge. Elle se força à poursuivre.

— Il m'a également dit que la femme était l'épouse de Steffen… Et qu'elle s'appelait Sophie.

Ses paroles flottèrent un instant dans l'air, comme figées par le froid. Tout autour d'eux, la cohue du marché continuait à s'agiter sur la place. Les odeurs de viande cuisinée, de poisson et de fromage se mêlaient dans l'air glacé. Des chiens aboyaient, des marchands poussaient leur cri pour vanter les mérites de leurs produits. Le claquement sec des sabots sur les pavés répondait en écho au roulement de tonnerre des roues des charrettes.

Eva soutenait courageusement le regard de son interlocuteur.

— Si nous devons retourner à Deorham, Bruin, il faut que vous le sachiez. Une dame du nom de Sophie est mariée à Steffen. Elle a un fils qui vous ressemble à tous les deux comme une goutte d'eau ressemble à une autre. Et, pour mon compte, je suis persuadée que cette femme est celle qui fut jadis votre fiancée.

Chapitre 19

Le silence s'étirait entre eux, les emprisonnant comme dans une bulle hors du temps. Le visage de Bruin exprimait la plus grande confusion.

Il se passa la main dans les cheveux et fit une grimace de douleur. La plaie sur son crâne était encore à vif. Dans le mouvement, son manteau s'entrouvrit, laissant entrevoir le surcot rouge rebrodé d'or.

— Me dites-vous la vérité, Eva ? Est-ce possible ?

— Pourquoi vous mentirais-je ?

Les épaules de Bruin se voûtèrent. Son regard la dévisageait, perplexe. Il la connaissait assez, maintenant, pour savoir qu'elle ne mentait pas.

— Non, vous ne mentez pas. Ce serait absurde. Mais je n'arrive pas à donner du sens à ce que vous racontez. Vous dites que… que vous avez vu Sophie ? À quoi ressemblait cette femme ?

Le cœur gros de regret, avec la sensation terrible que sa vie n'aurait désormais plus aucun sens, Eva s'exécuta. Elle entreprit de faire un portrait de l'inconnue qu'elle avait aperçue de manière si fugitive.

— Jeune, grande et très mince. Ses cheveux étaient d'un blond très clair.

Même à ses propres oreilles, ce portrait était bien vague. Pourtant, l'essentiel y était. La blondeur, la jeunesse…

— C'est là le portrait une bonne moitié des femmes de ce pays, ironisa-t-il sèchement.

— Elle se prénomme Sophie et est mariée à votre frère, insista Eva, malheureuse comme une pierre. C'est plus qu'une coïncidence, ne croyez-vous pas ?

Il eut une moue sceptique.

— C'est possible. Mais si c'est vrai, pourquoi ne s'occupait-elle pas de lui quand il était blessé ? Je n'ai pas vu l'enfant non plus. Non, conclut-il en s'essuyant les mains sur la toile pliée sur l'éventaire à cet effet. C'est gentil de votre part, Eva, de vouloir me convaincre que Sophie n'est pas morte par ma faute. Mais je ne puis y croire. Quel intérêt aurait eu Steffen…

C'était étrange, mais prononcer le nom de la jeune fille qu'il avait tant aimée le laissait presque indifférent, maintenant. La tristesse était toujours là, bien sûr, mais ce n'était plus qu'une émotion lointaine, qui faisait déjà partie de ses souvenirs.

Et il savait pourquoi. C'était la jeune fille qui était à ses côtés qui lui réchauffait le cœur, désormais. Comme le soleil dissipe les brumes matinales, elle avait réussi à apaiser son angoisse et ses remords.

— Je souhaitais simplement vous faire part de ce que j'ai vu, expliqua Eva posément. Je craignais que ce ne soit un choc pour vous. Quand nous retournerons là-bas et que nous verrons cette femme.

Le ton protecteur d'Eva le fit sourire. Elle parlait comme si c'était elle, son chevalier servant, prête à en découdre avec tous les ennemis qu'ils rencontreraient sur leur passage. Et, d'une certaine manière, elle l'était. Son habileté à manier l'épée, à lui, Bruin, et ses aptitudes au combat pouvaient la sauvegarder physiquement. Et encore ! Il avait suffi à Steffen de lui asséner un bon coup sur le crâne pour le neutraliser. Il était tombé comme foudroyé aux pieds d'Eva, la laissant au pouvoir d'un prédateur sans foi ni loi.

Tandis qu'elle, avec sa douceur, sa sollicitude et sa beauté, elle l'avait fait littéralement renaître à la vie.

Il suffit de quelques pièces d'or à Bruin pour procurer à sa compagne une autre monture. Une jolie jument grise avec une marque blanche sur le nez et un caractère très doux. Il fit également l'acquisition de deux selles et du harnachement qui allait avec et mit dans la main d'Eva quelques pièces de monnaie.

— Allez nous acheter quelques provisions de route pendant que je prépare nos montures. Je ne suis pas certain de la manière dont nous serons accueillis à Deorham quand ils vont nous revoir. Il vaudrait sans doute mieux nous sustenter avant.

Le soleil était plus haut, maintenant, et le marché était inondé d'un clair soleil d'hiver. Eva s'engagea au milieu des éventaires colorés, admirant au passage les énormes boules de pain bis, au froment, au sarrasin, au blé noir, dont la croûte dorée était sculptée pour certains de motifs en relief. Plus loin s'alignaient de petits fromages de chèvre, ronds et odorants et, juste à côté, de grosses roues de fromage, de taille variée, depuis le Caerphilly[1], spécialité bien connue de la région, en passant par le Y Fenni, garni de graines de moutarde et macéré dans la bière, jusqu'au fameux Llangofan Cheese et au Tintern de la région d'Abergavenny aromatisé à la ciboulette et à l'échalote. Chez un herboriste, qui vendait toutes sortes

1. Le Caerphilly est un fromage originaire du pays de Galles fabriqué dans la région des Marches galloises et vendu sur le marché de Caerphilly dont il a pris le nom. Fromage de lait de vache, à pâte blanche et très salée, il était très apprécié des mineurs de charbon dont il permettait de reconstituer les réserves en sel perdues par leur organisme pendant les longues heures de travail journalier au fond de la mine.

d'herbes séchées, d'essences de plantes et de fleurs ainsi que des décoctions à l'odeur forte dans des flacons de verre, elle acheta un pot d'onguent de sauge pour soigner la blessure de Bruin. Puis elle ajouta à ses emplettes de fromage des petits pains ronds qui avaient le mérite de former des parts individuelles faciles à consommer.

— La route est encore longue, *mistress* ? s'enquit la marchande, une vieille femme si courbée par les ans qu'il lui fallait se tordre le cou pour la voir.

— Non, non, nous allons seulement à Deorham, expliqua Eva en posant ses piécettes dans la main qui avait jailli sous son nez comme une serre de rapace.

— En tout cas, on peut dire que vous avez de la chance. Sacré beau spécimen, vot' mari ! commenta son interlocutrice en jetant un regard appréciateur, tout à fait inattendu chez une vieille sorcière, vers l'endroit où Bruin s'occupait des chevaux. Vous feriez bien d'avoir l'œil, et le bon !

Elle avait dû les voir, Bruin et elle, discuter ensemble et peut-être même se régaler de leurs tourtes chaudes au comptoir du marchand.

— Oh ! Mais il n'est pas…

Elle s'interrompit aussitôt, une agréable sensation de chaleur lui envahissant la poitrine, et prit le temps de savourer l'image que venait de susciter la vieille femme : Bruin et elle, avançant comme un couple dans la vie, main dans la main. Ainsi, c'était l'effet que cela produisait, d'être unis devant Dieu à un homme qu'on aime ? De vaquer aux affaires du ménage avec le sentiment de ne plus être seule, d'être chérie et protégée ?

Elle secoua vivement la tête. Pas question de s'habituer à ce genre de fantaisie ! Ce n'était qu'une bulle éphémère, un moment qui s'enfuirait au pays des songes sitôt que Bruin aurait retrouvé Sophie.

Quand elle le rejoignit, les bras chargés de ses emplettes,

Bruin avait fini de harnacher les chevaux. Il lui prit ses achats des mains un par un pour les ranger dans les fontes de selle, la laissant avec son pot d'onguent à la main.

— Qu'est-ce que c'est ? s'étonna-t-il enfin tandis que son regard se posait sur le pot d'onguent sur lequel était dessinée la jolie plante aux fleurs d'un bleu délicat.

— De la sauge. C'est un excellent antiseptique pour les plaies ouvertes. J'aurais dû m'occuper plus tôt de votre blessure, mais si vous m'accordez un instant…

— Vous… voulez me mettre cette plante… Enfin le suc de cette plante, je suppose, sur la tête ? Maintenant ?

Il pinça un peu trop énergiquement l'encolure de son cheval qui hennit en grattant nerveusement du sabot sur le pavé. Sa cotte de mailles glissa sur son bras, découvrant son poignet vigoureux, à la peau mate.

— Absolument, décréta Eva avec fermeté, espérant lui en imposer suffisamment pour qu'il se laisse faire. Cette plaie est restée trop longtemps sans soins. J'aurais dû m'en occuper sitôt que je vous ai rejoint dans le fenil, mais…

Sa voix s'éteignit, tandis que les souvenirs lui revenaient avec force.

— Mais je ne vous en ai pas laissé le temps, n'est-ce pas ? murmura-t-il, l'air coupable.

Eva haussa les épaules.

— Vous m'avez donné l'opportunité de refuser, dit-elle avec force en le regardant dans les yeux. Alors, n'y pensons plus, voulez-vous ?

Elle ajouta avec une expression qu'elle espérait pleine d'assurance :

— Montrez-moi donc cette blessure.

Obtempérant obligeamment, Bruin inclina la tête pour qu'elle puisse l'inspecter. Mais, tout au fond de lui, il revenait sans cesse à la même pensée. Comment pourrait-il jamais oublier ? Le parfum délicieux de son corps lové contre le sien, la tiédeur de son cou, la douceur de ses cheveux s'imposaient à lui dès qu'il fermait les yeux. Pourquoi Eva ne s'était-elle elle pas écartée quand il lui en avait offert le choix ? Le croyait-elle meilleur qu'il ne l'était ? Espérait-elle qu'il lui offrirait de l'épouser ?

Cette idée n'était pas aussi perturbante qu'il l'aurait cru au premier abord. Il sentait les mains légères d'Eva étendre sur la plaie l'onguent légèrement granuleux, de couleur blanchâtre. Le parfum de la sauge, âcre et pénétrant, lui envahit les narines.

— Qu'y a-t-il là-dedans ? s'enquit-il en fronçant le nez.

Libérant son crâne, Eva referma le petit pot d'onguent.

— De l'huile essentielle de sauge. J'ai appris de ma nourrice, au domaine, que c'est très bon pour les plaies. Mais je ne suis ni chimiste ni sorcière…

Une rafale de vent souleva sa jupe qui vint se plaquer contre les jambes de Bruin.

Il lui sourit

— Merci, Eva. Je suis très sensible à votre attention.

Il y avait beau temps que personne n'avait eu de geste attentionné à son égard. En tout cas, il y avait rarement été aussi sensible.

Récupérant le pot d'onguent de la main d'Eva, il le casa tant bien que mal dans une de ses fontes et décréta avec entrain :

— Bien, maintenant, il est grand temps que nous allions récupérer votre bien. Qu'en pensez-vous ?

Les hauts remparts de pierre grise de Deorham apparurent bientôt au-dessus de la forêt. Eva lança un regard furtif vers le château, s'attendant à recevoir d'un instant à l'autre une pluie de flèches. Une peur intense lui étreignait la poitrine, l'empêchant de respirer librement.

— Je ne parviens pas à croire que je suis revenue me

mettre dans la gueule du loup, soupira-t-elle. Comment ai-je pu être assez folle pour accepter de vous suivre ?

Ils avaient suivi la course descendante du soleil, traversant la forêt au pas paisible de leurs chevaux et ils avançaient maintenant côte à côte le long du chemin pierré qui menait à la poterne. La lumière du soleil couchant frappait de plein fouet la tour ouest, la peignant d'une vive tache orangée. Clignant des paupières, Eva reconnut l'endroit où elle s'était tapie, au pied des remparts, désemparée, et d'où elle avait aperçu Bruin franchissant le pont-levis au galop, les gardes le poursuivant de leurs cris.

— Et si Steffen décidait de nous faire de nouveau prisonniers ? Il y a certainement d'excellentes oubliettes, dans ce poste de défense, chargé de surveiller les frontières...

Sa voix était mal assurée, et un long frisson, dont la fraîcheur du soir n'était pas seule responsable, la secoua des pieds à la tête.

— Ce ne sera pas aussi facile, rétorqua Bruin. La première fois, il m'a eu par surprise. Mais cette fois je suis sur mes gardes.

Ce disant, il posa sa main sur la poignée ornée de joyaux de sa dague, comme on toucherait un talisman.

— J'aimerais en être aussi sûre que vous.

Ils s'arrêtèrent devant le portail bardé de larges barres de métal rivetées, et Bruin frappa plusieurs coups qui résonnèrent jusque dans la salle des gardes.

Une voix leur parvint de l'intérieur.

— Qui va là ?

— Moi, Lord Bruin de Valkenborg, le frère de Lord Steffen. Ouvrez. Je veux lui parler.

Une porte étroite, aménagée dans le portail, s'entrebâilla et une tête en émergea. C'était le domestique de Steffen, Simon, le visage pâle comme la mort.

— L-Lord Bruin…, bafouilla-t-il., en se passant la main sur le front. Mon Dieu… Je ne sais pas comment vous l'annoncer… Une chose horrible est survenue. Lord Steffen… Par tous les saints… Lord Steffen est mort !

— Comment diable… !

Bruin sauta à bas de son cheval et, saisissant le pauvre Simon par le col, le souleva de terre.

— Qu'est-ce que vous nous chantez là ?

L'homme tremblait de tous ses membres et roulait de gros yeux pâles. Sa bouche s'ouvrait et se refermait convulsivement sans émettre le moindre son.

— Parlez ! hurla Bruin en le secouant.

— C'est… C'est son second, Raoul de Chaulmes… Ils revenaient tout juste de Striguil…

Simon lança à Eva un regard d'excuse avant de poursuivre.

— Il est arrivé tout soudain par-derrière et il a arraché la bourse dans laquelle mon maître avait enfermé le rubis. Puis il a dégainé son glaive et il l'a tué… Je n'ai rien pu faire…

Eva retint un sourire. Comme si ce pauvre être falot et tremblotant, plus très jeune, pouvait envisager d'affronter un chevalier en combat singulier !

— Ou est-il ? Où est Steffen ?

— Dans la cour intérieure.

Bruin aida Eva à mettre pied à terre, et ils franchirent le portail, leurs chevaux en main, passant sous la herse qui était restée levée. Une odeur de pourriture imprégnait l'air humide de la première cour, étroite et sombre du fait de la hauteur du châtelet de la poterne. Eva saisit le bras de son compagnon, et ils avancèrent côte à côte. Quand ils arrivèrent dans la cour intérieure, ses yeux s'élargirent d'horreur et un cri lui échappa.

Steffen était étendu de tout son long au milieu de l'espace, là où les pavés aménageaient une sorte de rigole d'évacuation des eaux. Il avait les bras en croix, et ses yeux sans vie étaient encore ouverts. Un flot de sang coulait de sa poitrine, tachant l'étoffe bleu roi de son surcot.

Eva s'efforçait de comprendre ce qui s'était passé. De donner un sens à ce spectacle atroce. Soudain, les jambes lui manquèrent et elle dut s'appuyer au flanc de sa jument pour rester debout. Aussitôt, Bruin s'interposa devant le spectacle sanglant et la retint par le coude.

— Rentrez dans la salle des gardes, intima-t-il en la poussant doucement en arrière. Il ne faut pas rester là.

Lâchant sa monture, il desserra les doigts d'Eva, crispés sur ses rênes et la conduisit dans la petite salle sombre où il la fit asseoir.

— Restez là, je vous prie, déclara-t-il, nouant son regard gris avec celui de sa compagne.

La cordelette fermant son manteau s'était dénouée et il en refit le nœud, croisant l'un sur l'autre les pans du lourd vêtement pour qu'elle ait bien chaud.

Eva lui posa la main sur l'avant-bras, comme pour le retenir.

— C'est peut-être une ruse, Bruin. Soyez vigilant. Vous savez ce dont Steffen est capable.

Il eut un bref hochement de tête et, la seconde d'après, il était parti.

Eva resta immobile, la tête appuyée contre le mur glacé, luttant contre la nausée qui lui remuait l'estomac. Sa respiration finit par s'apaiser, son sang se calma dans ses veines, et elle rouvrit les yeux, à l'écoute de ce qui se passait dehors.

Pas un bruit…

Avançant jusqu'à la porte qui donnait sur la cour, elle passa la tête par l'ouverture. Bruin était penché sur le corps de Steffen, Simon à ses côtés. Eva l'entendit poser une question de sa voix à l'accent rugueux, et le serviteur répondit de façon presque inaudible, en brandissant un doigt.

C'est alors que, coupant le huis clos étouffant de cette scène étrange, une femme poussa un hurlement. Aigu, sauvage, désespéré, qui résonna en longs échos dans la cour. Une porte claqua, et la mystérieuse inconnue qu'Eva avait surprise dans la cour la veille réapparut. Une femme grande, blonde, échevelée qui courait maintenant vers le cadavre, trébuchant sur les pavés en tenant sa jupe à pleines mains. Son beau visage était tordu de douleur, sa bouche était ouverte dans un long cri d'horreur.

— Grand Dieu ! Qu'est-il arrivé ?

Elle se laissa tomber à genoux devant le corps de Steffen, se tordant les mains.

— Doux Jésus, mais pourquoi… ?

Elle regarda tour à deux les deux hommes, ses grands yeux bleus reflétant tout le désespoir du monde.

Dans un geste d'une grâce infinie, elle posa sa tête sur la poitrine de son époux et écouta, les yeux fermés. Puis elle dégrafa son justaucorps, lui tapota les joues. Un cercle d'or maintenait son voile, mais ses cheveux, détachés dans sa course, retombaient en longues nappes d'or sur l'habit bleu taché de sang.

— Steffen ! Parle-moi, je t'en supplie. Réponds-moi, mon ami.

Elle leva des yeux aveugles vers les deux autres protagonistes de la scène puis appela de nouveau, dans un long gémissement de bête blessée.

Bruin se redressa enfin, très pâle.

— Sophie ? dit-il d'une voix étranglée.

Il ferma brièvement les yeux, se toucha le front, comme s'il ne croyait pas encore tout à fait à ce qu'il voyait.

La femme s'immobilisa, ses mains toujours posées sur la poitrine du gisant. Elle avait les doigts tachés de sang.

Basculant la tête en arrière, elle dévisagea longuement son interlocuteur et chuchota d'une voix rauque :

— Bruin ? Est-ce vous ?

— Sophie ? Vous êtes vivante ? Comment est-ce possible ? gronda-t-il, la voix vibrante de colère. J'ai vu vos vêtements trempés d'eau de mer, on a déploré votre mort. J'ai reçu mille condoléances… Toutes ces années, j'ai été persuadé de votre mort.

La jeune femme vacilla.

— Je… Je ne comprends pas, chuchota-t-elle, les yeux dilatés par l'effroi et la douleur. Oh !

Elle s'effondra sur la poitrine de son époux défunt, évanouie.

— Milady ! Oh ! milady, s'écria Simon, sincèrement affolé. Revenez à vous, je vous en prie.

Il s'agitait autour d'elle, voulant bien faire, mais parfaitement inefficace.

Le visage de Bruin n'était plus qu'un masque dur, inexpressif. Sculptées par les rayons du soleil couchant, ses pommettes saillantes lui donnaient un air de faune. Il dominait la scène, les bras croisés, toisant d'un œil opaque son ancienne fiancée effondrée sur le corps de son frère défunt.

— Simon ! Que fait cette femme ici ? questionna-t-il enfin d'une voix sèche.

Depuis le seuil de la salle des gardes, Eva avait vu le visage de Bruin perdre toutes ses couleurs, l'incrédulité puis la colère le marquer durement. Elle se précipita sur lui.

— Bruin ! appela-t-elle doucement, effleurant sa manche.

Il tourna la tête vers elle, et l'expression de fureur et de haine s'estompa lentement tandis qu'il reconnaissait la femme qui venait à son secours. Eva. Il prit une longue inspiration, heureux de la présence de la jeune femme, du parfum frais de ses cheveux qui montait jusqu'à lui. L'odeur des roses en été, se rappela-t-il.

— Comment vous sentez-vous, Bruin ? Ce fut un fameux choc, n'est-ce pas ?

Sa voix était douce.

— C'est le moins qu'on puisse dire, marmonna-t-il entre ses dents serrées.

Rien ne pouvait le préparer à cela. C'était un cauchemar. Totalement dépourvu de sens. Il avait sous les yeux la femme qu'il aimait. Qu'il avait aimée. Il n'avait aucune envie de la prendre dans ses bras, de la réconforter. Quand il pensait à elle, qu'il la regardait, il n'éprouvait plus qu'une sensation de vide dans ses entrailles. Son cœur était comme endormi. Il n'éprouvait plus rien pour elle.

Absolument rien.

— Il faut que je lui porte secours, annonça Eva.

— Pourquoi ? Je ne suis pas sûr qu'elle le mérite. Ni venant de vous, ni de qui que ce soit d'autre.

— Ce ne serait pas charitable. Pouvez-vous la porter sur un lit ?

Les mâchoires de Bruin se durcirent. Son regard s'assombrit. Eva le vit serrer les poings, comme s'il allait se battre.

— C'est bien Sophie, n'est-ce pas ? s'enquit-elle, les paupières virevoltant sous le regard féroce de son compagnon. La femme qui… Que… Votre fiancée ?

— Oui, gronda-t-il. Celle-là même qui m'a prêté serment d'épousailles et de fidélité. Et qui s'est fait passer pour morte pendant tout ce temps. Que fait-elle ici ? Pourquoi accompagnait-elle mon frère ? L'avait-elle épousé ?

— Les questions viendront plus tard, Bruin. Cette femme vient de perdre son mari, et de la plus tragique des façons. Il faudrait la porter à l'intérieur pour que je m'occupe d'elle. Quand elle reviendra à elle, je suis persuadée qu'elle nous expliquera tout.

Bruin obtempéra. Dans le tourbillon d'émotions qui l'agitaient, la voix d'Eva était comme un fil qui le guidait, lui montrant ce qu'il fallait faire. Pas à pas. En allant dans son sens. Se ressaisissant quelque peu, il posa la main sur l'épaule de sa compagne, comme un aveugle, et la pressa doucement.

— Vous avez raison, acquiesça-t-il en hochant la tête. Sans elle, nous ne pourrons rien comprendre… Mais comment avez-vous su que c'était elle ?

— À cause de ce que votre frère a dit, avant de me faire enfermer dans la grange avec vous. Il a déclaré avec un vilain rire qu'il vous avait roulé dans la farine. C'était si curieux, comme remarque, que cela a éveillé mes soupçons.

— Et à juste titre, rétorqua Bruin d'une voix plus posée. Par Dieu, c'est Steffen qui a dû manigancer tout cela, pour sûr. Il vouait me faire croire que Sophie était morte pour la garder pour lui-même. Et puis, il y a cet enfant… C'était donc de mon frère qu'elle était enceinte quand je l'ai chassée… Elle espérait que je voudrais bien la garder. Mais pourquoi ?

Il se passa la main dans les cheveux, l'air égaré.

Simon s'efforçait de redresser Sophie, mais le corps inanimé de la jeune femme refusait de coopérer. Sa belle tête blonde roulait sur l'épaule du serviteur, ses bras pendaient de part et d'autre, paumes tournées ver le ciel.

Bruin lâcha un juron et, soulevant Sophie sans effort apparent, il marcha en direction du bâtiment central.

— Conduisez-moi dans la chambre de milady, ordonna-t-il au pauvre Simon, de plus en plus défait.

Eva leur emboîta le pas, la jalousie lui rongeant le cœur comme une bête féroce. La tête de Sophie reposait sur l'épaule de son ancien fiancé, une longue mèche de ses cheveux blonds tombant en cascade sur son bras sanglé dans la cotte de mailles dans un contraste magnifique entre l'or et l'argent. Honteuse, elle s'efforça de refouler les mauvaises pulsions qui l'agitaient. Elle n'avait aucun droit sur Bruin. Elle lui avait fait cadeau de sa virginité, bien sûr. Mais elle avait elle-même assez insisté sur le fait que cela n'avait aucune importance.

Et maintenant qu'il avait retrouvé la femme qu'il aimait… Veuve, qui plus est, avec un enfant.

Non, décidément, Eva n'avait aucune chance.

Dans la chambre de Sophie, un coffre de chêne, dont le couvercle était craquelé et desséché par les ans, était installé sous la fenêtre. Une jarre d'eau fraîche et une cuvette y étaient à disposition. Eva versa un peu d'eau dans la cuvette et y trempa un linge.

Sophie gisait là, toujours inconsciente, mais ses paupières pâles, marquées d'ombres bleues, étaient parcourues de frémissements, comme si elle était sur le point de retrouver ses sens. Elle était étendue là où Bruin l'avait posée, sans trop de ménagement, sur le rebord du lit, la tête enfouie dans un épais oreiller de plume. Le cercle d'or qui retenait son voile avait roulé sur le tapis, et la légère étoffe était entassée sous le corps de la femme évanouie. Bruin s'était empressé de quitter la pièce, marmonnant quelque chose à propos du corps de Steffen, dont il fallait s'occuper. Il avait insisté pour que Simon, le fidèle serviteur, vienne avec lui.

S'asseyant sur le rebord du lit, Eva dégagea doucement le voile, qu'elle plia soigneusement et posa sur l'une des escabelles au chevet du lit. Puis elle tamponna les tempes de la femme évanouie avec le tissu imprégné d'eau fraîche, son front et son cou, long et souple, renversé en arrière comme celui d'un cygne blessé. Des mèches de cheveux, d'un blond très pâle, collaient à son front et à ses joues. Son teint, d'une blancheur sans défaut, était translucide comme une lampe d'opale. Sa bouche, généreuse et bien dessinée, avait dans l'inconscience, une moue émouvante.

Quelle beauté, songea Eva, le cœur serré.

— Je…

Sophie ouvrit brusquement les yeux et fit un geste dans l'air, comme si elle cherchait quelque chose.

— Qu'est-il arrivé ? dit-elle enfin d'une voix nette, quoique lointaine.

— Vous avez reçu un choc, expliqua Eva prudemment. Elle revoyait le corps de Steffen étendu sur le pavé de la cour, la mare de sang. Puis le regard de Bruin posé sur Sophie. Son expression féroce.

Sophie s'empara de la main d'Eva, qu'elle serra avec une force étonnante.

— Steffen… Mon mari… Est-il vraiment mort ?

— Je suis navrée, dit Eva en s'efforçant de résister à la tentation d'arracher sa main à cette étreinte presque douloureuse.

Sois gentille, s'intima-t-elle. *Après tout, cette femme ne t'a rien fait.*

— Et mon fils ? L'avez-vous vu ?

— Non.

Eva pensa au gentil gamin aux cheveux roux, à son minois couvert de taches de rousseur, levé vers sa mère en riant tandis qu'ils traversaient la cour sous la neige. Désormais orphelin.

— Sa chambre est là, indiqua Sophie d'une main soudain lasse, montrant une petite porte à côté du lit.

Pouvez-vous dire à sa chambrière de l'y tenir enfermé ? Je ne veux pas qu'il voie…

Un sanglot étouffa la fin de sa phrase. Les larmes s'écoulaient enfin librement sur ses joues.

— Oui, bien sûr. Tout de suite.

Dégageant sa main, Eva quitta le lit avec soulagement en se massant discrètement. La force que pouvait donner l'amour à une femme !

Elle dut traverser une petite antichambre et pousser une autre porte avant de pénétrer dans les appartements de l'enfant. Le petit garçon était là, assis sur le tapis, en train de jouer à la toupie. Sa ressemblance avec Bruin était étonnante. En entendant la porte s'ouvrir, il leva les yeux, sa frimousse s'éclairant d'un sourire. Mais il retourna aussitôt à sa toupie, peu intéressé par l'arrivée d'une inconnue. Assise sur une chaise basse, une jeune fille aux joues roses et aux beaux yeux bruns l'accueillit d'un regard étonné. Jaugeant d'un œil expert la robe coûteuse et le cercle d'argent qui retenait les cheveux de la nouvelle arrivante, elle fit signe de vouloir se lever, une expression déférente ayant remplacé le sourire poli.

Eva la retint d'un geste.

— Non, je vous en prie, restez assise. Lady Sophie m'envoie prendre des nouvelles de l'enfant. Elle vous demande de le garder ici jusqu'à nouvel ordre.

La fille opina du chef, les yeux élargis par la curiosité.

— Oui, bien sûr, milady… Quelque chose de grave est-il arrivé ?

Eva fronça les sourcils et indiqua du menton l'enfant toujours occupé à ses jeux.

— Occupez-vous simplement de lui, je vous prie. Votre maîtresse ne se sent pas bien et je reste avec elle.

— Comme il vous plaira, milady, répondit la jeune chambrière.

Mais l'inquiétude avait assombri son bon visage aux joues rouges.

Eva quitta la pièce et referma soigneusement les deux portes derrière elle.

— Souhaitez-vous que je vous fasse apporter quelque chose ? Une infusion de menthe, peut-être, pour vous revigorer ?

Sophie tourna la tête vers elle. Dans le mouvement, les broderies d'or de son bliaud de velours vert scintillèrent dans la lumière du couchant, dont les derniers rayons filtraient par l'étroite fenêtre. Ainsi allongée, avec ses cheveux d'or répandus en nappe sur ses épaules, elle ressemblait à une gravure de roman de chevalerie.

— Non, je n'ai besoin de rien, merci.

Mais Eva n'en serait pas quitte pour autant. S'emparant de sa main tandis qu'elle redressait ses oreillers, Sophie la força à s'asseoir de nouveau à côté d'elle.

— Vous êtes bien bonne pour moi, et pourtant je ne vous connais pas.

— Je m'appelle Lady Eva de Striguil.

— Striguil ? répéta Sophie en écho. N'est-ce pas un domaine situé plus à l'ouest ? Il me semble que mon mari…

Sa voix lui manqua, et elle laissa retomber sa tête sur les oreillers.

— Je vous en prie, ne vous agitez pas. Vous devez vous reposer.

Mais Sophie semblait réfléchir, comme si elle voulait se souvenir de quelque chose.

— Vous êtes venue avec Sir Bruin, n'est-ce pas ?

Sa voix était si faible qu'Eva dut se pencher pour l'entendre.

— Oui, en effet.

— Êtes-vous son épouse ?

— Non, non, s'empressa de répondre Eva.

Maintenant que Steffen était mort, il n'était plus nécessaire de feindre qu'ils étaient mariés. Elle n'avait plus besoin de sa protection, Dieu merci. Curieusement, cette évidence provoqua en elle, qui n'avait jamais rien attendu du jeune homme, une sorte de regret.

— Alors, pourquoi l'avez-vous accompagné jusqu'ici ?

— Nous sommes venus à Deorham pour… Parce que…

La voix lui manqua. À quoi bon blesser davantage la pauvre femme ?

— Parce que Bruin avait accepté de m'aider à récupérer l'un de mes biens.

Sophie ferma les yeux. De nouveau les larmes coulaient en abondance sur ses joues pâles.

— Bruin de Valkenborg… Je l'ai connu, autrefois…, murmura-t-elle. Il y a quelques années, dans mon cher pays des Flandres…

Portant la main à son front, elle se massa un point entre les deux yeux.

— Oh ! si vous saviez, milady ! reprit-elle d'une voix plus forte. J'ai tellement honte. Je me suis très mal comportée à son égard… Oh ! Steffen, cria-t-elle en se redressant à demi sur ses oreillers. Pourquoi m'avez-vous abandonnée dans tout ce gâchis ? Qu'avez-vous fait de moi ?

Et vous, Sophie, qu'avez-vous fait de Bruin ? songea amèrement Eva en aidant la jeune femme à se rallonger. *Vous avez odieusement trompé l'homme qui vous aimait. Vous lui avez gâché la vie et l'avez presque détruit.*

Se levant brusquement, elle se dirigea vers la porte.

— Je vais demander qu'on allume le feu, annonça-t-elle. Le froid devient insupportable.

Sophie regardait le ciel de lit, les yeux grands ouverts, une expression d'intense désarroi sur le visage. L'énorme lit à baldaquin la faisait paraître plus fragile, malgré sa taille imposante.

— Demandez à Bruin de venir me voir, je vous prie. Je dois lui parler.

Chapitre 20

Eva quitta la pièce, les derniers mots de Sophie résonnant dans sa tête comme pour mieux la narguer. Sa main resta posée un instant sur la clenche de métal après qu'elle eut repris sa place dans un claquement sec. Elle regardait le panneau de bois, en étudiait les nœuds, en admirait la patine polie par les ans. Une odeur de moisi imprégnait le hall, des champignons noirâtres s'accumulaient à la jonction des murs et du parquet. Qu'avaient à se dire Bruin et Sophie après toutes ces années ? La jeune femme avait probablement l'intention de s'excuser, d'obtenir son pardon. Et Bruin lui pardonnerait, naturellement, parce qu'il n'avait jamais cessé de l'aimer. Même quand il pensait qu'elle était morte.

Son rejet d'Eva après la nuit qu'ils avaient passée ensemble le confirmait. Une douleur intense la taraudait, lui coupant la respiration.

Faisant appel à toute son énergie, elle respira un grand coup puis, après avoir rectifié sa coiffure, elle s'engagea dans l'escalier en spirale qui déroulait ses volutes autour de la colonne centrale. Elle n'avait plus aucune raison de s'attarder ici, de toute façon. Puisque le rubis avait été dérobé, elle ne pouvait arguer d'aucun prétexte. Sa véritable motivation, demeurer encore un peu de temps avec Bruin, n'avait plus de raison d'être. Sa présence pourrait même paraître déplacée, maintenant que Sophie avait réapparu. Il ne restait plus à Eva qu'à rejoindre Katherine et les enfants au château de messire Gilbert et à reprendre le train-train quotidien en soignant ses blessures.

Mais un coup d'œil jeté du côté de la fenêtre lui montra un ciel nocturne éclairé de myriades d'étoiles. Il lui faudrait passer encore une nuit ici, à Deorham, avant de repartir.

S'occuper des tâches pratiques lui éviterait de se torturer avec l'image de Bruin, assis sur le rebord du lit de Sophie, et lui tenant la main, ses yeux gris brillant d'amour.

Elle se souvint des propos de Sir Steffen la veille. Mis à part le pauvre Simon, et la jeune chambrière qui s'occupait du fils de Sophie, il n'y avait plus un serviteur au château. Pas de cuisinier, pas de petites mains pour le ménage, éplucher les légumes…

Les cuisines s'étendaient de l'autre côté de la grande salle. Là, au moins, un feu fumait encore dans la cheminée. Eva trouva quelques bûches sèches dans la resserre et elle alla en jeter quelques-unes dans les flammes. Les pierres du foyer étaient froides sous ses genoux.

S'emparant d'un bout de chandelle, elle l'alluma à la flamme et s'en servit pour éclairer la pièce avec toutes les chandelles qu'elle put trouver. Puis elle retira sa houppelande qu'elle mit à sécher près du foyer sur une escabelle. Déboutonnant les minuscules boutons qui fermaient les manches de son bliaud sur ses avant-bras, elle remonta ses manches et, s'emparant du tisonnier, parvint à saisir deux bûches rougeoyantes qu'elle porta dans un chaudron jusqu'à la chambre de Sophie.

Se servant de son coude pour soulever la clenche, elle ouvrit le battant qu'elle poussa de l'épaule. Sophie, toujours allongée sur le lit, ne faisait aucun mouvement. Elle semblait dormir, son visage pâle comme un masque de cire. Sous l'éclairage blafard de la lune, on aurait dit un gisant de marbre sur un tombeau. Magnifique spectacle car la femme qu'avaient aimée les deux frères était très belle. Eva aurait dû la haïr. Mais elle n'éprouvait qu'une immense peine. Elle n'avait à s'en prendre qu'à elle si elle avait laissé son imagination fertile envisager la possibilité d'un avenir avec Bruin, lui dissimulant une vérité pourtant évidente. Elle aimait un homme qui n'éprouvait rien pour elle en retour. Disposant les bûches sur les braises, elle souffla dessus. La suie maculait ses mains. Son visage aussi peut-être.

Bah ! Quelle importance, maintenant !

Quand la porte menant à la chambre d'enfant s'ouvrit, elle sursauta, surprise.

— Oh ! Milady. Vous êtes là, dit la petite servante en passant sa tête par l'entrebâillement. Je suis désolée… Je venais voir comment se portait Lady Sophie.

— Elle se repose toujours, chuchota Eva, heureuse de cette diversion. Et l'enfant ? Ne commence-t-il pas à s'ennuyer ?

— Il a faim, j'en ai bien peur. L'heure du souper est largement dépassée. D'ordinaire, c'est sa mère qui le prend en charge pendant que je m'occupe du repas. Les autres domestiques…

Eva la fit taire d'un geste impatient.

— Oui, je sais. Ils sont partis avec le maître des lieux. Veillez encore un peu sur l'enfant, voulez-vous ? Je vais m'occuper du repas. Allumez donc une chandelle à cette flamme pour éclairer chez vous. Je crois qu'il est de mon devoir de vous l'apprendre…, ajouta-t-elle. Lord Steffen est mort. Il a été tué par l'un de ses propres hommes.

Eva s'attendait à un cri de surprise, à une démonstration de chagrin. Mais la jeune fille la regardait calmement, sans émotion apparente. Eva fronça les sourcils. Était-ce un effet de son imagination ? Elle crut même la voir soupirer de soulagement.

— C'est un meurtre, répéta-t-elle avec une emphase voulue, pensant que la petite bonne n'avait pas compris.

— Oui, je sais, milady. En entendant tout ce bruit, j'ai regardé par la fenêtre. Je l'ai vu étendu de tout son long dans la cour. Paix à son âme.

Elle fit un signe de croix sur sa poitrine, mais sa compassion paraissait forcée. Simple convenance.

Eva aurait mis sa main au feu que la jeune fille se réjouissait de ce qui était arrivé.

Quand elle regagna la cuisine, ce fut pour y trouver Simon accroupi devant la cheminée, très occupé à attiser le feu. Il leva vers Eva un visage tiré par la fatigue. Les poches qu'il avait sous les yeux paraissaient faites de plusieurs couches, comme un masque de théâtre.

Bruin, attablé, mâchonnait une bouchée de pain, l'œil dans le vide. Il avait ôté son manteau, maintenant posé à côté de lui sur le banc. En le voyant, Eva sentit son cœur faire un bond dans sa poitrine. Son corps puissant, dégageant une vitalité débordante, remplissait l'espace, attirant partout où il était tous les regards. Un air froid et humide, qui sentait l'écurie, émanait de ses vêtements. Ses joues étaient rougies par le froid. Le corps d'Eva se tendait tout entier vers lui, vers sa beauté, sa force. Elle aurait voulu courir vers lui, l'entourer de ses bras et ne jamais le relâcher. Mais elle restait là, dans l'embrasure de la porte, paralysée par l'appréhension de ce qui allait advenir.

Simon se redressa avec un petit grognement de douleur et vint vers elle, avec un sourire qui s'efforçait d'être affable.

— Puis-je vous demander comment va Lady Sophie, milady ?

— Aussi bien que possible. Elle repose. Quant à l'enfant…

Eva s'interrompit, revoyant le petit garçon si pareil à Bruin lever vers elle un regard curieux avant de s'absorber de nouveau dans son jeu.

— Quant à l'enfant, reprit-elle, il ne sait pas encore. Est-ce que Sir Steffen… ?

— Nous avons retiré le corps, expliqua Bruin d'une voix rude, fouillant son visage de son regard clair. Nous l'avons transporté dans la chapelle. On a été cherché des femmes du village pour s'occuper de lui. Elles le veilleront toute la nuit.

S'interrompant, il se tourna vers le domestique.

— Simon, vous leur ferez porter de quoi boire et se restaurer, je vous prie.

Il lança ce qui lui restait de pain sur la table, et son regard se noua de nouveau à celui d'Eva. Il hocha la tête.

— Merci pour avoir aidé la mère de l'enfant. Vous n'étiez pas obligée de le faire.

Eva haussa les épaules.

— C'est tout à fait naturel. Lady Sophie est en plein désarroi.

— On peut le comprendre.

La réponse était sèche, sans émotion.

— Il faut que je m'occupe des chevaux, ajouta-t-il. Pouvez-vous m'attendre ici ?

— Bruin, s'il vous plaît…

La gorge serrée, Eva ne parvenait plus à articuler un son. Elle déglutit rapidement et dit très vite :

— Sophie souhaiterait vous voir. Rapidement.

Derrière elle, sa main cherchait le chambranle pour s'y rattraper. *Ne pleure pas, Eva ! Ne pleure pas.*

La physionomie de Bruin s'assombrit.

— Je vais d'abord m'occuper des chevaux. Ils ont marché tout le jour.

Tournant les talons, il quitta la cuisine, penchant la tête pour passer sous le linteau.

Eva le regarda sortir, bouche bée. Le comportement de Bruin n'avait aucun sens. Pourquoi ne s'empressait-il pas de satisfaire au plus vite à la demande de Sophie ? Les chevaux pouvaient encore attendre. Ils avaient eu du foin dès leur arrivée. Un des gardes s'en était occupé.

Un espoir hésitant, pareil à une flamme vacillante, naquit dans le cœur d'Eva, qu'elle s'empressa de refouler aussitôt. À quoi bon rêver ? Son cœur l'avait déjà trompée. À quoi bon tirer de l'espérance de mots ou d'actions qui ne voulaient rien dire ? À quoi bon se bercer de l'illusion que Bruin l'aimerait un jour, alors qu'il y avait cette femme, là-haut, qui l'attendait ?

Quittant le seuil, elle fit quelques pas hésitants, s'efforçant de chasser la déception qui pesait sur ses épaules comme un voile de nuit.

— Simon, appela-t-elle en affichant un sourire forcé, il faut préparer le souper pour tout le monde. Pouvez-vous me dire sur quoi nous pouvons compter ?

Eva se retrouva bientôt en train d'éplucher des oignons qu'elle lançait au fur et à mesure dans la marmite suspendue au-dessus du feu. Elle y adjoignit plusieurs poignées de flocons d'avoine et du lard coupé en dés qu'elle avait déniché dans la réserve, dans un pot de terre bien scellé. Cela n'avait rien d'un repas de roi, mais il y avait des flocons d'avoine en quantité, et tout le monde savait que c'était particulièrement roboratif. Eva y ajouta, pour faire bonne mesure, une poignée de feuilles de sauge dénichées dans la réserve où elles attendaient, accrochées à un clou.

— Hum… Voici une odeur bien appétissante, milady, déclara Simon en revenant avec une nouvelle provision de bûches qu'il alla empiler en un tas bien net à côté de la cheminée.

Des flocons scintillaient sur sa cotte, se transformant presque instantanément en minuscules taches mouillées sur l'étoffe de couleur fauve. Eva, le visage en feu, le front moite, repoussa les cheveux qui lui collaient sur le visage. Elle remuait sa mixture avec une longue cuillère en bois, les sourcils froncés. Bruin mettait des siècles à s'occuper des chevaux. Pauvre Sophie qui devait s'impatienter là-haut, anxieuse de pouvoir lui parler !

— Avez-vous vu messire Bruin en allant chercher du bois, Simon ?

— Non, milady.

L'homme réfléchit un instant et suggéra :

— Il est peut-être allé parler avec les gardes, pour comprendre ce qui s'est passé.

— Peut-être, en effet.

Eva regardait fixement le potage qui frémissait. Des tiges de sauge flottaient à sa surface, y ajoutant leur couleur d'un vert vif.

— Pourriez-vous sortir des écuelles et porter un peu de potage à Lady Sophie et à son enfant ? Ainsi qu'à la petite bonne, bien sûr.

Elle ajouta en s'essuyant les mains à son tablier :

— Je vais tâcher de le trouver.

Dehors, la température avait un peu monté. Un banc de nuages avait glissé dans le ciel, cachant la lune et les étoiles. La neige s'était remise à tomber en gros flocons paresseux qui tournoyaient lentement dans la cour. Son regard se porta furtivement vers l'endroit où le corps de Steffen était tombé. Les pavés étaient encore tachés de son sang.

Eva poussa un long soupir. Tant de choses étaient survenues en si peu de temps ! La nuit dernière, elle s'était donnée à Bruin, s'imaginant follement que, quoi qu'il advienne, elle saurait faire face aux conséquences d'un acte aussi insensé. Et maintenant, tandis qu'elle traversait la cour en direction de l'écurie, elle n'en était plus si sûre.

L'écurie était déserte. Une lampe faite d'un jonc trempé dans du saindoux brûlait près de l'entrée, crachotant de temps à autre quand un flocon, tel un papillon de nuit, venait s'égarer dans la flamme. Le destrier de Bruin était là, dans sa stalle, en train de manger son foin qu'il tirait de sa mangeoire avec ses grandes dents jaunes, l'air parfaitement satisfait. Sa robe était propre et ses sabots curés. La jument qu'il lui avait achetée, installée dans le box voisin, mangeait, elle aussi. Quand elle reconnut Eva, elle hennit doucement. Eva se fit la promesse, sans doute absurde, de la ramener chez elle… Si Dieu voulait qu'un jour elle retrouve un foyer. Selles et brides avaient été suspendues aux supports prévus à cet effet. Bruin était bien venu s'occuper des chevaux.

Mais où diable était-il passé ?

Et ce mal de dos qui taraudait Eva depuis des heures ! Son cœur battait à se rompre, et, pour couronner le tout, un mal de tête incessant lui vrillait le crâne. S'agrippant de ses deux mains à la porte d'une stalle vide, elle étira longuement son corps douloureux. Puis elle s'accouda sur la porte, le visage dans les mains. Pourquoi rester ici ? Son cœur était brisé, elle n'avait plus le moindre espoir. Allait-elle rester au château pour être le témoin de la renaissance de l'amour entre Bruin et Sophie ? Il était même fort probable qu'à ce moment même, alors qu'elle s'inquiétait pour lui, il était déjà dans la chambre de la jeune femme, lui tenant les mains…

Alors, oui, autant s'en aller.

Les yeux brouillés de larmes, elle alla décrocher la bride de sa monture, qu'elle se passa sur une épaule, et s'empara de la selle, dont le poids la fit chanceler. Puis, rejoignant sa jument dans son box, elle se pressa contre son flanc, le nez dans le poil court et doux, qui fleurait bon le foin et le poil bien pansé. Depuis l'enfance, la bonne odeur des écuries avait toujours eu sur elle un pouvoir rassérénant. Elle lutta un instant avec la boucle de la muserolle mais finit par en venir à bout. La jument soufflait amicalement contre son épaule, comme pour l'encourager.

Soulevant sa selle, qu'elle avait posée sur le mur bas séparant les stalles, elle la cala contre sa poitrine, titubant un peu sous son poids. Les larmes roulaient maintenant sur ses joues, et elle refoula un sanglot douloureux.

— Une petite promenade nocturne ? Il est vrai que vous êtes une habituée !

Eva sursauta, et ses genoux se mirent à trembler. Bruin se tenait dans l'ouverture de la porte voûtée, sa silhouette massive se découpant sur la neige tombant maintenant en bourrasques. Des flocons couronnaient ses cheveux cuivrés et couvraient de mille diamants sa cotte de mailles.

Elle serra la selle contre sa poitrine, comme pour se protéger, son poids martyrisant encore davantage les muscles douloureux de son dos et de ses bras.

— Je… Je pars, en effet, expliqua-t-elle en le regardant dans les yeux. Il m'a semblé que c'était préférable.

Il s'approcha d'elle et, lui prenant la selle des bras, alla la remettre à sa place. Son regard brillant ne quittait pas celui d'Eva.

— Pourquoi ?

Le désir qu'elle avait de lui, l'élan qu'il suscitait en elle, cela n'en finirait donc jamais ? Elle se mit à gratter le sol du bout de sa bottine maculée de boue, comme un cheval impatient. Tous ces miles parcourus aux côtés de Bruin. Qui disait que le bonheur était dans le chemin, pas dans le but ? Maintenant, le chemin était achevé. Il était temps de se séparer. Sa vue se troubla.

— Pourquoi je m'en vais ? Cela me paraît évident.

— Pas à moi.

Bruin se rapprocha d'un pas. L'odeur de rose se fit plus intense. Eva devait avoir une petite fiole, quelque part qui lui permettait de se tenir fraîche, malgré les tribulations du voyage. Son cœur se serra devant l'afflux des souvenirs. La douceur de la peau d'Eva contre la sienne, sa taille fine, la rondeur de ses hanches entre ses mains. Son genou heurta la cuisse d'Eva, qu'il sentit frémir de tout son corps. Elle leva vers lui son visage baigné de larmes.

— Sophie veut vous voir, Bruin. Pourquoi la faire attendre ?

Ignorant ses propos, il prit le menton d'Eva entre son pouce et son index, écrasant les larmes qui glissaient sur sa joue.

— Pourquoi pleurez-vous ?

Sa voix rauque, tendue par l'anxiété, arracha à Eva un frisson de volupté.

— Je ne pleure pas. C'est l'air froid qui me pique les yeux. Et avec tout ce foin…

La pitoyable excuse flotta entre eux.

— Allez voir Sophie, répéta-t-elle d'un ton pressant. Elle est bouleversée. Elle a besoin de vous.

Elle vous veut.

Cette idée la transperça comme une lame. La réalité cruelle de sa situation la frappa de nouveau, si brutalement qu'elle dut s'appuyer contre la porte du box. Pourquoi ne se précipitait-il pas vers Sophie, maintenant qu'il l'avait retrouvée ?

Vite, avant qu'elle ne se rende complètement ridicule !

Incapable de supporter davantage son contact, Eva se détourna de lui, figée dans son désespoir. Et, les yeux clos, concentrant toute son énergie pour ne plus pleurer, elle attendit qu'il s'en aille.

Bruin, surpris de tant de véhémence, la prit par les épaules.

— Pourquoi êtes-vous si bouleversée, Eva ?

Sa voix résonna dans toute l'écurie. Quelques chevaux s'agitèrent, on entendit des piétinements inquiets dans les box, des bruissements de paille, quelques renâclements paisibles. Bruin croyait connaître la raison du désarroi de la jeune fille. Et une joie sournoise, comme un timide rayon de soleil après la tempête, s'infiltrait lentement dans son cœur. Était-ce possible ? Il voulait l'entendre prononcer les mots. Il fallait qu'il soit sûr.

— Pourquoi, Eva ? insista-t-il.

Pivotant sur elle-même, elle l'affronta du regard, ne cachant plus ses larmes.

— Mon Dieu, Bruin, ne comprenez-vous pas ?

Elle enfouit son visage dans ses mains, image même du désarroi.

— Je hais cette femme étendue là-haut, dit-elle enfin dans un chuchotement rauque. Je la hais pour ce qu'elle vous a fait subir. Elle ne vous mérite pas, et pourtant, c'est elle que vous aimez. Vous l'avez toujours aimée, depuis tout ce temps, même quand vous la croyiez morte. Et maintenant que vous venez de la retrouver, plus vivante que jamais et mère d'un orphelin qui vous ressemble comme s'il était votre propre fils, il est facile d'imaginer ce qui va arriver.

Le ton était monté, aigu jusqu'au cri animal. Elle conclut dans un sanglot :

— Oh ! laissez-moi partir, Bruin. Je ne veux pas être le témoin de votre bonheur. Mon cœur ne peut en supporter davantage.

Elle se tut, étonnée par la virulence de ses propos, par le ton de sincérité avec lequel elle les avait prononcés. N'osant pas lever les yeux sur son interlocuteur, de peur d'y lire tout le mépris du monde, elle attendait son verdict.

— Oh ! mon Dieu…, murmura-t-il, un flot de joie le submergeant.

Prenant la jeune fille par les poignets, il l'appela doucement.

— Eva…

Deux yeux couleur d'aigue-marine, brillants comme des étoiles, se levèrent vers lui.

— Laissez-moi partir, Bruin. J'ai tellement honte…

— Il n'en est pas question, ma douce. Plus jamais je ne vous laisserai vous éloigner de moi.

Prisonnière de son sentiment de mortification, Eva ne l'entendit même pas.

— Vous savez bien que je ne puis rester. Vous allez épouser cette femme, adopter son enfant et… et…

Elle ferma les yeux, au-delà de toute parole, de toute souffrance.

— Vous vous trompez, Eva. Je ne ferai pas une chose pareille. Je n'ai aucune raison d'épouser cette femme. D'abord parce qu'elle m'a trompé. Elle m'a dressé ce piège, me faisant croire qu'elle était morte, sans doute pour se venger de ce que je la rejetais. Steffen l'avait séduite, essayant de me la prendre comme il tentait de me prendre toute chose, et elle lui est revenue, ne sachant où aller. Puis avec la reconnaissance, l'amour est venu, et maintenant la mort, qui fait d'elle une veuve. Mais qu'elle ne compte pas sur moi. Le roi lui trouvera un mari. Belle et riche comme elle est, elle représente un beau parti. Quant à moi, j'aime une autre femme.

La tête bourdonnante, prise d'un lent vertige, Eva le dévisageait, indécise. Elle avait l'impression de marcher sur des sables mouvants. Chaque pas constituait un danger.

— Je... Je ne suis pas sûre de comprendre. Qui... Où est cette femme que vous aimez ?

— Juste là. Devant moi.

La voix mélodieuse de Bruin, doucement persuasive, finit par pénétrer les brumes de sa conscience.

— Devant vous ? répéta-t-elle sottement.

Ce ne pouvait être vrai. Elle devait avoir mal entendu.

— Oui, Eva. Vous m'avez fort bien compris. La femme que j'aime, c'est vous.

L'emprisonnant entre ses deux bras posés de part et d'autre sur la porte du box, Bruin la dévisagea avec un large sourire. Puis, se penchant sur elle, son souffle chaud lui caressant la joue, il répéta dans son oreille :

— La femme que j'aime, Eva, c'est vous. Ce ne peut être que vous.

Il l'aimait ! Bruin de Valkenborg l'aimait ! Eva ferma les yeux, s'emplissant les narines de la bonne odeur masculine de son corps. De l'odeur de Bruin.

Le picotement dur du chaume lui gratta la joue.

— Je ne peux y croire. Ce que vous dites... Je l'espérais si fort...

Un émerveillement la gagnait comme un rayon de soleil perçant les couches opaques de son désespoir.

— Vous pouvez me croire, Eva, car c'est la vérité. Je vous aime et n'aimerai nulle autre que vous.

Sa voix résonnait haut et clair, maintenant, forte de ses certitudes. Il reprit, les yeux dans les siens.

— La première fois que je vous ai vue, prostrée dans la neige, votre pauvre jambe prise dans ce piège, je le savais déjà. Mais je me suis refusé à l'admettre. Mon cœur était engourdi, paralysé par le remords et le chagrin. J'étais à ce point convaincu d'avoir poussé

Sophie au suicide ! Si j'avais osé l'oublier, quoi qu'il en soit, l'opprobre social se serait chargé de me le rappeler. Mais après votre rencontre tout a commencé à changer. Comme si je renaissais à la vie après un terrible hiver. Maintenant, je sais que je vous aime. Tout ce que je suis, tout ce que je fais vous appartient.

D'elles-mêmes, les mains d'Eva se posèrent sur les épaules de son compagnon.

— Moi qui croyais vous être insupportable ! J'étais convaincue que vous n'aspiriez qu'à vous débarrasser de moi.

Il éclata de rire, le regard brillant.

— Jamais de la vie. Mais j'en conviens, je me suis comporté de manière incroyablement stupide.

— Oh ! Jamais je n'oserais…

Il lui adressa un petit sourire taquin.

— Je vous en prie, Eva. Ne vous donnez pas la peine de me trouver des excuses. Pas après tout ce que je vous ai fait subir. Vous traînant dans la moitié du comté, à moitié morte de froid et de faim, la jambe blessée, pour vous faire retrouver votre bourreau.

Son regard se fit plus brillant encore, traversé d'une flamme rousse, tandis qu'il ajoutait dans un murmure :

— Sans oublier votre virginité perdue.

Il la dévisageait avec un lent sourire, volontairement provocateur, et il réussit à la faire rougir.

— Oui, décidément, acheva-t-il dans un soupir, mon comportement à votre égard a été abominable. Que vous soyez encore là, devant moi, tient du miracle.

— Si je vous ai suivi, c'est que je voulais être avec vous, rétorqua-t-elle les mains croisées sur la nuque de Bruin Je vous aime, Bruin. De tout mon cœur.

Alors, sans un mot, il la serra dans ses bras à l'écraser. Son cœur battait à l'unisson contre celui de la jeune fille et, plongeant son regard dans les clairs yeux bleus, il y mit tout son amour, la promesse de tous les bonheurs.

Quand leurs lèvres se joignirent, c'était avec la même conviction, la même volonté, la même promesse que ce serait pour toujours.

Épilogue

Dans le grand parc qui entourait Striguil Castle, la neige continuait à tomber en abondance. Les flocons s'écrasaient doucement contre les fenêtres, y laissant de petits nuages en miniature. Les vitres taillées en pointe de diamant diffusaient dans la nuit noire la flamme des centaines de bougies disposées partout dans le vaste hall.

À l'intérieur, les arômes puissants des gourmandises de l'hiver, vin chaud à la cannelle, pains d'épice tout juste sortis du four, dindes et chapons rôtis, chatouillaient les narines. Des guirlandes d'arbres à feuilles persistantes, branches de pin et feuilles de houx joliment tressées avec les minuscules fleurs de jasmin à l'odeur exquise, décoraient les embrasures des fenêtres et les linteaux des portes. Un énorme feu crépitait dans la cheminée dans laquelle un homme pouvait tenir debout. Dans un angle, sur une estrade de planches grossièrement jointoyées, un orchestre de musiciens, visage enflammé par le bon vin cuit parfumé au miel, enchaînait des airs de danse sur leurs violons et leurs tambourins. Les tréteaux chargés de victuailles avaient été repoussés contre les murs, laissant la place aux couples qui sautaient et tournoyaient en mesure.

— Je ne puis y croire, dit Eva, se tournant vers Bruin avec un regard débordant d'amour. Je ne puis croire que ce bonheur m'arrive à moi, puisque me voilà maintenant votre femme.

Sa robe de mariée, toute de soie crème, brillait doucement à la lumière des bougies. Des perles fines, cousues de manière à former une guirlande de fleurs, en décoraient le modeste décolleté. Sous son voile diaphane, ses longs cheveux retombaient de part et d'autre de son visage comme deux cascades de soie noire. De temps à autre, posant bien à plat sa main gauche sur la nappe blanche, elle la faisait rutiler doucement à la lumière des bougies.

Lui prenant la main, Bruin en baisa la paume.

— C'est pourtant bien réel, je vous assure.

Il la serra contre lui d'un bras possessif et rit, d'un profond rire de gorge.

— Même cet anneau est un véritable anneau de mariage, de l'or le plus pur, acheté honnêtement à un bon orfèvre de Wrexham et non brigandé sur les mers.

Eva frotta sa joue contre l'épaule de son mari dans un geste câlin.

— Je le sais bien, monsieur mon époux. Mais je ne parviens pas à me convaincre que, sur le coup de minuit, tout ne va pas s'effondrer comme un château de cartes. Un peu comme dans un conte. Un conte délicieux, bien trop beau pour être vrai.

Elle ajouta avec un geste du menton en direction du couple magnifique qui traversait la salle pour rejoindre les danseurs.

— Et voici un spectacle qui me réchauffe le cœur.

Lady Katherine, somptueusement parée, se laissait conduire par son nouvel époux, l'un des plus grands lieutenants du royaume. Elle rayonnait de bonheur et avait confié à Eva, lors des fêtes célébrant son mariage, que le roi son oncle, loin de lui désigner l'ogre qu'elles redoutaient toutes les deux pour époux, avait finalement fort bien fait son choix.

Eva s'en était réjouie car le gentilhomme s'était pris d'intérêt pour Melyn Castle, ce qui lui permettait de revoir souvent Katherine et ses enfants.

Bruin lui pressa la main.

— Quant à Striguil, le château de vos ancêtres, il est revenu dans votre héritage.

Eva regardait amoureusement le bras de son époux appuyé contre le sien sur la table, se perdant dans la contemplation des moindres détails de son habit. Les fines rangées de perles qui boutonnaient ses manches, le drap fin couleur bleu de nuit de son habit qui moulait son torse puissant, ses épais cheveux rouges qui retombaient en mèches indisciplinées sur son front.

— Et, ce qui ne gâte rien, ajouta Bruin, il aime aussi ses enfants.

— Et le vôtre aussi.

Eva sourit en montrant les trois enfants de Katherine qui entraient dans la salle en courant, poursuivis par le petit Arwin qui poussait des cris guerriers. Sa mère, Lady Sophie, restait fort discrète. Mais elle autorisait le neveu de Bruin, le jeune Arwin, à visiter son oncle régulièrement.

Approchant son visage de celui de son époux, Eva effleura d'un léger baiser le coin de sa lèvre. Les yeux de Bruin s'assombrirent, traversés d'une flamme sensuelle. Promesse furtive de la nuit de noces à venir.

Un brouhaha de félicitations s'éleva de la foule des convives, toutes les têtes se tournant les unes après les autres vers les nouveaux mariés. Quelques-uns, encore attablés, levèrent leur coupe.

Les joues d'Eva s'empourprèrent.

— Savez-vous, ma mie, dit Bruin en la regardant dans les yeux, que, même si nous n'avions pas de toit sur la tête, je serais heureux. Bien plus important me semble le bonheur d'avoir rencontré la femme qui vous était destinée.

Il enveloppa d'un regard souriant les rangées de seigneurs accompagnés de leurs épouses qui étaient venus de loin pour assister à leurs noces, tous contents d'être là et de célébrer leur union.

Et son cœur se gonfla de joie et d'espérance.

Avec une femme comme Eva à ses côtés, il croyait enfin en l'avenir.

Les Historiques

HARLEQUIN

Retrouvez en juin 2020, dans votre collection

Les Historiques

Le Highlander et la gouvernante, de Michelle Willingham - N°876

Domaine de Locharr, Écosse, XIXe siècle

Envoyée en Écosse pour devenir la gouvernante d'un jeune laird, Frances a bientôt la stupeur de découvrir que son disciple n'a rien d'un enfant. Bien au contraire : avec sa haute stature, son regard intense et la mystérieuse cicatrice courant le long de sa joue, Lachlan MacKinloch semble déjà avoir vécu une vie bien remplie... Au point d'en avoir oublié les bonnes manières, constate vite Frances qui comprend alors les raisons de son recrutement. C'est pourquoi elle décide de mettre un point d'honneur à accomplir sa mission, aussi troublée soit-elle par le fougueux et ténébreux Lachlan...

Au secours d'une princesse, de Carol Townend - N°877

Andalousie, Espagne, XIVe siècle

La princesse Alba, fille du terrible sultan Tariq, vit depuis toujours dans une prison dorée. Et dans cette existence dénuée d'amour, elle n'a qu'un désir : celui d'avoir un enfant à chérir. Seulement, l'idée de tomber sous la houlette d'un époux la terrifie. Aussi décide-t-elle de fuir le palais de l'Alhambra et ses traditions archaïques. Mais comment échapper à la vigilance accrue des soldats de son père ? En suppliant l'aide d'Inigo, ce chevalier espagnol en visite au palais ? Une idée dangereuse, songe Alba qui, après tout, ne sait rien de ce mystérieux invité. Mais peut-être la seule occasion de parvenir à ses fins...

Son fougueux protecteur, d'Amanda McCabe - N°878

SÉRIE : TROIS DÉBUTANTES À PARIS - TOME 3

Londres et Paris, XIXe siècle

Entre la gestion de la florissante entreprise d'importation de vins créée par son père et son implication dans la défense des droits des femmes, Lady Emily a autre chose à faire que de songer à se marier. Indépendante et volontaire, oui, soumise et passive, certainement pas ! Et peu importe si elle doit une fière chandelle à Christopher Blakely pour l'avoir sauvée d'une terrible agression. Elle n'a tout simplement pas de temps à consacrer à ce beau parleur. Mais c'est compter sans l'acharnement de son assaillant, qui semble prêt à tout pour aller jusqu'au bout de son méfait...

Les Historiques

HARLEQUIN

La mystérieuse invitée du bal, de Bronwyn Scott - N°879

SÉRIE : DENTELLES & TRAHISONS - TOME 3

Angleterre, 1 855

Fille d'un acteur sans-le-sou, Elidh désespère de la situation financière de son foyer quand son père lui annonce triomphalement qu'il a monté une mascarade en les faisant passer pour les membres d'une famille princière italienne à l'occasion d'un bal. C'est donc sous la fausse identité de la principessa Chiara Balare di Fossano qu'Elidh a pour mission de trouver un mécène pour son père. Une mission qui prend bien vite un tour périlleux lorsqu'un lord du nom de Sutton Keynes s'intéresse d'un peu trop près à elle, intrigué par l'aura de mystère qui l'entoure et qu'elle s'efforce de dissimuler…

L'épouse du chevalier, de Margaret Moore - N°880

Angleterre, XIIIe siècle

Face à sa sœur, qui s'inquiète pour elle, Lady Mavis a bien du mal à défendre le choix de son fiancé. Évidemment, il s'agit d'un mariage arrangé ; mais n'est-ce pas toujours le cas pour des demoiselles de leur rang ? Et, s'il est vrai que Sir Roland vient d'une famille où les hommes se comportent comme des brutes, Mavis a cependant l'intime conviction qu'il vaut mieux que tous les siens : son attitude, que certains considèrent comme de la froideur, masque une grande sensibilité, elle en est persuadée. Du moins l'espère-t-elle de tout son cœur…

L'étoile des Highlands, de Juliette Miller - N°881

Écosse, XIIIe siècle

La rage au cœur, Stella peine à faire bonne figure. Comment son père, le chef du clan Morrison, a-t-il pu offrir sa main à Kade Mackenzie, un guerrier froid et insensible ? Pourtant, en tant que fille de chef, Stella n'a d'autre choix que de se soumettre, car une alliance avec les Mackenzie renforcerait la puissance du clan. Et, à sa grande surprise, la nuit de noces qu'elle craignait tant n'a pas lieu. Plutôt que de la contraindre, son nouvel époux lui propose un étrange marché : elle aura un mois pour s'habituer à lui. Passé ce délai, il la fera sienne…

Composé et édité par HarperCollins France.

Achevé d'imprimer en mars 2020.

CPi
BLACK PRINT

Barcelone

Dépôt légal : avril 2020.

MIXTE
Papier issu de sources responsables
FSC® C108412

Pour limiter l'empreinte environnementale de ses livres, HarperCollins France s'engage à n'utiliser que du papier fabriqué à partir de bois provenant de forêts gérées durablement et de manière responsable.

Imprimé en Espagne.